焦虑与认同

——石黑一雄小说中的身份问题研究

◎王 飞 著

厦门大学出版社
XIAMEN UNIVERSITY PRESS

国家一级出版社
全国百佳图书出版单位

图书在版编目（CIP）数据

焦虑与认同：石黑一雄小说中的身份问题研究 / 王飞著 . —厦门：厦门大学出版社，2020.4
　（外国文学研究）
　ISBN 978-7-5615-7513-0

　Ⅰ . ①焦… Ⅱ . ①王… Ⅲ . ①石黑一雄－小说研究 Ⅳ . ① I561.074

中国版本图书馆 CIP 数据核字 (2019) 第 157459 号

出 版 人　郑文礼
责任编辑　高奕欢
封面设计　李惠英

出版发行　厦门大学出版社
社　　址　厦门市软件园二期望海路 39 号
邮政编码　361008
总 编 办　0592-2182177　0592-2181406（传真）
营销中心　0592-2184458　0592-2181365
网　　址　http://www.xmupress.com
邮　　箱　xmup@xmupress.com
印　　刷　湖南省众鑫印务有限公司

开本　880 mm×1 230 mm　1/32
印张　10.125
字数　216 千字
版次　2020 年 4 月第 1 版
印次　2020 年 4 月第 1 次印刷
定价　68.00 元

本书如有印装质量问题请直接寄承印厂调换

厦门大学出版社
微信二维码

厦门大学出版社
微博二维码

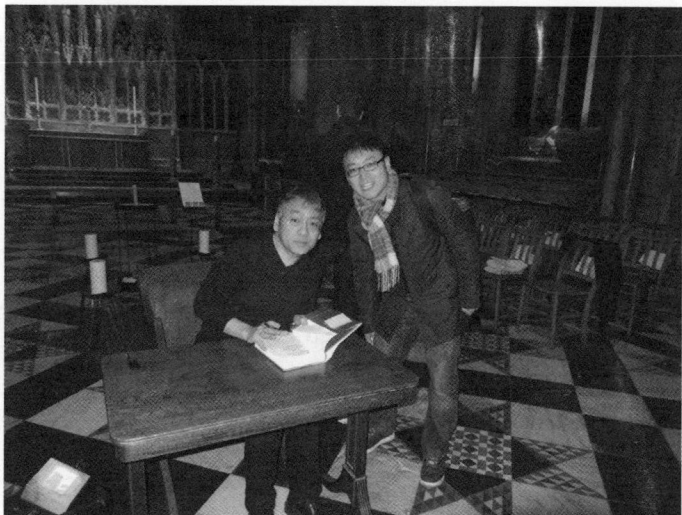

作者与石黑一雄合影（摄于英国剑桥郡伊力大教堂）

王　飞　河北张北人，1983年生，长沙学院外国语学院讲师，湖南师范大学外国语学院文学博士，剑桥大学英语系联合培养博士(2014—2015)，西班牙穆尔西亚大学英语系交流博士(2016—2017)。主要从事英美文学、移民文学、石黑一雄及叙事学研究。主持(或完成)国家社科基金青年项目、湖南省社科基金青年项目、湖南省普通高校教学教改项目、湖南省研究生科研创新项目、湖南省教育厅科学研究一般项目、长沙市科技计划项目各1项，其中国家社科基金青年项目"石黑一雄小说的记忆伦理研究"是国内首个石黑一雄专题研究的国家级项目。此外，还参与了包括国家社科基金重点项目在内的各级科研项目7项。

在《中南大学学报》《广西民族大学学报》等CSSCI来源期刊及一般刊物上公开发表学术论文十余篇，参与译林出版社《康拉德研究文集》(2014)、中山大学出版社《蒲龄恩诗选》(2010)及外语教学与研究出版社《朗文高阶英汉双解词典》(2013)的翻译工作，并在《新世纪诗典(第七季)》《中国先锋诗歌年鉴2017卷》《2010中国诗歌选》《诗中国》《廊坊文学》等刊物和诗歌选本上公开发表原创诗歌十余首。

序

　　王飞是我的开门博士，多年的师生情谊，我于他亦师亦母。现在，他的博士论文即将付梓，作为他的导师，我深感欣慰。

　　王飞是我所教过的学生中最能吃苦、最勤奋努力的学生之一。他硕士毕业后以优异的成绩受聘到湖南商学院任教。2013年我在美国访学时，他多次和我联系，表达了想要报考我博士的意愿，并最终在多个竞争者中脱颖而出，考入我的门下深造学习。他在攻读硕士学位期间研究的是美国黑人文学，入学后在我的建议下转攻日裔英国作家石黑一雄研究。研究的转型一方面是受我学术兴趣的影响，另一方面则与他的人生经历非常契合：他生在河北张家口，5到7岁长在内蒙古锡林浩特大草原，高考后南下长沙读书、教书，在读博期间还受国家留学基金委和欧盟资助，分别到剑桥大学和西班牙穆尔西亚大学学习交流。南来北往、东奔西跑的辗转经历，使他在移民生活、身份认同方面与石黑一雄颇有相似之处。我一直认为，一个人的学术研究，在很大程度上会受到他自身经历的影响。从某种意义上甚至可以说，人文学科的研究其实就是在考察研究者自己。这可能就是"六经注我，我注六经"的辩证法吧。

王飞的博士论文题目为《焦虑与认同——石黑一雄小说中的身份问题研究》。本书在其博士论文的基础上修改打磨而成，仍保留了原来的题目。石黑一雄是著名的日裔英国作家，常与奈保尔、拉什迪并称为英国文坛的"移民三雄"。2013年，王飞在我的指导下选定其作为博士论文研究对象时，石黑一雄的身份还停留在1989年度布克奖得主上。当王飞2017年年底博士论文答辩时，石黑一雄已经成为当年诺贝尔文学奖获得者。在王飞博士学习的四年半里，我们围绕石黑一雄研究展开团队合作，在湖南师范大学外国语学院形成了由青年教师、博士和硕士组成的"石黑研究共同体"。我们搜集了国内外石黑一雄研究文献资料，建立了国内石黑一雄研究资料中心。我们一起研究，共同探讨，撰写的多篇论文被《新华文摘》和《人大复印资料》全文转载，尤感自豪的是王飞本人也成功申报了石黑一雄专题研究的国家社科基金课题。那是一段怎样激情燃烧的岁月啊！它值得老师一辈子去珍藏、去回味！

石黑一雄是移民作家，身份认同在其小说创作中一以贯之，所以专题考察石黑一雄小说中的身份问题，无论是对石黑一雄研究本身，还是对身份理论探索，甚至是对移民文学的整体考察，都具有较大的学术意义。虽然国内外已有学者关注到石黑一雄小说中的身份问题，但大多都是针对单本小说的微观研究。王飞的这本书则是对石黑一雄迄今所出版的全部7部长篇小说中的身份问题进行整体观照，显示了他深厚的学术功底、活跃的学术思想和开阔的研究思路。此外，本书研究的创新之处还体现在他以社会学身份认同理论为主要理论框架，结合心理学、流散研究、后殖民研究等，发现了石黑一雄全部作品中反映出来的"身份认同路线图"，并在此基础上，结合传记批评，考察了石黑一雄本人的后现代、国际主义的流散身份观。

众所周知，身份认同是一个跨学科的概念，横跨哲学、历史学、政治学、社会学、心理学、文学等学科。对身份认同的研究，不仅要有历时的宏观视野和哲学高度，还要有跨学科的知识储备和理论素养，才能对此问题有更加透彻和深刻的理解。这一点也是王飞此书有待升华的地方。不过，博士论文的选题范围和学制期限受限，书中的欠缺正是进一步深入研究的动力。王飞正年富力强、精力充沛，希望他能以此书的出版为新的起点，在理论方面专研精进，在史料方面勤奋充实，潜心完成在研的国家社科基金课题。期待着他在石黑一雄研究方面取得新的突破！

邓颖玲

2019 年 2 月 12 日于岳麓山下

前　言

2017年度诺贝尔文学奖得主日裔英籍作家石黑一雄是英国文坛"移民三雄"之一，在多元文化日隆的当代世界文坛占据了重要地位。由于其特殊的出身和文化渊源，石黑一雄的小说创作以英、日历史为背景，以个人身份问题为内核，主题丰富，形式多样，引起了众多评论家多方位的研究。本书运用心理学、社会学和叙事学的相关批评理论与方法，对石黑一雄迄今为止出版的7部长篇小说进行系统研读，分析小说人物身上表现出的身份焦虑以及不同模式的身份认同，全面探究其小说中的身份问题，以此观照石黑一雄本人的身份观，为国内外学者深刻理解石黑一雄本人及其小说的文化内涵和当代意义提供参考。

身份问题是移民作家普遍关注的主题，也是石黑一雄7部长篇小说一以贯之的红线。较之其他移民作家对于身份焦虑、国族或者流散身份的单一关注，石黑一雄通过小说人物身上表现出的身份焦虑以及国族身份认同、流散身份认同和他者及人类身份认同，对身份问题做了全方位的考察，突破了理论界本质主义—建构主义的二元身份认同，表现出一种多元、包容的身份观。

除绪论外，本书主体由六章组成：第一章梳理身份理论，第二、三章探讨石黑一雄小说中的身份焦虑，第四、五、六章分析石黑一雄小说中的身份认同。第一章通过对身份理论的大致梳理，总结了身份问题的两个面相，即焦虑与认同。由于身份是个人与他人/社会的认同关系，焦虑和认同分别表现为个人与他人/社会之间难以认同的困境以及个人与他人/社会的认同状态，所以焦虑和认同构成身份问题的负面和正面表征。不过，焦虑与认同并非截然分开的，而是一种此消彼长、相互促进的关系，焦虑会促进认同的建构。导致身份焦虑的有时间、空间变换两个方面的原因，而根据认同的不同参照框架，认同又有着不同的建构模式。

第二、三章从造成身份焦虑的时、空二维原因切入，分析了石黑一雄小说人物身上反映出的身份焦虑。时代变迁作为石黑一雄大部分小说的故事背景，是造成小说人物身份焦虑的时间因素。《被掩埋的巨人》和《长日留痕》中的英国以及《浮世画家》中的日本发生的历史巨变，导致高文、史蒂文斯以及小野这三个固守逝去时代价值观的人物产生严重的身份焦虑。移民的空间位移是石黑一雄小说人物产生身份焦虑的空间因素。《远山淡影》中的悦子、景子母女以及《上海孤儿》中的班克斯，因为空间位移产生的文化隔膜而体验到同样深重的身份焦虑。小说人物因时空变换产生的身份焦虑，体现了作者石黑一雄自身的身份困惑。也正是这种困惑使得多数小说人物通过回忆进而逐渐形成各不相同的身份认同。

　　第四、五、六章重点分析了石黑一雄小说中身份认同的几种建构模式：国族身份认同、流散身份认同和他者及人类身份认同。国族身份认同是一种本质主义身份认同，强调个体与其所属的国家、民族之间的认同关联，这是石黑一雄在其小说中对身份认同进行思考的起点。《被掩埋的巨人》中的维斯坦，在不列颠和撒克逊种族冲突的背景下，建构了撒克逊民族身份认同；《浮世画家》中的小野和《长日留痕》中的史蒂文斯则通过回忆过往，分别建构了日本身份认同和英国身份认同。同时，石黑一雄小说中还体现了移民主体的流散身份认同。流散身份认同是移民主体身上表现出的对两个社会、两种文化的双重身份认同，是具有建构主义特征的认同，是对本质主义国族身份认同的突破。《远山淡影》中的妮基和《上海孤儿》中的班克斯分别通过间接的记忆传承和直接的移民经历，建构了流散身份认同；《被掩埋的巨人》中身处民族融合背景下的埃克索，身上表现出的是一种超越民族冲突的杂糅身份认同。此外，石黑一雄小说还对国族、流散身份认同进一步突破，呈现了小说人物的他者及人类身份认同。他者与人类分别处在国族的两端，是可供身份认同参照的重要维度，也是石黑一雄对身份问题在全球化语境下的再思考。《无可慰藉》中的瑞德与周围的他者取得认同；《别让我走》中作为他者的克隆人凯茜最终为自己建构了人类身份认同。他者、人类身份认同都以人类共同人性为参照，是石黑一雄所倡导的"国际主义小说"的题中之意。石黑一雄小说反映出的身份认同的不同模式，体现了认同参照框架逐渐推进的发展过程。小说人物身份认同的不同模式，反映的正是流散作家石黑一雄对本人身份的不断思考和追寻。

在前几章对石黑一雄小说中身份焦虑与身份认同探讨的基础上，结语部分审视了石黑一雄本人的身份观。身份观即一个人关于身份所持的观点。通过对照小说叙事与作者生平，笔者认为：基于对不同模式身份认同的考量，石黑一雄在7部小说中逐渐推进身份认同的参照范围，表现出一种多元、动态、包容的身份观；同时，小说人物之间不同命运的对比，反映出石黑一雄国际主义和人道主义的身份观。

评论家们对石黑一雄小说的研究主要集中在记忆叙事的主题和形式上，偶有探讨身份问题的研究也只限于小说人物自我身份的考察以及单部小说的微观分析。本书从身份焦虑和身份认同两个方面对石黑一雄7部长篇小说中的身份问题进行了宏观系统的研究，并总结出了石黑一雄本人的动态、多元、包容的身份观。在当代全球化背景下，对石黑一雄小说中身份问题的研究不仅能够深化理解石黑一雄及其小说的当代意义，为面临广泛文化交流的每一个当代人提供认同的参考范式，而且能够为类似的移民作家作品的阐释提供新的思路。

王 飞

2019年5月

目　录

绪 论

第一节　石黑一雄其人其作及选题意义

2017年度诺贝尔文学奖得主石黑一雄（Kazuo Ishiguro，1954—），常与维·苏·奈保尔（V. S. Naipaul，1932—）、萨尔曼·拉什迪（Salman Rushdie，1947—）一起被学界并称为英国当代文坛的"移民三雄"。由于对身份焦虑的切身体验和对身份认同的不懈追求，石黑一雄将近四十年的小说创作生涯中，身份问题是一以贯之的主题。他在日本长崎与祖父一起度过童年，5岁时随同在英国工作的父母移居英国。日本的童年岁月和英国的移民经历，是造成其自身身份焦虑与身份探寻最为重要的原因。作为异文化移民，他的日常经验不断徘徊于两种文化、两个时代之间，徘徊于童年的日本和现实的英国之间。石黑一雄随父母移民英国，自小远离故乡，祖父又独死于日本，这些都是他心中难以愈合的创伤[①]。追寻童年、重造日本是石黑一雄从事写作的原初动力。小说创作恰好构成了石黑一雄表达焦虑、探寻认同的一种重要途径。现实与回忆、焦虑与认同之间的张力造就了石黑一雄独

---

① 在谈到石黑一雄与其祖父之间的关系时，辛西娅·黄认为，对于石黑一雄来说，祖父是童年日本及其日本身份的象征。参见 Cynthia F. Wong. *Kazuo Ishiguro*. Horndon: Northcote House Publishers Ltd., 2000: 1.

特的身份书写。当然，小说人物并非简单、机械地反映石黑一雄本人的心理状态。通过创作身处不同时代背景中的人物，他探究产生身份焦虑的各种诱因以及身份认同的不同建构模式，从而展现出其动态、多元、包容的身份观。

作为一名用英语创作的日裔英籍作家，作为一名荣获了包括诺贝尔文学奖、布克文学奖、英国皇室文学骑士勋章和法国艺术文学骑士勋章等诸多奖项的小说家，石黑一雄日益成为国际文坛的重要人物。他被学界公认为英国当代最优秀和最重要的作家之一①，是当代英语文坛少有的对其创作精雕细琢的艺术家②，是"日本血统和英国教养相结合造就的一位有着独特见解和天才的作家"③。至今，他共创作了7部长篇小说，这些小说风格各异，却又都引人入胜。因为具有强烈的情感浓度、精妙的叙事手法和宽广的文化视野，石黑一雄的小说影响深远，被翻译成30多种语言，既进入了大众阅读的畅销书单，也吸引了文学研究者浓厚的学术兴趣。石黑一雄关注社会历史、个人记忆，又放眼当代重大问题，他的"国际主义写作"强调的"普遍性主题和人文主义关怀"

---

① Brian W. Shaffer. *Understanding Kazuo Ishiguro*. Columbia: University of South Carolina Press, 1998: 1.

② Mike Petry. *Narratives of Memory and Identity*: *The Novels of Kazuo Ishiguro*. Frankfurtam Main: Peter Lang, 1999: 1.

③ Malcolm Bradbury. *The Modern British Novel*. New York & London: Penguin Press, 1993: 422.

能够与世界范围内的读者产生共鸣[①]。

　　得益于生在日本、长在英国的移民背景，石黑一雄被学界广泛认为代表了一种多元文化的发展潮流和趋势。他与其他众多有着移民背景的多元文化作家一起[②]，从非传统的文化立足点出发，创作了独具特色的"泛英语文学"，并为英国文坛带来了一种"新国际主义"[③]。自20世纪80年代在文坛崭露头角以来，石黑一雄以其日渐丰富的创作在英国文学中占据了一个极为重要而独特的位

----

① Cynthia F. Wong. *Kazuo Ishiguro*. Horndon: Northcote House Publishers Ltd., 2000: 3.

② 如与石黑一雄并称英国文坛"移民三雄"的中美洲裔作家维·苏·奈保尔和印度裔作家萨尔曼·拉什迪。另外还有伊朗裔作家多丽丝·莱辛（Doris Lessing，1919—2013），巴勒斯坦裔作家哈尼夫·库雷西（Hanif Kureishi，1954— ）、牙买加裔作家扎迪·史密斯（Zadie Smith，1975— ）以及华裔作家毛翔青（Timothy Mo，1950— ）等。值得一提的是，近年来有越来越多的多元文化作家获得了诺贝尔文学奖，奈保尔、莱辛和石黑一雄就分别于2001年、2007年和2017年荣获诺贝尔文学奖。

③ Bruce King. *The Internationalization of English Literature*. Beijing: Foreign Language Teaching and Research Press, 2007: 192.

置①。日本文化遗产、西方文学传统、个人生活经历以及个性化的文学创新，合力形成了他独特的小说创作。正因为如此，学界从不同的理论视角对其作品进行多维定位，如亚裔流散写作、少数族裔写作、世界主义写作、后殖民写作等。这些众声喧哗的看法，其实不足为奇，因为石黑一雄的小说内涵丰富，以流散的多元文化元素挑战了传统的地理及文化界线。对其小说中表征出的此类文学和文化现象进行考察，在当代这样一个日益全球化的跨文化时代，意义尤为重大。

石黑一雄的研究价值，既体现在其写作的独特性上，又体现在不同视角下他所代表的写作群体所具有的共性上。历史、记忆、移民、身份、多元文化等主题日渐成为当代英国小说的重要元素，

---

① 关于石黑一雄的独特性，从托莫·哈托里（Tomo Hattori）提到的一则轶闻中可见一斑：美国现代语言学会（MLA）组织的一次亚裔美国文学专题讨论会上，关于石黑一雄的一个提问逐渐发展为对亚裔美国文学定义的争论。会议最终达成暂时的结论，认为石黑一雄的小说既不描写他自己的民族背景，也不谈论种族问题，显得尤为"不可理解、神秘莫测"，成了族裔移民写作定义的边界。当然，石黑一雄在其作品中也并非不描写自己的民族背景，而是与其他直接描写自己的民族背景、移民经历的作家不同，他只是采取了一种比较间接的写作方式而已。

石黑一雄的小说对这些主题进行了独具特色的个性化处理①。从某种程度上来说，通过石黑一雄小说的深度个案研究，可以对当代英国小说的全貌窥斑见豹，同时为其他类似作家的研究提供参考范式。在创作中，石黑一雄切入上述重要文化问题，主要是通过对身份主题进行持续不断而又独具特色的挖掘来实现的。石黑一雄擅长基于流散视角，以优雅细腻的语言叙述回忆与历史、个人与社会的交互关系②，被誉为"记忆行家"③和"寻觅旧事"的圣手④。

----

① 比如，关于身份问题，史蒂芬·康纳（Steven Connor）就将石黑一雄与库雷西（Hanif Kureishi）、毛翔青及拉什迪作了比较，认为与上述移民作家相比，石黑一雄作品中并未对"分裂的文化身份"（divided cultural identity）问题做显性处理（Connor 104）。参见 Connor, Steven. *The English Novel in History*: *1950-1995*. London & New York: Routledge, 1996. 另外，麦克·佩特里（Mike Petry）在历史主题下将石黑一雄与格雷厄姆·斯威夫特（Graham Swift, 1949—）、安东尼亚·拜厄特（Antonia S. Byatt, 1936—）、约翰·福尔斯（John Fowles, 1926—2005）及彼得·阿克罗伊德（Peter Ackroyd）相提并论，认为历史是当代英国小说的一个关键要素。

② 邓颖玲，王飞：《流散视角下的历史再现——〈上海孤儿〉对英、日帝国主义侵华行径的双重批判》，载《中南大学学报（社会科学版）》2015 年第 6 期，第 141 页。

③ 钟志清：《寻觅旧事的石黑一雄》，载《外国文学动态》1994 年第 3 期，第 34 页。

④ 邱华栋：《石黑一雄：寻觅旧事的圣手》，载《文学月刊》2009 年第 9 期，第 92 页。

其实，石黑一雄叙述身处时代变迁、空间错置的小说主人公"寻觅旧事"，目的就在于厘清他们个人与过去、个人与社会之间的关系，从而凭借记忆抵抗身份焦虑、重建身份认同。

从1982年的第一部小说《远山淡影》（*A Pale View of Hills*）到1989年荣获布克文学奖的《长日留痕》（*The Remains of the Day*），到2000年轰动一时的《别让我走》（*Never Let Me Go*），再到2015年最新出版的《被掩埋的巨人》（*The Buried Giant*），石黑一雄将小说人物置于特定的历史背景下，尤其是战争、移民等时空变迁的节点，透过小说主人公的第一人称叙述视角，探究了个人记忆与社会历史的交互关系，剖析了时间和空间对小说人物身份的影响。他对身份主题情有独钟：一方面源自对移民之前故国日本童年的"怀旧"，这是他从事写作的重要原动力[①]；另一方面是作为文化位移的主体，需要在现实中解决其自身所面临的身份困惑和

---

① 关于其开始创作小说的初始动因，石黑一雄这样说道："我认为我开始写小说的一个真实原因就是，我想要重造 [记忆中的] 这个日本——将所有这些记忆，将关于这块我称作日本的土地的所有想象都写下来。我想要将它保存起来，保存在一本书中，以免它从我记忆中全然消失。"参见 Brian W. Shaffer and Cynthia F. Wong, eds. *Conversations with Kazuo Ishiguro*. Jackson: University Press of Mississippi, 2008: 53. 当然，根据石黑一雄至今的创作，他只在前两部小说中"重造"了记忆中的日本，他后来小说的故事背景还扩展至英国、中国和欧洲，从而造就了他"国际主义"的眼界和关怀。

焦虑[①]。

　　本书借助社会学、心理学、叙事学等相关理论，对石黑一雄7部长篇小说中包括焦虑和认同在内的身份问题进行整体和全面的研究。在前人研究的基础上，以贯穿石黑一雄7部长篇小说中的身份问题为切入点，探究小说人物产生身份焦虑的原因及表现，考察小说人物凭借记忆建构不同模式的身份认同，并在此基础上观照作为流散作家的石黑一雄本人的身份观。这不仅抓住了石黑一雄小说的关键，而且可以深入小说的叙事内部，结合故事指涉的外部历史语境，对小说进行内外部结合和动静态结合的跨学科整体研究。在社会学、心理学等学科的身份理论框架下，全

[①] 在访谈中，石黑一雄多次提到自己关于身份的困惑，"我不得不用一种更加国际化的方式进行写作 [……]，将自己看成是一个类似无家可归的作家。我没有明确的社会角色，因为我不是一个非常英国的英国人，也不是一个非常日本的日本人"。参见 Brian W. Shaffer and Cynthia F. Wong, eds. *Conversations with Kazuo Ishiguro*. Jackson: University Press of Mississippi, 2008: 58. 同时，石黑一雄认为这种困惑来自其童年移民的经历，而写作可以作为一种"治疗"的方式。他说："写作是一种慰藉和治疗方式 [……]，最好的写作出自作家与为时已晚这一事实在某种程度上的和解。留下了伤口，伤口并未愈合，然而情况也不会变得更糟；伤口却一直都在那里。这是一种慰藉，当你意识到这个世界并不是你喜欢的那样，但你可以重组这个世界，你可以通过创造你自己的世界、创造你自己的版本，进而与这个世界达成和解。"参见 Brian W. Shaffer and Cynthia F. Wong, eds. *Conversations with Kazuo Ishiguro*. Jackson: University Press of Mississippi, 2008: 85-86.

面、整体地探讨石黑一雄小说中的身份问题，能够填补国内外石黑一雄小说身份研究的空白，推进国内石黑一雄小说研究的纵深发展，为研究同类作家作品提供参考范式和分析路径。

第二节　国内外研究现状

自1982年发表第一部长篇小说《远山淡影》开始，石黑一雄的小说在国外评论界就一直备受关注。国外的石黑一雄研究，整体上比较丰富，涉及的研究层面也较为广泛。截至目前，国外公开发表的主要期刊文章有数百篇，另外还有十多部研究专著、数部论文集以及数十篇博士论文，时间跨度从20世纪80年代直到2017年。这些专著大多缺乏系统性，每章专门研究某一部小说，只能视作单篇论文的合辑①，就某一主题对石黑一雄小说进行整体研究的比较少见。相关博士论文多将石黑一雄的作品与其他作家

---

① 比如，最早的一部石黑一雄研究专著是布莱恩·谢弗（Brian W. Shaffer）1998年出版的《理解石黑一雄》（*Understanding Kazuo Ishiguro*）、巴里·刘易斯（Barry Lewis）2000年出版的《石黑一雄》（*Kazuo Ishiguro*）以及辛西娅·黄2000年出版的《石黑一雄》（*Kazuo Ishiguro*）等。

作品进行比较研究①，专门以石黑一雄及其作品为研究对象的亦较为缺乏。

随着对石黑一雄小说的译介，国内相关研究在新世纪以来得到迅猛发展。与国外相比，国内石黑一雄研究起步较晚。20世纪90年代到2000年，有关石黑一雄的研究文章不足10篇，一般都是其作品介绍、新闻报道以及作者访谈等②。此后，随着小说中

① 如美国天普大学(Temple University)克里斯汀•古登-德贡西尼(Christine Guedon-DeConcini) 2008 年的博士论文《英国1900 年至2001 年间乡居小说中对国家往事的想象与重构》(Visions and Revisions of the National Past in the British Country-house Novel, 1900—2001) 以及美国内布拉斯加大学大忠•金姆(Dae-Joong Kim) 2012 年的博士论文《作为未来社区视野的跨空间性：亚洲移民文学中的伦理本体论与美学》(Transspatiality as the Horizon of the Coming Community: Ethico-ontology and Aesthetics in Asian Immigrant Literature)等。

② 如穆梓的《桑榆暮景话当年》，载《外国文学》1991 年第 1 期，第92~93 页，介绍了石黑一雄 1989 年荣获布克文学奖的《长日留痕》(当时译为《盛世遗踪》)；邹海伦的《石黑一雄出版长篇小说新作》，载《外国文学动态》2000 年第 8 期，第 28 页，介绍了石黑一雄 2000 年新出版的《上海孤儿》(当时译为《那时我们是孤儿》)。

文译本的陆续出版，国内对其作品的研究开始逐步升温①。特别是2011年至2017年，成果不断涌现②。不过，与国外丰富的石黑一雄研究相比，国内的研究仍然显得十分薄弱。根据笔者不完全统计，截至2017年7月1日，仅有李厥云(Li Jueyun)的英文专著1部，中国知网博士论文2篇，期刊论文逾百篇，硕士论文70余篇。

鉴于国内外石黑一雄研究主题比较集中，本书采取将国内外文献以主题为纲合并综述的方法，主要从六个方面进行梳理探讨。需要特别指出的是，从不同理论视角出发的相关研究，在具体分析时，各理论视角其实并非截然分开的；也就是说，很多研究具有交叉性、综合性，以某种理论为主要指导的同时，也运用

---

① 国内对石黑一雄小说的翻译都是在2000年之后进行的，2011年是一个翻译高潮：译林出版社2003年出版了冒国安翻译的《长日留痕》(*The Remains of the Day*)，2011年出版了陈小慰翻译的《上海孤儿》(*When We Were Orphans*)、朱去疾翻译的《别让我走》(*Never Let Me Go*)；上海译文出版社2011年出版了张晓意翻译的《远山淡影》(*A Pale View of Hills*)、《小夜曲：音乐与黄昏五故事集》(*Nocturnes: Five Stories of Music and Nightfall*)、马爱农翻译的《浮世画家》(*An Artist of the Floating World*)，2013年出版了郭国良、李杨合译的《无可慰藉》(*The Unconsoled*)，2016年出版了周小进翻译的《被掩埋的巨人》(*The Buried Giant*)。此外，由唐岫敏翻译的短篇小说《团圆饭》(*A Family Supper*)发表于《外国文学》2000年第5期上。

② 在中国知网输入关键词"石黑一雄"，2006年之前每年发表的相关论文只有数篇，2007年上升至18篇，2011年第一次突破20篇，自2012年开始，每年都有逾三四十篇论文发表。

了其他相关理论概念。

(一)石黑一雄小说的叙事风格和叙事机制研究

石黑一雄写作风格优雅、简洁、克制、隐忍，叙事手法高超巧妙[①]。他对各种文类，如游记、政治性回忆录、闹剧、域外小说、侦探小说、科幻小说以及传奇等的仿拟和挑战令人惊叹[②]，其叙事风格和叙事机制吸引了国外学者的广泛关注。大卫·洛奇(David Lodge)在其名著《小说的艺术》(*The Art of Fiction*)中以石黑一雄的《长日留痕》为研究文本，论述了"不可靠叙述者"的概念与特征[③]。剑桥大学的马克·沃莫尔德(Mark Wormald)博士分析了石黑一雄小说的叙事机制，认为其小说中同时存在着两种相互竞争的叙事动力：小说叙述者在揭示、坦白的同时又对某些事件刻意压抑与隐藏。布莱恩·谢弗(Brian W. Shaffer)的《理解

---

① Wai-chew Sim. *Kazuo Ishiguro*. London: Routledge, 2010: 106.

② Bo G. Ekelund. Misrecognizing History: Complicitous Genres in Kazuo Ishiguro's The Remains of the Day. *International Fiction Review*, 2005, 32(1-2): 73.

③ 卡洛斯·维拉·弗洛(Carlos Villar Flor)还探讨了《无可慰藉》中的不可靠叙述，认为小说中的其他人物是叙述者自我的不同投射，体现了叙述者由于缺乏与他人的交流以及父母的关心从而产生了焦虑与创伤。参见 Carlos Villar Flor. Unreliable Selves in an Unreliable World: the Multiple Projections of the Hero in Kazuo Ishiguro's The Unconsoled. *Journal of English Studies*, 2000(2): 159-169.

石黑一雄》（*Understanding Kazuo Ishiguro*）是研究石黑一雄的第一部专著，该书分析了小说中第一人称叙述者所使用的"自我防御机制"，认为主人公通过各自的主观叙事策略为过去犯下的过错进行开脱。

国内一般结合叙事学理论对石黑一雄小说的叙事风格和叙事机制进行研究。方宸的《无法企及的历史真实——〈去日留痕〉中不可靠叙述者的妙用》一文运用叙事学中的"不可靠叙述"理论，分析了《长日留痕》中不可靠叙述的叙事技巧，并探讨了殖民主义意识形态对小说叙事策略的影响。邓颖玲的《论石黑一雄〈长日留痕〉的回忆叙述策略》一文从回忆的不可靠叙述、碎片化叙述和选择性叙述三方面解读了《长日留痕》的回忆叙述策略，认为回忆既是小说的叙述形式，也是作者构建情节的方式。

国内外学者对石黑一雄小说叙事风格和机制的研究，对本书颇有启发。例如，通过对小说中不可靠叙述和自我防御机制等的讨论，发现小说人物努力为自己建构一个统一叙事。这些成果都成为本研究的有力支撑。其实，石黑一雄小说中不可靠叙述、压抑的叙事风格及自我防御式叙事机制的研究，都在一定程度上揭示了小说人物以及作者自身在身份方面存在的焦虑与困境。在隐藏与坦白的叙事张力之下，小说人物实际上是在努力消除内心的焦虑，为自己建构一种身份认同。已有研究重在叙事风格和机制等形式方面的探讨，对隐藏在形式背后的思想和内容的考察较为欠缺。

（二）石黑一雄的移民身份和双重文化研究

在国外，石黑一雄特殊的日裔移民身份及其小说中表现出的双重文化也成为学界的研究热点。彼得·马雷特（Peter J. Mallett）从关注石黑一雄"日本小说"的"日本性"（Japaneseness）开始，认识到在以英国管家为主人公的《长日留痕》中也同样表现了"日本性"①。著名日本小说家村上春树（Haruki Murakami）和评论家皮

---

① 学界一般称石黑一雄的前两部以日本为故事背景的小说《远山淡影》和《浮世画家》为"日本小说"。当然，在石黑一雄的创作中，以日本为故事背景的还包括某些短篇小说，如《团圆饭》（1983）等。另外还有很多早期的评论家都注意到了石黑一雄小说中的"日本性"，详见 F. King. Shimmering, Review of A Pale View of Hills. *The Spectator*, 1982-2-27: 24-25. 由于石黑一雄的前两部小说《远山淡影》和《浮世画家》以其出生国日本为故事背景，他自己也是由于自己的"日本名字"和"日本面孔"而广受文坛关注的，所以，学界对石黑一雄小说的关注自然始于对其小说中反映出的"日本性"的研究。在小说出版之初，有一位书评家甚至坚持认为，《远山淡影》是一本译自日语的日本小说。参见 Barry Lewis. *Kazuo Ishiguro*. Manchester: Manchester University Press, 2000: 9. 对其小说的研究还有另外一种流行的方式，就是将石黑一雄与其他著名日本小说家进行比较，最常见的就是三岛由纪夫（Yukio Mishima）、川端康成（Yasunari Kawabata）和远藤周作（Shusaku Endo）等。同时，由于惯性思维，即使被称作"比英国更英国"的小说《长日留痕》出版之后，仍然还有很多评论家以日本文化为参照框架，细致找寻这本"英国小说"中有关日本文化的蛛丝马迹，如日本武士文化等。

柯·耶尔（Pico Iyer）都认为，《长日留痕》在主体精神和品味方面酷似日本小说，顺从、隐忍的英国管家实际上有着一个"日本头脑"，小说意在用西方的方式向西方解释日本。加布里埃尔·安南（Gabriele Annan）也认为石黑一雄的前三部小说是对日本性的阐释[①]。然而，实际上，从第三部小说《长日留痕》开始，石黑一雄已不再直接描述自己的"日本经验"，转而开始讲述"英国故事"。评论界随之也开始关注其小说的"英国性"（Englishness）。著名英国小说家萨尔曼·拉什迪赞扬石黑一雄在《长日留痕》中提出了有关英国性、伟大以及尊严等重大问题。巴里·刘易斯（Barry Lewis）指出，《长日留痕》不仅描述了"英国性"，而且还深入探讨了几个明显的英国文学传统。布莱恩·谢弗也认为，《长日留痕》是以英国民族想象性自我身份为批判对象的。在此基础上，许多学者更进一步研究了石黑一雄小说的双重文化特质。村上春树就曾精辟地指出，石黑一雄的大脑是"英国制造"，而他的思维却是"日本制造"。郑朱雀（Chu-chueh Cheng）和单伟爵（Wai-chew Sim）也认为石黑一雄的小说提供了一种文化翻译，是日本文化与

---

① 虽然石黑一雄自己也多次将前三部小说视作一个"三部曲"，但在他看来，将这三部小说贯穿起来的却并非日本性，前三部小说构成一个"压力三部曲"（stress trilogy），贯穿其中的是相似的主人公及故事情节，即"一个上了年纪的主人公，回顾令人失望的过去，并思考幻灭的现在"。参见 Brian W. Shaffer and Cynthia F. Wong, eds. *Conversations with Kazuo Ishiguro*. Jackson: University Press of Mississippi, 2008: xi.

英国写作之间的一座桥梁[①]。

国内对石黑一雄移民身份及双重文化的研究，一般是基于后殖民视角，集中于对"他者"的探讨。王岚的《公正地再现"他者"——简评石黑一雄的〈当我们是孤儿时〉》一文认为，《上海孤儿》不仅向人们展示了当年英国向中国贩运鸦片、牟取暴利的历史，而且较为客观地刻画了当时的中国百姓，公正地再现了后殖民时代的"他者"。郭德艳的博士论文《英国当代多元文化小说研究：石黑一雄、菲利普斯、奥克里》单辟一章，探讨了石黑一雄小说中作为文化他者的"东方他者"以及作为性别他者的"女性他者"。

石黑一雄的小说创作，无论是叙事形式还是主题思想，都有一个发展变化的过程。因此仅仅关注其小说中的"日本性"或者"英国性"，都无法获得对石黑一雄的全面认识。当然，联系石黑一雄本人的移民身份，只关注其小说中的双重文化也是有失偏颇的。现有研究存在此类问题的主要原因是，研究者们只限于石黑一雄的某一部或某两部小说，并未对其所创作的全部小说进行整

---

① 其实，石黑一雄小说中不止体现了"日本性"和"英国性"，其实还有一种"西方性"或者"欧洲性"，布莱恩•谢弗就指出石黑一雄受到的多元影响，指出他主要受到诸如陀思妥耶夫斯基（Dostoevsky）、契科夫（Chekhov）、夏洛特•勃朗蒂（Charlotte Bronte）、狄更斯（Dickens）等作家的影响，还受到包括福斯特（E. M. Forster）、福特（Ford Madox Ford）、卡夫卡（Franz Kafka）等在内的现代主义小说家的影响。参见 Brian W. Shaffer. *Understanding Kazuo Ishiguro*. Columbia: University of South Carolina Press, 1998: 6.

体观照，这就导致某种类似盲人摸象的结果。石黑一雄的移民身份及其小说中反映的双重文化研究对本书具有很大的启发，但笔者认为，更为可取的研究方式应该是结合历史语境，在细读全部作品文本的基础上，审视作者本人相关的思想和观点。这正是本书主要的研究思路。

（三）石黑一雄的国际主义写作研究

"国际主义写作"（international writing）是石黑一雄极力倡导的写作理念，与他自身的移民身份密切相关[①]。由于国际主义写作代表了一种世界潮流和文化趋势，因此成为国外评论界的关注焦点[②]。《长日留痕》荣获布克奖后，英国著名小说家马尔科姆·布拉德伯里（Malcolm Bradbury）就曾指出，石黑一雄的小说跳出了20世纪五六十年代英国小说的狭隘视界，将英国小说推至国际舞台。霍米·巴巴（Homi Bhabha）探讨了石黑一雄小说中的国际主义

....

① 在访谈中，石黑一雄曾多次提到了自己的移民身份与国际主义写作之间的关联："我没有明确的 [社会] 角色，我无须为哪个社会或者国家代言、写作。没有历史看起来是我的历史。我认为这致使我不得不以一种更为国际化的方式进行写作。"参见 Brian W. Shaffer and Cynthia F. Wong, eds. *Conversations with Kazuo Ishiguro*. Jackson: University Press of Mississippi, 2008: 58.

② 由于国际主义写作涉及的范围比较广泛，受到了比较文学研究、流散研究（diasporic studies）、多元文化主义研究（multiculturalism studies）、世界主义研究（cosmopolitan studies）等领域的共同关注。

元素，认为石黑一雄最卓越之处就在于将民族与国际相联系，将本土与殖民相联系，调和了种族和文化差异。与此类似，布莱恩·芬内（Brian Finney）同样也发现了《上海孤儿》中孤儿状态与"跨民族身份"（transnational identity）之间的联系。布鲁斯·罗宾斯（Bruce Robbins）还发现了《无可慰藉》中的国际主义倾向，认为小说中描述的社会是世界性的，小说暗示的是在一个移民、难民和陌生人的世界，我们需要一种更为宽广、更具包容性的行为方式。

国内同样也关注石黑一雄的国际主义写作。李厥云的英文专著《多元文化下的漫步者：石黑一雄国际化写作研究》（*Wanderers in Multicultural Society: A Study on Kazuo Ishiguro's International Writings*）一书将石黑一雄置于当代移民写作框架之中，借用霍米·巴巴的杂糅理论，研究了石黑一雄的国际化写作，指出石黑一雄的小说反映了其自身的移民经历和身份认同方式。

不过，国际主义写作只是石黑一雄小说的一个发展阶段[①]，在前两部以日本为背景的小说《远山淡影》和《浮世画家》中就较难发现国际主义倾向。石黑一雄是在《长日留痕》出版之后，才正式提出国际主义写作这一概念。这种国际主义倾向在其后来的作

---

① 关于石黑一雄创作中的国际主义的出现和发展，单伟爵同样也认为，"[直到]最近创作的小说，石黑一雄才对自我标榜的'国际主义'作家身份严肃对待"；也就是说，在其早期作品中，国际主义倾向是不太明显的。参见 Wai-chew Sim. *Kazuo Ishiguro*. London: Routledge, 2010: 142.

品,如《别让我走》和《无可慰藉》中,表现得更为突出。由此可见,石黑一雄对身份、文化、历史等概念的思考存在着一个逐渐发展的过程。只关注石黑一雄小说中的国际主义,或只关注双重文化,都不够全面。出现这样的问题,同样也是因为研究者未能将石黑一雄所有创作视作一个整体来考量。

(四)石黑一雄小说的历史主题研究

除《无可慰藉》之外,石黑一雄大部分小说的历史背景都是正在经历大规模社会变革的历史转折时期。许多国外研究者注意到了其小说中的历史元素。阿玲·韦伯利(Alyn Webley)指出,社会转型的历史转折点是石黑一雄小说主要的故事背景,凸显了整个社会文化价值的两方面:一是特定文化价值观对个人意识以及身份认同的塑形;二是社会转型凸显了代际文化价值观的断裂。郑朱雀通过细读小说的故事背景,在小说个人事件的缝隙中寻觅重大历史事件,探索了日常经历与历史事件的转喻性关联。此外,他还通过引入"私小说"(private novel)的概念,细查了每部小说的写作背景和小说出版时的社会语境,指出石黑一雄写作每部小说的现实动因。李有成(Lee Yu-cheng)指出,读者透过《远山淡影》中叙述者悦子回忆自己的长崎岁月,看到了战后日本的社会心理与精神状态。他将小说与作者的移民经历联系起来,指出石黑一雄有意借助小说重新召唤他对故国日本日渐消逝的记忆。另外,还有将石黑一雄小说与其他同类作家的小说放在历史主题下的研究，一般都是作为博士论文的一个章节，如塔林·小熊（Taryn L. Okuma）在其博士论文《文学中的战时平民——当代英国小说与新战争小说》（*Literary Non-combatants: Contemporary British Fiction and the New War Novel*）中专辟一章探讨《远山淡影》中的战争叙事和核暴力，认为《远山淡影》是一部"英国战争小说"。该文还结合战时日本平民遭受原子弹袭击及其后续影响的史实指出，小说通过叙述战后伦理道德的丧失及母女间的反常关系，挑战了所谓"人民战争"和"正义战争"的英国主流战争叙事。

相比之下，国内对石黑一雄小说历史主题的研究更加侧重其中反映的殖民历史。金万锋的《论石黑一雄〈长日留痕〉的时代互文性》一文指出，《长日留痕》再现了英帝国的往事，表现出对历史的再审视、对绅士等传统观念的依恋，与当代英国的现实处境构成了反讽性互文关系。邓颖玲、王飞的《流散视角下的历史再现——〈上海孤儿〉对英、日帝国主义侵华行径的双重批判》一文通过分析小说主人公班克斯、戴安娜及山下哲的个人遭遇，指出小说从人物既是中心又是边缘的相对位置出发，审视了那段被西方学者隐匿的中国殖民历史，批判了英、日帝国主义罪恶的侵华行径。

研究石黑一雄小说中历史主题的学者，在关注小说故事内部涉及的历史背景的同时，还将写作和出版年代与小说主题相关联进行研究。这不仅为本书提供了翔实的史料，而且还为笔者提供了可资参考的研究思路。然而，正如石黑一雄自己在访谈中一再强调的，就像戏剧舞台布景一样，小说中的历史事件只是为他提供了刻画人物、探讨主题的必要背景，而并非其小说主要的落脚点[①]。他钟爱的历史转折期，为其思考个人与社会、历史及文化间的关系提供了有利角度。研究中需要透过小说反映的历史史实，力图把握石黑一雄探讨的具有普遍性和时代性的主题。

（五）石黑一雄小说的记忆主题研究

几乎所有研究石黑一雄的学者都认为，记忆才是其小说的"情感内核"[②]，石黑一雄小说中记忆的性质和机制因此也成为国外学界的一个研究重点。辛西娅•黄是较早关注石黑一雄小说中记忆主题的学者之一。她运用叙事学以及读者反应理论分析了石黑一雄前四部小说中的主人公，讨论了他们如何通过回忆的自我欺骗性语言以及忘却的叙述策略来保持各自的尊严和内心的平和。至今为止，研究石黑一雄小说中记忆主题最有代表性的一本专著是张宇金（Yugin Teo）的《石黑一雄与记忆》（*Kazuo Ishiguro and Memory*）。该书从记忆的过程切入，研究了石黑一雄小说中的记忆机制；借用弗洛伊德"遗忘"（forgetting）和"宽恕"（forgiveness）、"忧郁"（melancholia）和"哀悼"（mourning）等相

---

① Brian W. Shaffer and Cynthia F. Wong, eds. *Conversations with Kazuo Ishiguro*. Jackson: University Press of Mississippi, 2008: 76.

② Wojciech Drag. *Revisiting Loss: Memory, Trauma and Nostalgia in the Novels of Kazuo Ishiguro*. Newcastle: Cambridge Scholars Publishing, 2014: 1.

关概念，分析了小说中的个人如何通过"遗忘"、"追忆"与"释放"打破后悔与惩罚的怪圈，不仅揭示了石黑一雄小说中记忆的呈现形式，还阐释了记忆的内在机制。沃伊切赫·德劳格（Wojciech Drag）的专著《重访遗失：石黑一雄小说中的记忆、创伤及怀旧》（*Revisiting Loss: Memory, Trauma and Nostalgia in the Novels of Kazuo Ishiguro*）综合运用了叙事学、创伤理论和心理学相关理论，论述了石黑一雄小说中的记忆和遗失主题，认为小说主人公的记忆并未真实地重现往事，而是对往事进行创造性的重构，通过叙述一个统一的自我，建构稳定的身份，创伤主体才能得以治愈。

　　国内学者同样也关注石黑一雄小说中的记忆主题，他们一般基于创伤理论视角进行研究。李丹玲的《〈千万别让我走〉中的创伤书写》一文认为，《别让我走》不仅描写了克隆人所经历的种种个体创伤和隐伏创伤，也对群体创伤进行了文化建构，使之上升为克隆人群体的集体文化创伤。周颖的博士论文《创伤视角下的石黑一雄小说研究》则从个人、家庭和社会三个层面探讨了石黑一雄6部长篇小说中的创伤记忆。

　　学界对石黑一雄小说中记忆主题的研究，对本书启发较大。用叙事学的术语来讲，记忆既是石黑一雄小说的"故事"（story），也是其小说的"话语"（discourse）①。换言之，记忆既是石黑一雄

---

① 参见 Gerard Genette. *Narrative Discourse*. Ithaca and New York: Cornell University Press, 1980; Seymour Chatman. *Story and Discourse*. Ithaca and London: Cornell University Press, 1978.

小说的内容，也构成了其小说独特的叙述形式。无论从哪个理论角度对石黑一雄小说进行研究，都不能回避其中的记忆主题和机制。然而，国内外已有的对记忆机制的研究，往往偏重叙事形式，对记忆叙事的文化和思想内涵，如记忆与身份认同之关联，缺乏深入的关注。

（六）石黑一雄小说中的身份问题研究

石黑一雄小说中的身份问题也是国外学界关注的重点之一。但是，相关研究要么停留在对单篇作品的局部考察上，要么探讨小说中其他元素与身份之间的关系，身份问题并不是研究的核心。玛格丽特·森梅兹（Margaret J-M Sonmez）关注了《上海孤儿》中的"地点身份"（place identity），探讨了"地点身份"的两个层面：一是地点自身所拥有的身份，如小说中具有特殊历史意义的上海租界和香港等；二是地点与人物身份之间的关系，如小说中的伦敦、上海等地点意象与主人公班克斯身份建构之间的关系。克雷斯蒂娜·斯塔米罗斯卡（Krystyna Stamirowska）研究了石黑一雄小说中"话语"（discourse）和身份之间的关系，在话语分析的基础上指出，小说男主角使用的刻板僵硬的语言反映了他们没有安全感的生活状态，而女主人公使用的灵巧的语言则表现了她们的伦理反应。普雷法塔·莉迪亚·维亚孥（Prefata Lidia Vianu）的专著《当代小说中的文化杂糅：萨尔曼·拉什迪、麦可·翁达杰、石黑一雄》（*Cultural Hybridization in the Contemporary Novel: Salman*

Rushdie, Michael Ondaatje, Kazuo Ishiguro）探究了《浮世画家》和《长日留痕》中小说人物的杂糅国族身份。在众多身份问题的研究中，麦克·佩特里（Mike Petry）的专著《记忆叙事与身份叙事：石黑一雄的小说》（ Narratives of Memory and Identity: The Novels of Kazuo Ishiguro）通过探讨石黑一雄小说中记忆与身份之间的关联，对身份问题进行了整体思考，因而显得难能可贵。该书运用叙事学和心理学相关理论，将石黑一雄前4部小说中的记忆主题与身份结合起来，细致分析了小说主人公是如何通过回溯记忆进而进行自我定位的 ①。

　　石黑一雄小说中的身份问题同样也吸引了国内学界的批评眼

---

① 佩特里的专著《记忆叙事与身份叙事：石黑一雄的小说》的主体四章分别为："母亲困扰内心的记忆——《远山淡影》"（ A Mother's Disturbing Memories: A Pale View of Hills）、"画家悔恨的内心——《浮世画家》"（ A Painter's Guilty Conscience: An Artist of the Floating World）、"管家一生的幻觉——《长日留痕》"（ A Butler's Life-Long Illusion: The Remains of the Day）以及"钢琴家头脑混乱的困惑——《无可慰藉》"（ A Pianist's Mind-Shattering Confusion: The Unconsoled）。从各章标题就能看出，佩特里主要是运用心理学和叙事学探讨小说主人公的自我身份（ self-identity），这也是其他绝大多数石黑一雄研究文章的主要倾向，如德劳格的专著《重访遗失：石黑一雄小说中的记忆、创伤及怀旧》（ Revisiting Loss: Memory, Trauma and Nostalgia in the Novels of Kazuo Ishiguro）。这与本书主要从社会学理论视角探讨的社会身份（ social identity）不同。

光。有些研究兼顾石黑一雄小说人物和石黑一雄自身的身份问题。方宸的《石黑一雄〈上海孤儿〉中身份的建构与解构》一文认为,《上海孤儿》通过超现实主义的片段式回忆书写,对主人公身份进行了建构与解构,展示了殖民时代个人命运与历史进程的相互交织。王飞、邓颖玲的《流散写作与身份认同:日裔英籍作家石黑一雄的身份认同观研究》一文以石黑一雄5部长篇小说为文本,整体探究了石黑一雄小说人物的几种身份认同模式,认为石黑一雄突破了理论界的本质主义—建构主义二元身份认同框架,表现出其作为一名流散作家动态、发展、多元的身份认同观。

国内外有关石黑一雄小说中身份问题的研究具有许多有益启示,为本研究提供了坚实的基础。国外对石黑一雄小说中的身份问题所进行的相关研究不仅成为本书充足的论据,更提供了一种跨学科研究的理论视角,是本研究借助心理学和社会学等相关身份理论对石黑一雄小说中的身份问题进行探讨的重要理据。当然,前人的研究也有着不可避免的缺陷,存在诸多研究空白。首先,已有文献大多针对石黑一雄单篇小说进行局部研究,譬如,维亚孚的专著只论述了《浮世画家》和《长日留痕》中小说人物的杂糅国族身份;其次,已有研究偏重对石黑一雄小说中身份问题的"周边研究",并未将身份问题作为单独的主题进行专门的深度考察,譬如,森梅兹的"地点身份"研究、斯塔米罗斯卡关于"话语"与身份关系之研究等;最后,受限于理论视角,已有研究透过心理学视角关注了石黑一雄小说主人公的自我身份(self-identity），只看到了身份问题的一个侧面，譬如佩特里探讨记忆与身份间关系的专著。事实上，身份问题既包含心理学意义上的身份焦虑，又具有社会学意义上的身份认同（identification）的内涵。将身份焦虑和身份认同看作身份问题不可或缺的两个面相，正是本书对现有石黑一雄研究的一个重要补充。

纵观国内外石黑一雄研究，从范围上讲，对某部小说的单篇研究居多。现有研究主要集中在《长日留痕》和《别让我走》两部小说上，在很大程度上忽略了《远山淡影》《浮世画家》《无可慰藉》《上海孤儿》以及2015年新出版的《被掩埋的巨人》。同时，对石黑一雄每部小说的个案研究，缺乏对其所有创作的整体观照，导致大部分的研究结果有失偏颇。从研究角度上讲，早期研究大多聚焦于作者的移民身份，之后开始拓宽，涌现出叙事学、后殖民理论、多元文化与国际化写作、心理学等多重理论视角的研究。研究主题也从早期作者的少数族裔身份及其作品的"日本性"和"英国性"，逐步转向记忆叙事机制、历史主题、国际主义写作以及身份问题等。

除此之外，还可以发现，无论从哪种理论视角出发，都回避不了石黑一雄小说的内核——小说人物的"身份"问题。石黑一雄高明的叙事手法和叙事风格源于其独特的记忆叙事和身份叙事。学者们所关注的"不可靠叙述"表现了石黑一雄小说对人物身份问题的关注。石黑一雄的移民身份、双重文化以及国际主义写作，既是其开始创作的原初动因，也是其为了解决自身身份认同问题所作的持续努力。而记忆和历史，则是石黑一雄小说人物用以建构身份认同的心理资源和文化资源。多种视角下的石黑一雄研究以及有关其小说中身份问题的研究均为本书提供了重要的学术基础与思辨参照。

第三节 研究方法及创新之处

前人各具洞见的论述极大地启发了本研究对石黑一雄小说中身份问题的探讨。同时，他们研究的空缺也正是本研究的起点和意义所在。已有研究大多仅是石黑一雄小说中的自我身份研究以及身份问题的"周边研究"，即没有将身份问题当作独立主题，而是旨在探讨身份与记忆、地点等之间的关系。研究者大多忽略了身份问题的两个重要内涵：一是身份问题的负面表征——身份焦虑；二是社会学意义上的各类社会身份认同。鉴于此，本书借助心理学理论探究石黑一雄小说中的身份焦虑，借助社会学相关理论探究石黑一雄小说中的各类身份认同模式，并辅之以叙事学等相关理论，对石黑一雄7部长篇小说中的身份问题进行整体研究，以期在一定程度上填补国内外石黑一雄小说身份研究方面的相关空白。

社会学身份理论认为，身份是个人的社会归属问题，处在个人（personal）和社会（social）、心理（psychological）和社会的交汇处[①]。若个人与他人/社会能够取得认同，认同主体成功建构认同；若个人与他人/社会难以认同，则会产生焦虑。焦虑与认同构成身份问题的两个重要方面。身份焦虑有其产生的社会原因，也有重要的心理表征。身份认同根据认同范围的大小又包括他者、国族、流散以及人类认同等。焦虑与认同并非是截然分开的：由于身份内在要求某种稳定性[②]，稳定的身份被打破、认同出现问题时，产生焦虑；为了消除焦虑，重获稳定，则必须努力追寻稳定，建构认同。根据后现代身份理论，身份总是处于一个不断建构的过程中，所以认同主体面临的是一种焦虑与认同此起彼伏的状态。另外，作为身份问题负面表征的焦虑，也不总是起着负面作用，它又是认同主体身份建构的缘起与动力所在。本书将石黑一雄小说中的焦虑与认同分开探讨主要是出于讨论的方便起见。正是小说文本中体现出的焦虑与认同之间的张力，让我们更全面、客观地了解石黑一雄自身的身份焦虑与认同及其多元身份观。有关焦虑与认同的相关理论在第一章理论基础部分中有更为详细的论述。

本研究在研究方法、研究问题和研究视角等方面均有所创新。

(1)研究方法创新。本研究借助社会学、心理学的相关身份理

---

① Kath Woodward. *Understanding Identity*. London: Arnold, 2002: vii.

② Kath Woodward. *Understanding Identity*. London: Arnold, 2002: xi.

论解读石黑一雄小说中的身份问题，开拓了石黑一雄小说中身份焦虑的研究领域，补充了对小说中社会身份的探讨，是对心理学视域下石黑一雄小说自我身份研究的拓展和推进；同时，本研究的跨学科研究视野不仅能更好地揭示石黑一雄小说的内涵和石黑一雄自身的文化思想，为研究同类作家作品提供研究范式，也为心理学、社会学，尤其是为身份研究提供相关文学语料。

(2)研究问题创新。本研究探讨了石黑一雄至今为止出版的全部7部长篇小说中的身份问题，是国内外第一部整体、全面研究石黑一雄小说中身份问题的论著，对国内石黑一雄研究以及相似流散作家研究具有指导和启发意义，同时也为跨文化研究、移民研究、世界主义研究等提供文献参考。

(3)研究视角创新。本研究关注了被学界忽视的身份问题的重要方面——身份焦虑，借助心理学理论分析小说中广泛存在于人物身上的身份焦虑，同时借助社会学身份理论观照了石黑一雄小说中包括国族、流散、他者及人类等在内的多种身份认同模式。通过对小说中他者及人类认同的探讨，本研究发现了石黑一雄在全球化背景下对身份问题的独特思考。相对于只关注石黑一雄小说中以国族为基础的国族、流散身份认同的传统研究，这无疑是一种有益的补充与推进。另外，本研究还将小说文本与作者对照探讨，在解读文本的基础上研究了石黑一雄本人的身份观，拓展了石黑一雄研究的学术领域，为石黑一雄研究提供了新的思路。

第四节　主要内容及内在逻辑

石黑一雄的小说选取特定历史时期为背景，以回忆为叙事方式，很大程度上呈现了"身份"与个人记忆和社会历史的互动关系[1]：正是历史的转折、时空的变化导致小说中的个人与他人/社会产生矛盾冲突从而导致"焦虑"；同时，也正是个人通过回忆过往，借助各级"社会框架"，以不同路径建构了小说人物不同模式的"认同"。由于"文化与社会是基本结构，[……] 这两者 [……] 间接导致或者'生产'出了认同"，而"对于一个人来说，他不但有能力生存在各种大小不同的'共同体'中，[……] 他也有能力同时属于不同群体，从家庭、党派、职场，再到宗教团体和国家"，所以认同是"只能以复数形式出现的名词"[2]。结合身份理论，纵观石黑一雄7部长篇小说，可以看出，焦虑和认同构成了其小说人物身份问题的正反两面。

就"焦虑"而言，本研究主要探讨石黑一雄小说中的人物，包

---

[1] Mike Petry. *Narratives of Memory and Identity: The Novels of Kazuo Ishiguro*. Frankfurt am Main: Peter Lang, 1999: 5.

[2] 扬·阿斯曼:《文化记忆：早期高级文化中的文字、回忆和政治身份》，金寿福、黄晓晨译，北京大学出版社，2015年，第137~138、145、140页。

括《被掩埋的巨人》中的高文、《长日留痕》中的史蒂文斯、《浮世画家》中的小野、《远山淡影》中的悦子和景子母女以及《上海孤儿》中的班克斯等的身份焦虑的表现以及引起身份焦虑的时间、空间原因。时代变迁和空间位移分别从时、空两个维度上使得小说主人公们与其他人物和周围的环境产生冲突，从而导致他们的身份焦虑。作为时代和文化的他者，小说主人公们深重的身份焦虑有两个截然相反的发展方向：一是更加严重的身份焦虑、身份危机甚至身份毁灭（如景子）；二是以身份焦虑为动力，以回忆为途径，以各级"社会框架"为参照，逐渐建构起各自独特的身份认同（如小野、史蒂文斯、班克斯等）。

就"认同"而言，本研究主要关注石黑一雄小说人物的各类社会身份认同。根据不同范围的"社会框架"，石黑一雄小说中所反映的认同包括国族身份认同、流散身份认同（一种特殊的双重或多重国族认同）、他者及人类身份认同。国族身份认同体现在《被掩埋的巨人》中维斯坦的撒克逊民族身份认同、《浮世画家》中小野的日本身份认同和《长日留痕》中史蒂文斯的英国身份认同三方面。流散身份认同的建构有《远山淡影》中妮基的代际记忆传承、《上海孤儿》中班克斯的双重移民出身和埃克索所面临的民族融合等几个方面。《无可慰藉》中瑞德的他者身份认同是石黑一雄"国际主义小说"的完美写照。通过创设"可然世界"（possible world），石黑一雄将克隆人凯茜身份认同的参照框架扩展至整个人类。通过回忆个人与社会的过往，描写当代"国际主义"的生活经历以及想象克隆技术带来的"可然世界"，石黑一雄从个人和国族的过去，从当代生活以及科幻想象中寻求认同资源，建构起小说人物各不相同的身份认同，以解决他们所面临的身份焦虑。由此也可以窥见，作为日裔英籍流散作家，石黑一雄在展现人物焦虑和认同的同时，表现出一种多元而又逐渐推进的身份观。

此处需要特别指出的是，本研究主要关注石黑一雄小说人物的身份焦虑和身份认同，但并非将同一人物的焦虑和认同机械地一分为二，分别在不同章节中进行探讨。本研究将文本细节与身份理论相对照，对每个小说人物独特的焦虑和认同进行个案分析，进而宏观考察石黑一雄小说中反映出的身份问题。由于有些小说人物的认同状态徘徊不定，或者最终没有建构起明确的认同，本研究只考察了他们的焦虑，如《被埋葬的巨人》中的高文以及《远山淡影》中的悦子和景子。对于另一些人物，由于小说中有关其焦虑的文本细节不多，本研究只考察了他们的认同，如《被埋葬的巨人》中的维斯坦和埃克索，《远山淡影》中的妮基，《无可慰藉》中的瑞德以及《别让我走》中的凯茜。作为集中反映身份问题的典型人物，本研究对《远山淡影》中的小野、《长日留痕》中的史蒂文斯和《上海孤儿》中的班克斯的焦虑和认同都进行了深入探讨。

本研究的内在逻辑可以用下图表示。

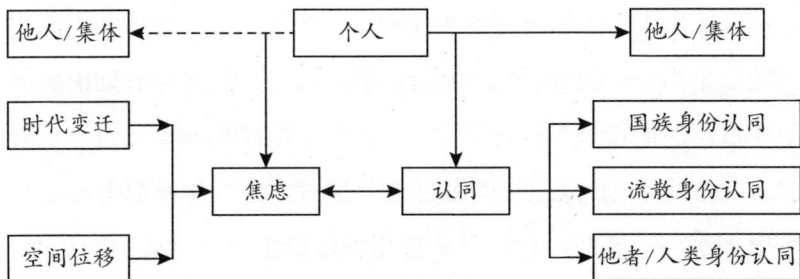

```
他人/集体  ◄┈┈┈┈┈┈  个人  ──────────►  他人/集体

时代变迁 ──┐
          ├─► 焦虑 ◄───► 认同 ──┬──► 国族身份认同
空间位移 ──┘                    ├──► 流散身份认同
                                └──► 他者/人类身份认同
```

本书内在逻辑图

　　基于社会学理论，本书所说的身份主要是指个人身份。身份表现为个人与他人／社会之间的关系状态。个人与他人／社会难以认同，则产生身份焦虑，在图表中用虚线箭头表示。个人与他人／社会能够认同，则产生身份认同，在图表中用实线箭头表示。焦虑与认同构成身份问题的两个面相。同时，焦虑与认同并非截然分开的，而是处在一种此消彼长、相互影响的关系中，在图中用双向箭头表示。焦虑有两个产生原因，即时代变迁与空间位移，两者分别从时间和空间两个维度导致了身份焦虑。认同在本书中有三种不同的建构模式，即国族身份认同、流散身份认同以及他者／人类身份认同。

　　本研究通过对社会学身份理论的梳理，提出身份问题包含焦虑和认同两个方面。焦虑和认同分别表现为个体与他人／集体难以认同的困境以及个人与他人／集体的认同状态；同时，焦虑与认同之间又存在着动态的交互关系，此为第一章理论基础主要探讨的问题。第二、三章旨在解读石黑一雄小说中的身份焦虑，分别探究了焦虑产生的时间和空间原因："时代变迁与身份焦虑"一章的三个小节(民族战争、帝国崩溃和战后日本)按照时间前后逐节递进；"空间位移与身份焦虑"一章的三个小节(离家出走、永居异乡和双重家园)按照空间远近逐节推进，分别与两章的时、空维度相照应。第四、五、六章旨在解读石黑一雄小说中的认同，按照前现代、现代、后现代的逻辑关系，分别研究了小说中的本质主义国族认同、建构主义流散认同和全球化语境下的他者及人类认同。三种认同模式在范围上逐级推进——建构主义流散认同是对本质主义国族认同的突破，而全球化语境下的他者及人类认同则是对流散认同的进一步突破。同时，这三章内部的小节亦是根据时间和空间顺序逐节递进。另外，第四、五、六章还构成一个首尾衔接的循环：居间的流散身份最不稳定，流散状态(这正是作者石黑一雄的生活状态)是造成焦虑的最主要原因；国族认同和他者及人类认同则是从两个向度上对身份稳定性的追求。这三种认同构成了移民主体建构认同的三种可能。章之间、节之间的内在逻辑不仅动态地反映了小说人物从焦虑到认同、从国族认同到流散认同再到他者及人类认同的发展，同时也反映了作为移民作家的石黑一雄自身对身份问题的持续关注与思考，反映出他多元、包容、发展的身份观，这正是本研究的结论所在。

第一章

身份问题的两个面相

焦虑与认同

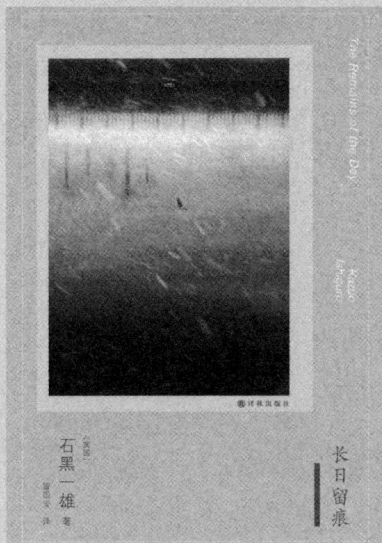

身份问题古已有之，在当今时代尤为凸显。究其原因，只要有自我与他者的对立，我群与他群的区分，身份问题便会存在。上古时代，个人为了自我保护，必定要归属一定的群体，而对抗另一些群体。在此基础之上，部落和国家逐渐产生。始自15世纪的地理大发现以及随后东西半球在地理、经济、文化等方面的交流与贯通，直至当今的全球化时代，人口的移动以及文化的遭遇与碰撞将身份问题推向研究前沿。正如英国学者约翰·伯格（John Berger）所说，20世纪"典型的"经历便是移民，自那之后，移民经历与身份问题之间产生了一种特殊的关联[1]。作为一位日裔英籍的异文化移民作家，石黑一雄走在了时代的前列，通过其将近四十载的小说创作，通过讲述身处不同历史时代的小说人物的故事，探究了身份问题的两个重要面相：焦虑与认同。焦虑与认同此起彼伏、如影随形，成为小说人物以及作者石黑一雄思考身份、追寻认同的原初动能。

根据《牛津英语辞典》（*The Oxford English Dictionary*）和《韦伯斯特新世界美国英语词典》（*Webster's New World Dictionary of the American Language*），"身份"（identity）一词源自拉丁语identitas和古法语identite，由表示"同一"的词根idem构成，因

---

[1] 转引自 Kath Woodward. *Understanding Identity*. London: Arnold, 2002: 53-54。

而，这一术语一般意指"同一""相似""整一"等。正是基于该词的词源语义，传统的哲学与心理学分别探究了与身份相关的"主体"（subject）和"自我身份"概念，主要关注自我的延续性和同一性。哲学范畴的主体概念强调人的意识与理性，认为正是意识与理性将人的自我与外部世界区别开来①。心理学领域沿着哲学领域的研究路径，探究了人的自我身份，指出自我的连续性和统一性构成了一个区别于他者的完整自我②。哲学与心理学有关主体和自我身份的研究，为身份研究打下了坚实的基础，同时也将人的自我与外界隔离开来，对身份的理解局限于自我的独特性上。事实上，身份兼有区分人与人的"差异性"（difference）以及关联人

---

① 理论界一般将以主体为中心的启蒙身份研究追溯至笛卡尔（Rene Descartes）。笛卡尔在《论方法》(1637)中指出，我思故我在，自我的本质就是思想，人的自我身份等同于纯思的意识。洛克（John Locke）在《人类理解论》(1690)中同样指出，正是意识统一了人的各种行为，使人具有统一性。黑格尔（G. W. F. Hegel）拓展了笛卡尔和洛克的主体论，在《精神现象学》(1807)中开列出一张启蒙主体路线图，即从意识、自我意识、理性、精神，直到绝对精神。启蒙主体论自成一派，认为人是理性统一体，能实现自我精神世界的整合。参见陶家俊《身份认同导论》，载《外国文学》2004年第3期，第38~39页。

② 弗洛伊德（Sigmund Freud）将身份概念从哲学领域引入心理学，基于对儿童的临床研究和精神分析，探讨了人的"心理自我"（psychological self），提出了人格结构理论，认为"我"包含"本我"（id）、"自我"（ego）和"超我"（super-ego）三个层面。

与人的"相似性"（similarity）两层含义[①]。哲学和心理学领域只关注了身份概念蕴含的差异性，即"我"之为我的独特性，而忽略了身份概念蕴含的相似性，即"我"与他人以及"我们"的关系，而这正是社会学领域研究的焦点[②]。

19世纪末20世纪初，社会学领域开始关注身份问题。德裔美国学者埃克里·埃里克森（Erik H. Erikson）是第一位专门研究身份问题的心理学家，自他开始，身份一词在学界才开始广泛使用[③]。埃里克森首次区分了身份概念的心理学和社会学两层含义，

----

① Richard Jenkins. *Social Identity*. London & New York: Routledge, 2008: 16.

② 哲学、心理学和社会学对身份概念不同方面的关注，正好对应了德国学者扬·阿斯曼对"'我'的认同"（这里的认同便是身份）的两个次范畴的区分。阿斯曼认为，"个体的（individuell）认同"指的是：每个人都具有一些可以将自身与那些（"能指"意义上的）他者区分开来的个体特征，具有建立在具体基础上的对自我存在的不可或缺性、自身与他者的不可混同性及不可替代性的意识，在此基础上，人的意识中会形成和稳固一个对自我形象的认同，这种认同便是"个体的认同"；而"个人的（personal）认同"指的则是：特定的社会结构会分配给每个人一些角色、性格和能力，它们的总和便是"个人的认同"。参见扬·阿斯曼：《文化记忆：早期高级文化中的文字、回忆和政治身份》，金寿福、黄晓晨译，北京大学出版社，2015年，第135页。

③ 埃里克森是一名生于德国的犹太裔美国心理学家，是弗洛伊德女儿安娜·弗洛伊德的好友，1902年生于德国法兰克福，1933年为逃避纳粹迫害举家迁居美国，先后任教于耶鲁大学、哈佛大学等，由于其对身份问题的研究，成为世界范围内极具影响力的心理学家。

在弗洛伊德（Sigmund Freud）对心理自我以及人格结构的研究基础上，他提出"心理社会身份"（psychosocial identity）或"群体身份"（group identity）与"自我身份"（ego identity）的概念，将身份概念引入社会学领域。自我身份主要是心理学层面的概念，而心理社会身份或群体身份正是当代社会学领域所关注的"社会身份"（social identity）。社会学家认为，从本质上讲，由于描述的是人的个体与社会群体的关系，身份天然是一个社会性术语，意指个人在特定社群和社会中的地位与角色，以及个人与他人、社会的认同关系。

　　身份处于个人与他人、与社会的交汇处，是个人的社群、社会归属问题①。个人与他人/社会能够取得认同时，则可以建构身份；若个人与他人/社会不能认同，则相应产生焦虑。与身份问题正面表征的认同相对，焦虑是身份问题的负面表征，也是身份问题的最初体认，更是建构和重构身份认同的基础和开端。所以，本书认为，"焦虑"与"认同"是"身份"这同一枚硬币的两面。同时，根据后现代身份理论，身份是一个永远建构、没有终结的过程，所以焦虑与认同不能截然分开，焦虑为认同的建构提供动力，而认同则是为了抵抗焦虑而进行的努力。本书将焦虑与认同分开探讨，主要是为了论述的方便起见，只有依照焦虑和认同两条线索检视石黑一雄的7部长篇小说，考察焦虑和认同在不

---

① Kath Woodward. *Understanding Identity*. London: Arnold, 2002: 8.

同人物身上的独特表征，才能够更为清晰地整体把握身份问题在石黑一雄小说中的生动反映。

第一节　身份焦虑

身份面临危机的时候才成为一个问题。身份问题首先是经由身份焦虑体现出来的。可以说，身份焦虑是身份的一个重要面相，构成身份问题的负面表征。20世纪初，弗洛伊德的心理身份研究，正是基于他对儿童自我建构的病理学临床分析，通过身份危机(identity crisis)和身份焦虑反观儿童的身份认同[①]。在弗洛伊德的研究基础之上，埃里克森将身份研究的范围从儿童时期扩展至人的一生，认为人的身份是一个终其一生逐级建构的过程，并提出"心理社会发展理论"(theory of psychosocial development)，即人的身份发展共分八个阶段，每个阶段的成长都需要克服相应的身份危机[②]。值得注意的是，与弗洛伊德相似，结合自身的

---

① 参见 William Bloom. *Personal Identity, National Identity and International Relations*. Cambridge: Cambridge University Press, 1990: 26-30。

② 根据心理社会发展理论，身份发展的八个阶段分别是：婴儿期(0~1岁)、童年早期(1~3岁)、游戏期(4~6岁)、学龄期(7~12岁)、青春期(13~18岁)、成年早期(19~25岁)、成年期(26~65岁)、老年期(65岁以后)。

移民经历以及美国的移民文化，埃里克森对身份问题的研究同样始于对身份焦虑和身份危机的关注。他认为一个人如果不能构建完整统一的身份就会产生身份焦虑甚至"人格崩溃"（personality breakdown）[1]。人格崩溃可以表现为强烈程度不同的多种形式，包括焦虑、极度偏执、精神错乱、抑郁以及其他形式的精神紊乱[2]。其实，对于个人来说，只有当产生身份焦虑和身份危机的时候，身份才成为一个问题。身份"就像我们身体的一个部分，在我们健康完好的时候，我们根本没有意识到它的存在；而只有它生了病或出了问题不能正常运作，我们才意识到它是我们身体的一个不可或缺的部件"[3]。身份焦虑确实有其病理学意义。美国心理学家罗洛·梅（Rollo May）就曾将其比作破坏人类健康和幸福的"肺

---

[1] 关于身份问题在学界的兴起，威格特（Andrew J. Weigert）等将其归因于学者对美国移民社会与文化的关注和研究，详见 Andrew J. Weigert, J. Smith Teitge and Dennis W. Teitge. *Society and Identity: Toward a Sociological Psychology*. Cambridge: Cambridge University Press, 1986: 6-8。

[2] William Bloom. *Personal Identity, National Identity and International Relations*. Cambridge: Cambridge University Press, 1990: 37.

[3] 赵静蓉：《文化记忆与身份认同》，上海三联书店，2015年，第32页。

结核病"①。因此，本书认为，身份焦虑是身份"出了问题"时所显现的"病症"，是身份问题的负面表征。

英国学者阿兰·德波顿（Alain de Botton）在《身份的焦虑》（*Status Anxiety*）一书中界定了身份焦虑的概念，认为"身份的焦虑是我们对自己在世界中地位的担忧"，"担忧我们处在无法与社会设定的成功典范保持一致的危险中，从而被夺去尊严和尊重"②。德波顿所说的"在世界中的地位"意指一个人在社会中所扮演的角色③，"与社会设定的成功典范保持一致"则是个人与特定社会及特定文化取得认同。一旦难以取得认同，则会失去"尊严和尊重"，从而产生身份焦虑。梅在《人的自我寻求》一书中专门

① 梅考察了焦虑心理与生理疾病的内在关联："当一个人在一段时间内不断地陷入焦虑，他的身体就很容易遭受心身疾病。同样，焦虑又是许多心身障碍——溃疡以及许多不同形式的心脏病等在心理上常见的共同特征。总之，焦虑是我们现代严重的'肺结核病'——人类健康和幸福的最大破坏者。"见罗洛·梅：《人的自我寻求》，郭本禹、方红译，中国人民大学出版社，2013年，第21页。

② 阿兰·德波顿：《身份的焦虑》，陈广兴、南治国译，上海译文出版社，2008年，"中文版序言"第1页，"界定"第6页。

③ 德国学者扬·阿斯曼对"个人的认同"的定义（也就是身份的社会学定义）为："特定的社会结构会分配给每个人一些角色、性格和能力，它们的总和便是'个人的认同'。"参见扬·阿斯曼：《文化记忆：早期高级文化中的文字、回忆和政治身份》，金寿福、黄晓晨译，北京大学出版社，2015年，第135页。

研究了人的焦虑心理，认为焦虑是"一种被'困住'、被'淹没'的感觉"，它让"我们的知觉 [……] 变得模糊不清或不明确"。焦虑或是"一种内在的'痛楚'"，或是"心脏的收缩"，甚或是"泛化的困惑"，或者又"可以将其描述为感觉到仿佛周围的整个世界都是深灰或黑暗一片，或者仿佛感觉到一种像一个小孩在意识到自己迷路后所体验到的那种恐怖"[①]。他还指出，焦虑的两个主要症状——"空虚感"和"孤独感"相互交织；空虚感源自孤独感，而孤独感常被描述为"'置身在外的'、被隔离的，或者……被疏远的感觉"[②]。简言之，身份焦虑是一种个人担心和忧虑自己难以与他人/社会取得认同的心理状态，代表了一种个人与他人/社会的冲突，表现为空虚感、孤独感和恐惧感等。

身份焦虑是一种心理状态，有其明显的社会成因，因此身份概念具有天然的社会属性。梅指出，自我的价值观总倾向于依附特定的社会框架，"对于我们社会中的大多数人来说，主导价值观是被人喜欢、被人接受以及被人赞同"，身份焦虑即"来源于这种不被喜欢、被隔绝、孤独或被抛弃的威胁"[③]；我们之所以焦虑，

---

① 罗洛·梅:《人的自我寻求》，郭本禹、方红译，中国人民大学出版社，2013年，第23页。

② 罗洛·梅:《人的自我寻求》，郭本禹、方红译，中国人民大学出版社，2013年，第12~13页。

③ 罗洛·梅:《人的自我寻求》，郭本禹、方红译，中国人民大学出版社，2013年，第21、25页。

"是因为我们不知道应该追求什么样的角色，应该相信什么样的行为原则"，而最终会"使人迷失方向，暂时性地使人不知道自己是谁、自己是做什么的，并因此模糊了他关于周围现实的见解"；身份焦虑"倾向于摧毁我们对自身的意识"，打击"我们自我的'核心'"①。埃里克森同样也认识到造成身份焦虑的历史和社会文化因素，并总结出导致身份焦虑的双重范式："身份—社会"（identity-society）与"身份—历史"（identity-history）②。历史和社会因素分别从历时（时间）和共时（空间）两个维度构成了身份焦虑的诱因。因此，历史和空间情境的变换，比如革命、战争、移民等，就会"删除或更改个人身份认同所需的外部社会坐标，从而威胁到个体的'身份感'，进而触发身份焦虑"③。

在石黑一雄的小说中，小说人物产生身份焦虑的两个原因正是历史层面的时代更迭与社会层面的空间位移。正如单伟爵所言，石黑一雄的小说主人公都属于"与所生活的世界在时间和

---

① 罗洛·梅:《人的自我寻求》，郭本禹、方红译，中国人民大学出版社，2013年，第24、26、27页。

② 转引自 Andrew J. Weigert , J. Smith Teitge and Dennis W. Teitge. *Society and Identity*: *Toward a Sociological Psychology*. Cambridge: Cambridge University Press, 1986: 8.

③ William Bloom. *Personal Identity, National Identity and International Relations*. Cambridge: Cambridge University Press, 1990: 39.

空间上脱节的人"①。罗波·伯顿（Rob Burton）借用石黑一雄小说《浮世画家》的标题，将小说主人公的这种生活状态称作"浮世"（floating world），认为"浮世"指的是"身处两个（或者是道德的，或者是意识形态的，甚或是地理的）世界之间的叙述者用记忆和顿悟编织出的精妙网络"②。在道德、意识形态和地理等时空维度上身处"两个世界"，失去明确的身份认同，这也正是石黑一雄小说人物所表现出来的身份焦虑状态。《被掩埋的巨人》中的高文、《长日留痕》中的史蒂文斯和《浮世画家》中的小野产生身份焦虑的原因是急剧变化的历史时代，而《远山淡影》中的悦子、景子母女和《上海孤儿》中的班克斯产生身份焦虑的原因则是他们的移民经历所带来的空间位移。

同时，时空的变化也使得小说人物更加依赖于他们的记忆，以便抵抗内心的身份焦虑，从而建构身份认同。作为身份问题的负面表征，身份焦虑是原初身份的破裂，是身份问题的最初体认，更是建构全新身份的基础或者开端。认同主体只有产生了身份焦虑，才有可能对身份问题深入思考，才有可能探寻各种身份认同的途径与方式，进而为自己建构身份认同。当然，并不是所有的身份危机都能够成功解决，也不是所有的小说人物都能成功

---

① Wai-chew Sim. *Globalization and Dislocation in the Novels of Kazuo Ishiguro*. PhD Dissertation of University of Warwick, 2002: 4.

② Rob Burton. *Artists of the Floating World: Contemporary Writers Between Cultures*. New York: University Press of America, 2007: 42.

建构起身份认同。《远山淡影》中景子的自杀是身份焦虑和身份危机产生的极端后果，然而除景子之外①，其他小说人物都通过回忆个人及社会历史，分别建构了国族身份认同、流散身份认同以及他者和人类身份认同。身份认同，与身份焦虑相对，是身份问题的正面表征。

第二节　身份认同

身份问题更为重要的一面是身份认同。英国社会学家理查德·詹金斯（Richard Jenkins）就认为，将身份（identity）作为一个名词探讨的同时，更要关注其动词形式——认同（identify），并在其专著《社会身份》（*Social Identity*）一书的很多章节中都将身份等同于认同（identification）。大卫·麦克隆（David McCrone）和弗兰克·比筹佛（Frank Bechhofer）也认为，与其将身份看作一个名词（identity），用以描述某人拥有的固定的身份标签，还不如将身份当作一个动词（to identify with），用以指称一个随语境变化

---

① 其实，《上海孤儿》中主人公班克斯的母亲戴安娜与景子相似，同样是由于移民的空间位移而导致身份危机，只不过与景子的自杀不同，戴安娜的身份危机体现在她最终的疯狂上。景子是肉体毁灭，而戴安娜则是精神错乱。这一点，在本书中并未论及，需另行撰文探讨。

的、积极的建构过程①，也就是本书所说的认同。根据詹金斯的定义，认同是指个体与"某物或某人(如一个朋友、一个体育团队或者一种意识形态)"取得的"联系和连接关系"，是一种"在个人之间、集体之间以及个人与集体之间有关相似和相异关系的系统性的建构和意义表征"②。简言之，认同是个体与个体之外的单个的人、物或者集体的认同，是个体与外界的一种认同和归属关系。

身份认同最基础也最为简单的形式便是个体之间的认同，也就是个体与另外一个或多个个体的认同关系。这是其他各种身份认同的基础，个体其他种类的身份认同都遵循个体之间认同的类似规则。值得注意的是，弗洛伊德的身份认同研究正是起源于其对个体之间的认同，更确切地讲，就是婴儿与父母之间的认同的关注。弗洛伊德认为，主体形成的理想自我(ego ideal)源自父母的影响，随着时间的推移和范围的扩大，包括培养、教导他的人以及他周围接触到的无数他人和公众舆论，都形成了主体的认同对象，主体的身份认同最终从父母扩展至社会③。个体之间的认同同样也体现了身份认同的社会性，是个人群体身份的基础。

心理学和哲学主要关注自我身份，而社会学则更加关注个人

---

① David McCrone and Frank Bechhofer. *Understanding National Identity*. Cambridge: Cambridge University Press, 2015: 17.

② David McCrone and Frank Bechhofer. *Understanding National Identity*. Cambridge: Cambridge University Press, 2015: 17-18.

③ Sigmund Freud. *On Narcissism*. London: Hogarth Press, 1957: 95-96.

的群体身份。根据不同的语境需求，个体会根据"群体"（group）框架进行不同的身份认同①。身份的群体框架包括国族、社会阶层、性别、种族、年龄等。国族（nation）是个人所属众多社会群体之中的一种。国族身份（national identity）则是个人与自己的国族、祖国、出生地的认同，对于个体的身份感以及日常生活都有着十分重要的意义②。与其他社会身份相似，国族身份认同同样也是个人性的，在个人的日常社会活动中产生和维持。同时，个人的国族身份认同并非静态的，不是说有或者没有一个国族身份，而是需要一再地"建构"。国族身份认同有赖于个人对身份的"声明"以及其他人对其声明的接受程度，是一个持续的双向"协商"

---

① David McCrone and Frank Bechhofer. *Understanding National Identity*. Cambridge: Cambridge University Press, 2015: 195.

② 之所以将其译为国族身份，是因为大卫·麦克隆和弗兰克·比筹佛将 English identity、British identity、Scottish identity 等都视作 national identity。国族身份不同于体现在国家护照的、具有政治性的公民身份（citizenship），也不同于民族主义（nationalism），属于社会身份的一种。在论及其专著《理解国族身份》（*Understanding National Identity*，2015）出版的必要性时，两位学者指出学界对国族身份研究的双重遮蔽：一方面，民族和民族主义研究忽视国族身份；另一方面，社会身份研究也没有给予国族身份足够的重视。参见 David McCrone and Frank Bechhofer. *Understanding National Identity*. Cambridge: Cambridge University Press, 2015: 15.

过程[1]。

　　大多数人在大多数时候对国族身份并不在意，只有在遭遇突发情况时，国族身份才表征为显性。正如科伯纳·麦尔塞（Kobena Mercer）所言，"只有当面临危机时，当某种固定、统一和稳定的东西被怀疑和不确定的经历打乱的时候，身份才成为一个问题"[2]。这也就是说，当历史和社会原因导致认同主体出现身份焦虑和危机时，平时隐性存在的身份才凸显为一个问题。遭遇身份危机时，主体要么防御、保护已有的身份，要么根据情境建构新的身份认同[3]。换言之，身份遭遇危机时，主体要么回到(即使是想象性地)自己的国族群体，从而加固原有的国族身份认同，要么建构一种新的身份认同。

　　根据社会学理论，个体认同的群体框架不是静止不变的，而是可以重叠和流动的。当认同主体从一个国族群体"跨界"进入另一个国族，有可能建构一种新的流散身份认同（diasporic

[1] David McCrone and Frank Bechhofer. *Understanding National Identity*. Cambridge: Cambridge University Press, 2015: 42.

[2] 转引自 David McCrone and Frank Bechhofer. *Understanding National Identity*. Cambridge: Cambridge University Press, 2015: 120。

[3] William Bloom. *Personal Identity, National Identity and International Relations*. Cambridge: Cambridge University Press, 1990: 39.

identity）①。正如斯图亚特·霍尔（Stuart Hall）对流散身份认同的界定，基于对两种或多种文化的容纳，流散主体为自己建构了新的身份认同，这些流散主体"有着双重或多重归属，说着两种或多种语言，拥有两种或多种身份，有着两个或多个家园，他们学会了在文化间'协商与翻译'"②。流散身份是移民主体在日常移民遭遇中对自身国族身份的再思考和再建构，认同主体越过了国族社会群体的边界，进而超越了具有本质主义倾向的国族身份认同。

当然，按照社会学对群体的界定，还可以对国族群体做进一步的超越，将作为整体的人类看成一个社会群体，这是"全球化"（globalization）和"世界主义"（cosmopolitanism）研究的题中之意。巴里·布赞在探讨"全球化与认同"之关系时指出，全球性的人类身份（human identity）强调人人平等，削弱了作为合法惯例的奴隶制、种族主义、种族灭绝以及帝王制等③。事实上，人类身份认同的建构基于人与人之间相同的人性，经由人性的连接，人类身份认同又与本节一开始讨论的个体间的认同联系在一起。两者都

---

① Richard Jenkins. *Social Identity*. London & New York: Routledge, 2008: 118.

② Stuart Hall. "New Culture for Old." In Massey, D. and Jess, P. Eds. *A Place in the World: Place, Culture and Globalization*. Oxford: Oxford University Press, 1995: 47-48.

③ 巴里·布赞:《全球化与认同：世界社会是否可能?》，载《浙江大学学报（人文社会科学版）》2010年第5期，第6页。

以人的共通人性为基础，在人与人之间建构出"求同存异"的身份认同。

作为移民作家，石黑一雄在其小说中既考察了身处时、空变换的时代背景下小说人物所体验到的身份焦虑，也考察了他们在面临身份危机时所作出的不同选择——《被掩埋的巨人》中的武士维斯坦、《长日留痕》中的管家史蒂文斯与《浮世画家》中的画家小野面对身份焦虑，选择退回到自己的国族社群，加固已有的国族身份认同，而《远山淡影》中的二代移民妮基、《上海孤儿》中的侦探班克斯与《被掩埋的巨人》中的亚瑟王武士埃克索则与各自的移民经历协商，建构了杂糅的流散身份认同。国族身份认同是一种具有本质主义倾向的身份认同，流散身份认同则是在对单一国族群体超越后所建构的杂糅身份认同。石黑一雄并未停留在小说人物的流散身份上，而是通过《无可慰藉》中钢琴家瑞德与周围他者的认同（identification with others），以及《别让我走》中作为人类他者的克隆人凯茜为自己建构的人类身份认同，以共通人性为基础，从个人和人类两个层面、两个方向实现了对本质主义国族身份认同，甚至是对建构主义流散身份认同的超越。一般而言，所有形式的社会身份都要"制造他者"（othering），也就是制造一种"概念上的他者"（notional other），从而将自身身份的特性和优点与之比照①。石黑一雄却反其道而行之，通过《无可慰藉》中瑞德与他者的认同，《别让我走》中克隆人凯茜与人类的认同，最终解构了这种"他者制造"，突破了理论界的本质主义—建构主义二元身份认同，超越了身份认同的国族和流散框架，在全球化背景下对身份认同作了深入而又独到的思考。

根据社会学身份理论，本书将石黑一雄小说中的身份问题分为焦虑和认同两个方面进行探讨，但这样做并非说明焦虑与认同是可以截然分开的。本书认为，焦虑是读者发现小说人物身份问题的切入点，只有在细致考察小说人物焦虑的社会原因及心理表征的基础上，才能更好地理解他们为探寻认同而做出的各种努力。同时，焦虑也是作者从事写作的原初动力，只有在逐一分类细读小说人物的焦虑与认同的基础上，才能更好地洞悉石黑一雄自身身份观的发展轨迹及内涵。具体到小说，由于每个人物身上体现的焦虑和认同模式各不相同，本书讨论的侧重点也有所不同：有些人物仅观察其内心的焦虑，有些人物仅分析其认同的过程，还有些人物则选择既考察他们的焦虑，也考察他们的认同。另外，在文章结构上(而非具体每个小说人物身上)也体现了焦虑与认同的动态关系：第二、三章分析的焦虑产生的时、空原因分别对应于第四、五章的本质主义国族身份认同和建构主义流

---

① David McCrone and Frank Bechhofer. *Understanding National Identity.* Cambridge: Cambridge University Press, 2015: 141.

散身份认同，正是两个维度上的焦虑和认同使得石黑一雄跨越国族边界，超越流散状态，进而从国际主义的人性和人类视角思考认同。同时，第四、五、六章又有两种内在逻辑：首先，从国族到流散，再到他者及人类，认同范围逐级推进，认同视野愈加宽阔；其次，流散是石黑一雄的移民状态，也是其焦虑产生的主要原因，流散身份的不稳定性以及身份内在需要的稳定性，造成另外两种方向相反的认同模式——国族身份认同和他者及人类身份认同，他者和人类身份认同又分别从个体和人类两个向度超越了本质主义国族身份认同。小说人物这一复杂的身份建构过程，正反映了石黑一雄自身动态、多元、包容的身份观。

第二章

时间因素导致的焦虑

历史转折与身份焦虑

An Artist of
the Floating World

浮世画家

石黑一雄作品
Kazuo Ishiguro

冯涛 译

上海译文出版社

在当今 "地球村" 和全球化时代，文化传播和交流的速度愈加快捷，程度愈加深广，不同文化的遭遇和碰撞，致使许多民族国家都面临着急剧的社会转型。社会的转型、外来文化的输入以及传统文化的断裂，又使得社会成员产生时不我待的身份焦虑。身份居于个人与社会的交汇处，社会发生巨变和转型，必然影响到个人的身份。文学作品中就形象地反映了社会转型与个人身份焦虑之间的这种复杂关系。社会转型也正是石黑一雄大部分小说所描写的历史背景。石黑一雄擅长跨越文化，穿越时代，将小说人物置于各国社会转型的大背景下，如《浮世画家》中面临美国文化入侵的战后日本，又如《长日留痕》中在美国崛起背景下逐渐衰落的大英帝国等，进而探究个人与社会的认同关系。在这些小说中，某些人物固守传统价值而不能与时俱进，在整个社会转型的潮流中体验到了深重的身份错位与焦虑。

社会学家凯斯·伍德沃德（Kath Woodward）指出，身份焦虑的产生源自 "身份定位" 在个人或者社会层面受到挑战，从而变得不稳定①。在伍德沃德的基础上，本书进一步认为，身份面临的挑战应该是从社会到个人，是个人层面与社会层面以及社会因素与心理表征的交融。身份焦虑是个体与他人／社会不能取得认同时

---

① Kath Woodward. *Understanding Identity*. London: Arnold, 2002: xi.

的心理状态，是身份问题的负面表征，从另一个侧面凸显了身份问题。埃里克森总结了身份焦虑产生的双重范式，即"身份—社会"与"身份—历史"[①]；也就是说，历史和社会因素分别从时、空两个维度造成了个人的身份焦虑。在石黑一雄的小说中，造成人物身份焦虑的同样有时空两种原因：时代变迁和空间位移[②]。前者表现为时代更迭背景下小说人物的身份困境，后者表现为空间变换的移民经历给小说人物造成的身份焦虑。本章重点探讨石黑一雄小说人物因时代变迁而带来的身份焦虑。

价值观发生突变的时代是石黑一雄尤感兴趣的小说背景，因此时代的变迁和历史的转折导致小说人物身份焦虑的故事情节，在石黑一雄的小说中广泛存在。在访谈中，石黑一雄一再提到，"我对这样的历史时期感兴趣，即社会的道德价值经历了突变"，或者说"道德价值使得个人颠倒混乱"，"许多我感兴趣的事情，可以在这些情境下找到切口"[③]。因为其小说背景总"处于历史的过渡

---

① 转引自 Andrew J. Weigert, J. Smith Teitge and Dennis W. Teitge. *Society and Identity*: *Toward a Sociological Psychology*. Cambridge: Cambridge University Press, 1986: 8.

② 在小说中，这两种原因时而分别促成不同人物的身份困境，时而又合力引起他们的身份焦虑。为了便于论述，本书将这两种原因分而述之，但并非认为这两种原因是截然分开的，只是在具体情况下，它们的影响不同而已。

③ 转引自 Brian W. Shaffer and Cynthia F. Wong, eds. *Conversations with Kazuo Ishiguro*. Jackson: University Press of Mississippi, 2008: 20-21.

时刻，新的社会价值观替换旧的一套"①，让不能适应变化的小说人物与社会在认同方面出现"颠倒混乱"，从而产生了身份焦虑。《被掩埋的巨人》以不列颠—撒克逊战争、英国历史初创时期为背景，刻画了在这种历史转变过程中亚瑟王武士高文爵士的身份游离；《长日留痕》以苏伊士运河危机和英帝国衰落为历史背景，描述了英国管家史蒂文斯的"怀旧"情结及其所带来的身份困惑；《浮世画家》则以日本战后重建为历史背景，描述了东西方、新旧文化价值冲突下，曾为日本军国主义画家的小野所体验的身份失落。

第一节　外族入侵与《被掩埋的巨人》中
高文的身份游离

《被掩埋的巨人》中的亚瑟王武士高文身处时代变迁的英国。当时，撒克逊移民入侵英国本土，民族战争与融合并存。在此种历史背景下，高文一方面认同亚瑟王施行的种族屠杀政策，另一方面同情和支持主张民族融合的埃克索。内在和外在两种形式的冲突，体现了高文在不列颠认同与民族杂糅认同之间摇摆徘徊、游离不定的焦虑状态。

----

① Barry Lewis. *Kazuo Ishiguro*. Manchester: Manchester University Press, 2000: 144.

《被掩埋的巨人》同《远山淡影》《浮世画家》和《长日留痕》构成的"三部曲"一样，也旨在探究"国族身份的本质"[①]。与绪方、小野和史蒂文斯相似，高文身处的英国也正经历历史巨变。正是时代的变迁、社会的转型，使得这些人物产生了身份焦虑[②]。亚瑟王武士高文的特殊之处在于，因为小说中的时代变迁产生于撒克逊移民与不列颠土著间的战争和融合，高文面临的时代变迁是由外来撒克逊移民所带来的，其中也纠缠了空间位移的因素[③]。正如书评家阿雷克斯·克拉克（Alex Clark）所言，在小说中，石黑一雄描述了当时英国社会由于盎格鲁 - 撒克逊移民定居英国、与不列颠土著相遭遇而产生的历史"巨变"。这种由外来移民导致的历史巨变构成了高文身份焦虑的独特历史背景。

汤姆·霍兰德（Tom Holland）认为，《被掩埋的巨人》探讨了"在后罗马时期的英国，本地人与移民是如何认识和理解世界

---

① Barry Lewis. *Kazuo Ishiguro*. Manchester: Manchester University Press, 2000: 101.

② 由于篇幅所限，本书只探讨了《浮世画家》中小野和《长日留痕》中史蒂文斯的身份焦虑，其实石黑一雄第一部长篇小说《远山淡影》中的一个次要人物绪方，作为小野和史蒂文斯的原型，同样体验到严重的身份焦虑，这一点需另行撰文讨论。

③ 在高文身上，很好地体现了我们上文已经提到的历史转折与空间位移在导致人物身份焦虑问题上有时是不可分割的观点。亚瑟王时期的英国，正是撒克逊人民移居英格兰的过渡时期，也正是撒克逊移民导致当时英国社会急剧的历史变迁。

的"。由于小说讲述的是时代变迁时期英国的民族问题，那么从民族身份的角度出发，《被掩埋的巨人》便可以被看作一部将民族身份问题回溯至英国历史初创时期进而对其探讨的小说①。那一时期是英国历史上一个重要的转折阶段，由于亚瑟王和小说主人公埃克索两种截然不同的努力——亚瑟王通过战争手段，而埃克索则通过和平手段，不列颠和撒克逊这两个民族正由战争转为和平并逐渐趋于融合②。民族战争和融合时期，同样也是社会历史急剧变化的时期。在这样的时代背景下，不同的认同主体会做出各不相同的认同选择。故事的主要人物是对民族身份认同拥有截然对立观点的两个人物：一是撒克逊武士维斯坦(屠龙者)，二是小说主人公埃克索(曾经的亚瑟王武士、现今失忆的普通百姓)。前者表现出的是具有严重本质主义倾向的民族身份认同，而后者身上

① 尤其是结合此本小说的写作背景，亦即苏格兰独立公投的 2014 年左右，我们更能看出石黑一雄对社会时事的关注以及对国族身份认同的思考。

② 关于当时英国的民族关系，史学界存在不同的观点，比如，有人认为"不同的族群 [最终] 相互融合"，也有人认为"躲过屠杀的不列颠土著最终逃往英国的西部边远地区，定居在今天的康沃尔和威尔士地区"，还有人认为"大批来自日耳曼国家的盎格鲁－撒克逊移民登陆不列颠东部地区，他们屠杀了当地的原住民不列颠人，实施了今天我们所说的'种族灭绝'(ethnic cleansing)"。参见 Alex Clark. The Buried Giant Novel Interview. *The Guardian*, 2015-2-19.

表现出的则是具有民族融合倾向的杂糅身份认同[1]。本节主要探讨的高文则摇摆于这两个人物所代表的两极之间，充满了身份的矛盾和焦虑。"民族融合"时期的文化相遇要求认同主体做出相应的"文化适应"，像高文这样不能做出文化适应或者文化适应不成功的人物，则必然遭受身份焦虑，因为对于社会和心理，"文化绝不是一直都起着融合和一体化的作用，它至少也会在同样程度上起到分层和分裂的作用"[2]。正是不列颠与撒克逊两种不同文化的遭遇，让高文内心产生了冲突和认同上的"分裂"，产生了严重的身份焦虑。

　　在开始对高文的身份焦虑进行细致分析之前，有必要对小说情节做一整体回顾。小说的故事背景是公元6世纪时的英格兰，本土不列颠人在亚瑟王的带领下刚刚打败了撒克逊移民，亚瑟王命人对母龙的呼吸施咒，制造了让人失忆的"迷雾"，让人们忘掉血腥的过去，进而让两个民族在失忆中和平相处。小说主要叙述了主人公埃克索（失忆前曾是亚瑟王武士）与其妻比特丽丝在失忆的背景下所进行的寻子旅程。在寻子途中，他们先后遇到了一心想要杀死母龙、驱散迷雾的撒克逊武士维斯坦和作为母龙保护者

[1] 维斯坦身上表现出来的具有严重本质主义倾向的民族身份认同将在第四章第三节中具体分析，而埃克索身上表现出来的具有民族融合倾向的杂糅身份认同则是第五章第一节的主要内容。

[2] 扬·阿斯曼：《文化记忆：早期高级文化中的文字、回忆和政治身份》，金寿福、黄晓晨译，北京大学出版社，2015年，第151、155页。

的亚瑟王武士高文。这样，不列颠老夫妇的寻子之旅，也成了撒克逊武士维斯坦的屠龙之旅。经过千难万险，维斯坦终于杀死高文，成功屠龙，并驱散遗忘迷雾。高文的身份焦虑一方面表现为屠龙过程中其母龙保护者与屠龙者的模糊身份，另一方面则表现为他在亚瑟王与埃克索两种对立民族观之间的摇摆徘徊。

从本质上来讲，身份焦虑就是一种"冲突"①，其外部的社会学表现是个体与群体或他人的冲突，其内部的心理表现则是这种外部冲突的内化——个体的内心冲突。心理学家弥德（G. H. Mead）认为，"自我（selfhood）天生是交际性的，一方面产生于个体头脑内部的'主格我'（I）与'宾格我'（me）的双向关系，另一方面产生于个体与他人在交际过程中的对话"②。这正好从反面证明了本书的观点：与自我和身份认同的两种建构方式相对应，关于身份认同的冲突也有内外两种表现形式。

具体到高文身上，身份焦虑同样也存在着内外两种冲突。内在冲突体现在他的"身份逆转"上：在小说开始时，高文是作为屠龙者出现的，而直到小说将近结尾处，读者才得知他作为母龙保护者的真实身份。隐瞒作为母龙保护者的真实身份而假借屠龙者的身份，可以看作是高文自己关于身份的内在"冲突"。通过身份

---

① 罗洛·梅:《人的自我寻求》，郭本禹、方红译，中国人民大学出版社，2013年，第2页。

② 转引自 Richard Jenkins. *Social Identity*. London & New York: Routledge, 2008: 64。

的逆转，读者看到的与其说是高文的阴险狡诈，还不如说是他内心深藏的某种身份焦虑。通过隐藏自己的真实身份从而体现小说人物的身份焦虑，这一点与《长日留痕》中史蒂文斯的情况极为相似。这也解释了为何高文虽然深知自己可能有被杀的危险，最终却仍将维斯坦带到了母龙洞穴。他的矛盾行为正是出于他的矛盾心理：既想保护母龙，又想杀死母龙。

高文的外在冲突则体现在他关于身份认同的矛盾、摇摆的态度上，集中体现在亚瑟王带领的不列颠人战胜撒克逊人之后的庆功宴上埃克索当面批评亚瑟王的那一幕：一方面他赞同埃克索的"无辜者保护法"，另一方面却又忠诚于施行武力战争的亚瑟王。到底应该坚守自己的亚瑟王（也就是不列颠）武士身份，还是应该像埃克索那样，为了坚持和平共处的民族政策而放弃亚瑟王武士身份、解甲归田？高文摇摆于民族融合与民族战争的两种认同之间。多年之后回忆这一幕时，高文对埃克索坦承："我给了你一个真诚的告别，先生，让我坦白吧，你骂亚瑟的时候，也说出了我一部分心里话。因为你帮助推行的是一项伟大的约定，而且遵守了很多年。因为这约定，哪怕是在战斗的前夕，所有的人不都睡得更好吗，无论基督徒还是异教徒？作战的时候知道我们的无辜老幼在村子里很安全。"[1] 多年之后高文对埃克索坦承，埃克索对亚瑟的批判，也说出了他的"一部分心里话"，正说明高文对埃克

---

[1] 石黑一雄：《被掩埋的巨人》，周小进译，上海译文出版社，2016年，第280页。

索民族观的认同。然而，这也只是他观点的"一部分"，而他的另一部分观点则体现在他接下来与埃克索的争论中。当埃克索说亚瑟的行动使得"上帝被背叛了"，"如果迷雾把我的记忆全部带走，我也不感到遗憾"时，高文回答："有一阵子，埃克索阁下，我也希望这样。但很快我就理解了一位真正伟大的国王的战略。因为战争终于停止了，难道不是吗，先生？那天之后，我们不一直处于和平之中吗？"① 高文一方面赞同埃克索所实施的"无辜者保护法"的和平手段，另一方面却又认为亚瑟王的民族屠杀同样也为两个民族带来了长久的和平。

"长久和平"论，也是高文一直以来的观点。但对于这一观点，高文内心深处其实也是有所保留的。比如，在回答维斯坦关于亚瑟王如何"治愈了这片土地上的战争创伤"的问题时，高文说："维斯坦阁下，你刚才的话触及了这件事情的核心。你说屠杀孩子。但亚瑟总是告诫我们放过卷入战乱的无辜者。还有，先生，他还命令我们尽最大努力去拯救和保护所有女人、孩子和老人，无论是不列颠人还是撒克逊人。虽然战事激烈，这些行动却打下了相互信任的基础。"② 然而，高文内心也深知这并非事实，因为通过后文就会了解到，正是不列颠人屠杀无辜者的事实激怒了埃克

① 石黑一雄：《被掩埋的巨人》，周小进译，上海译文出版社，2016年，第280~281页。
② 石黑一雄：《被掩埋的巨人》，周小进译，上海译文出版社，2016年，第110~111页。

索，让埃克索选择远离亚瑟王、解甲归田。而"屠杀孩子"也成了一直折磨着高文的一个内心创伤，也是他内心焦虑的重要诱因。在小说中，高文不止一次提及"屠杀婴儿"，比如在跟埃克索的一次谈话中，高文说："屠杀婴儿的刽子手。但我当时不在场啊，就算在，我和一位伟大的君王争辩，能有什么作用？他还是我舅舅呢。那时候我不过是个年轻的骑士，而且，这么多年过去了，事实不是证明他是正确的吗？"[1] 为了抵御自己的焦虑，高文又一次以向亚瑟王表达忠诚而告终。下面这一段自白，很好地体现了他对亚瑟王所持民族观的认同：

> 埃克索阁下，今天下令对那些撒克逊村庄动手时，我舅舅肯定心情沉重，他不知道除此之外，还有什么别的方法获得持久的和平。想想吧，先生。你怜悯的那些撒克逊男孩，很快就会成为武士，迫不及待地要为今天丧生的父亲报仇。那些小女孩的子宫很快会生长出更多的武士，这屠杀的魔咒永远不会破解，你看看复仇的欲望有多么强烈……然而，今天的伟大胜利，就是个难得的机会。我们也许能一劳永逸地破解这个邪恶的魔咒，而一位伟大的君王应当果断行动，抓住机会。埃克索阁下，希望这一天名

---

[1] 石黑一雄：《被掩埋的巨人》，周小进译，上海译文出版社，2016年，第217页。

垂青史，从今往后我们的土地能获得多年的和平。①

　　然而，正如上文所说的，高文也有其深藏心底的焦虑，他在隧道中关于白骨的那段自白集中体现了他的这种焦虑所带来的内心创伤："这都是人的骨头，我不否认……一个古老的墓地……我敢说我们整个国家都是这样。翠绿的山谷。春天里怡人的小灌木丛。可是，你往土里挖，雏菊毛茛下面，就是死者的尸骨。先生，我说的不仅仅是举行了基督教葬礼的那些人。我们的土地下面，埋着过去屠杀留下的遗骸。"② 高文内心的焦虑和创伤，正如埋在地下的遗骸，总有露出地面的一天。亚瑟王的民族屠杀政策并不能带来真正长久的民族和平，甚至也不能给高文带来内心的和平。高文内心焦虑重重，心底压抑的创伤一次又一次地回返。

　　小说中"高文的第一次浮想"一章中有关黑寡妇那一幕，将高文有关身份焦虑的内外冲突联系在了一起。黑寡妇有关高文"屠龙者"身份的外在评述，与高文自身"身份逆转"的内在矛盾相呼应，将他的身份焦虑推向顶点。这些黑寡妇是因为母龙气息所带来的迷雾而失忆。由于失忆，她们的丈夫被船夫单独送上小岛，而剩下她们独自流浪。她们看出了高文身份的矛盾之处，责怪高

---

① 石黑一雄：《被掩埋的巨人》，周小进译，上海译文出版社，2016年，第216页。

② 石黑一雄：《被掩埋的巨人》，周小进译，上海译文出版社，2016年，第171页。

文"胆小如鼠，不敢完成交给你的任务"，称高文为"懦夫"和"假骑士"①。其实，黑寡妇们误会了高文的身份。或者可以说，她们将高文当作一个(即使是懦弱的)屠龙者其实正是高文自己内心的渴望。根据小说结尾的叙述，不如说高文既是一个"假屠龙者"也是一个"假保护者"：对母龙，既没有屠杀，最终也没能加以保护。对母龙的保护，体现了他对亚瑟王及其所施行的民族屠杀政策的认同；对埃克索的"无辜者保护法"的赞同、屠杀婴儿所带来的内心创伤以及最终冒死将真正的屠龙者维斯坦带到母龙巢穴，这些又体现了他反对亚瑟王民族屠杀政策、认同埃克索民族和平融合政策的一面。在两种态度之间的摇摆和徘徊，集中体现了身处时代变迁时期的高文内心深处的身份焦虑。

第二节　帝国崩溃与《长日留痕》中史蒂文斯的身份困惑

《长日留痕》中的男管家史蒂文斯同样也身处时代变迁的英国。当时，大英帝国随着苏伊士运河危机而砰然崩塌。与此同时，史蒂文斯终身服务的达林顿勋爵也因涉嫌支持德国纳粹而备

---

① 石黑一雄：《被掩埋的巨人》，周小进译，上海译文出版社，2016年，第208~211页。

受谴责。达林顿府则被转手于美国绅士法拉戴。在此种历史背景下，史蒂文斯的职业尊严和国族身份受到沉重打击。他日常面临的英美文化冲突更是加剧了他的身份困惑。通过体会职业地位的落差、屡次否定自己的真实身份、思考人生尊严等，史蒂文斯表现出严重的身份焦虑。

许多评论家发现，《长日留痕》中史蒂文斯1956年7月进行的汽车旅行与埃及政府把苏伊士运河国有化的时间是一致的。石黑一雄在小说中对这些文本内外的指涉进行留白式的运用，"有技巧地模糊苏伊士危机"、故意将其背景化，却"成功地将评论家们的注意力引向它的缺席以及这种缺席所蕴含的深意"①。达林顿府的移交与苏伊士运河的国有化不是时间上的巧合，而是具有极大的历史象征意义：被交易和人员不足的府邸与运河危机一起标志了大英帝国的崩塌。在19世纪的"帝国修辞"中，苏伊士运河常被比作大英帝国的"生命线""气管""主动脉"和"颈静脉"，这些解剖学隐喻说明，"苏伊士运河象征了英国生活、身份及其重要性"②。与小说中达林顿府被转手给美国主人法拉戴一样，苏伊士运河危机标志着欧洲力量关系的重大转变，预示着英国作为一个帝国主义殖民国家的持续衰败，而引领"世界新秩序"的美国则填

① Chu-chueh Cheng. *The Margin Without Centre: Kazuo Ishiguro*. Frankfurt am Main: Peter Lang, 2010: 111.

② Philip Whyte. The Treatment of Background in Kazuo Ishiguro's The Remains of the Day. *Commonwealth*, 2007, 30(1): 76.

补了这一空隙。同时，小说主人公史蒂文斯对苏伊士运河危机这一重要历史事件的缄默，更说明其对于外界的时事视而不见。正是他跟不上社会的发展、历史的转折而形成的这种，用石黑一雄的话来说就是，"狭隘的眼界和世界"①，不可避免地造成了史蒂文斯的身份焦虑。

史蒂文斯与《浮世画家》中的小野的相似度非常明显："虽然他们的'服务'在特定语境下取得了成就，但受某些历史力量的影响而产生了灾难性的后果，所以在叙述者进行叙述的现在，他们的成就大幅贬值。"② 这正解释了他们产生身份焦虑的原因所在。与小野相似，对于史蒂文斯来说，身份焦虑与身份认同之间同样也存在着持续不断的冲突：时代变迁致使身份焦虑，而身份焦虑又促使其回忆过去、重构身份认同，通过身份认同消除自身的身份焦虑。本节主要关注他在历史转折点上所体验到的身份焦虑。与小野所处的情境相似，史蒂文斯的身份焦虑同样也来自于时代的变迁。史蒂文斯的身份焦虑主要存在于时代变迁之后的现在，而他借由职业身份认同而建构的国族身份认同则主要来自于回忆。这一点，从下面这段小说引文中可以集中体现出来：

① Brian W. Shaffer and Cynthia F. Wong, eds. *Conversations with Kazuo Ishiguro*. Jackson: University Press of Mississippi, 2008: 150-151.

② Bo G. Ekelund. Misrecognizing History: Complicitous Genres in Kazuo Ishiguro's The Remains of the Day. *International Fiction Review*, 2005, 32(1-2): 87.

可当我早些时候谈及当晚所发生的事情那么"令人难堪"时，我并非是简单地指耗尽汽油以及不得不那么跌跌撞撞地走下山坡进入这村庄，而是因为接下来发生的事——即当我刚与泰勒夫妇及其邻居坐在一块儿用晚餐时所展现的一幕幕——以其独特的方式证实了对我精神方面造成的负担要远比我不久前曾面对的实实在在的肉体磨难沉重得多。我也可以向你保证，当最后上楼到这房间里来，并且能花上一段时间对在达林顿府所有的那些年岁里所能记得起的事情反复考虑，这确实让人感到是一种解脱。[①]

可以说，这一段提到的其与莫斯库姆村民交谈的"走身份钢丝"的场景，将史蒂文斯的身份焦虑推向了顶点[②]。正如他自己坦陈的那样，"对我精神方面造成的负担要远比我不久前曾面对的实实在在的肉体磨难沉重得多"，"精神方面造成的负担"，便是史蒂文斯内心体验到的身份焦虑。而他借以抵抗焦虑、建构身份的手段则是"沉湎于回忆往事"，"花上一段时间对在达林顿府所有的那些年岁里所能记得起的事情反复考虑"，因为这些回忆能够让他"感到是一种解脱"。接下来，让我们来从头细致考察一下小说的时代背景以及此种背景所导致的史蒂文斯的身份焦虑。

史蒂文斯终其一生都在做达林顿府的男管家，"他隐居的世

---

① 石黑一雄:《长日留痕》，冒国安译，译林出版社，2014年，第156页。

② Meera Tamaya. Ishiguro's The Remains of the Day: The Empire Strikes Back. *Modern Language Studies*, 1992, 22(2): 53.

界观将他的眼界限制在达林顿勋爵和达林顿府的狭小世界"[1]。小说开篇，达林顿勋爵去世，达林顿府被美国绅士法拉戴先生所购买，而史蒂文斯则作为"包裹"的一部分继续留在达林顿府。达林顿府转手美国绅士与大英帝国的崩塌，一起挑战了史蒂文斯的英国身份[2]，造成其严重的身份焦虑。关于时代的变迁，可以通过史蒂文斯自己思考"传统"的那段文字看出："正如我们中的许多人一样，我自然不会心甘情愿地对传统的方式做太多的变更。但是，要像某些人仅仅为了传统而固守传统的话，也就丝毫没有益处了……纯粹为了保持传统的缘故而保留不必要的雇员——其结果导致雇员们有了会造成不良后果的空闲时间——是造成职业水准急剧下降的一个重要原因"[3]。大谈传统的史蒂文斯，自己和自己的职业却一不小心成了传统的一部分。正如小说标题中的"留痕"（remains）一词所示："这是一个双向概念。一方面通过凸显毁灭性事件的发生暗示时代的巨变，另一方面则暗示了一种连续

---

① Yugin Teo. *Kazuo Ishiguro and Memory*. Basingstoke: Palgrave Macmillan, 2014: 28.

② Philip Whyte. The Treatment of Background in Kazuo Ishiguro's The Remains of the Day. *Commonwealth*, 2007, 30(1): 74.

③ 石黑一雄：《长日留痕》，冒国安译，译林出版社，2014年，第7页。

性，即过去仍旧保留在现实之中。"① 此处，颇具反讽意味的是，史蒂文斯本身成了某种传统的"留痕"。他作为达林顿府这幢"名副其实、豪华而又历史悠久的英式住宅"的"名副其实的老牌英国男管家"是由法拉戴先生"打包"购买而来的，成了法拉戴先生向朋友炫耀的资本②，而这使得史蒂文斯成了他自己所说的"纯粹为了保持传统的缘故而保留的不必要的雇员"。

在其新雇主法拉戴先生的建议之下，他开始了自己为期六天的英格兰之旅。在这六天的旅行中，史蒂文斯遇见了不同的人，看到了英格兰各处的美景。同时，更为重要的是，他在旅程中回顾起自己在达林顿府的管家生涯。占据其回忆的一个重要人物便是当年曾同他在达林顿府一起工作的肯顿小姐（现在的贝恩夫人）。小说以史蒂文斯与肯顿小姐的相见以及此后史蒂文斯对人生的思考而告终。正如麦克•佩特里专著中的一个小节标题"前行、后顾"（Driving Forwards, Looking Backwards）所揭示的③：对于史蒂文斯来说，向前的旅行，渐渐回到了过去；向外的旅行，渐渐

----

① John Martin McLeod. *Rewriting History*: *Postmodern and Postcolonial Negotiations in the Fiction of J. G. Farrell, Timothy Mo, Kazuo Ishiguro and Salman Rushdie*. PhD Dissertation of the University of Leeds, 1995: 128.

② 石黑一雄:《长日留痕》，冒国安译，译林出版社，2014年，第119页。

③ Mike Petry. *Narratives of Memory and Identity*: *The Novels of Kazuo Ishiguro*. Frankfurt am Main: Peter Lang, 1999: 93.

驶入了内心。在这六天旅行中，史蒂文斯同时"驶向了他个人的过去和内心"①。

　　在职业方面追求精益求精的史蒂文斯，其身份焦虑首先来自于达林顿府被转手后工作带来的变化。与《浮世画家》中的画家小野相似，史蒂文斯对"专业主义"（professionalism）的提倡贯穿小说始终②，所以，他终其一生最为自豪的便是在职业方面取得的成就。而职业方面的失败，必然导致其产生职业身份焦虑。史蒂文斯这样描述自己的职业困境："我在这一阶段的工作处境曾一度异乎寻常地困难"。他承认，"在过去的几个月内，我应对履行职责中所犯下的一系列差错承担责任。我应该说明，所有那些差错本身毫无例外都是些琐屑小事。然而，我想人人都能理解，对于不常犯类似错误的人而言，这类事件的发生显然会使他心烦意乱"③。虽然以其一贯为自己找借口的口吻讲述，但可以看出，"心烦意乱"才是这一段叙述的中心，而这也正是他身份焦虑的集中体现。这些差错，让人不禁联想起小说后面他的父亲男管家老史蒂文斯。与老史蒂文斯在来达林顿府工作时所犯的那些错误相

①　Mike Petry. *Narratives of Memory and Identity: The Novels of Kazuo Ishiguro*. Frankfurt am Main: Peter Lang, 1999: 117.

②　Bo G. Ekelund. Misrecognizing History: Complicitous Genres in Kazuo Ishiguro's The Remains of the Day. *International Fiction Review*, 2005, 32(1-2): 83.

③　石黑一雄：《长日留痕》，冒国安译，译林出版社，2014年，第5页。

似，这些小差错同样也预示着史蒂文斯自己再难胜任男管家的职位。而史蒂文斯对这些小错误的解释则是"最近几个月来犯下的差错不是源于恶性事件，而是因为不完善的员工工作计划"[①]，所以他才下定决心听从法拉戴先生的建议，去康沃尔郡拜访肯顿小姐，从而开启其为期六天的英格兰之旅。其实，通读小说后我们了解到，为了解决自己面临的职业难题，史蒂文斯驾车前往康沃尔郡寻找肯顿小姐，只是史蒂文斯自己含蓄的托词而已，他的目的最终也并未实现；然而，史蒂文斯最终却达成了另外一个更为重要的目的：六天的驾车旅行，渐渐带他穿越回了自己的过去，寻回自己曾经的职业辉煌，从而逐渐重建起自己的职业身份，以抵抗现实中的身份焦虑。

作为尽职的男管家，史蒂文斯唯雇主之命是从。他严重的身份焦虑主要来自于他与新的美国雇主法拉戴先生毫不畅通的交流。与法拉戴的交流障碍一方面体现了身处时代变革背景下的史蒂文斯职业地位的急剧下降，另一方面则体现了英美文化之间的隔阂和冲突。与法拉戴交流所带来的焦虑，根据史蒂文斯自己开始的想法，主要是源于英美文化冲突："他毕竟是一位美国绅士，他的言谈举止和英国人往往是大相径庭的。"[②]结合当时大英帝国势力的衰败以及美国势力的增强，我们在史蒂文斯身上看到与小野类似

---

① 石黑一雄：《长日留痕》，冒国安译，译林出版社，2014年，第5页。
② 石黑一雄：《长日留痕》，冒国安译，译林出版社，2014年，第4页。

的那种对于自己国家、民族的担忧。而事实上，对于史蒂文斯来
说，他所要面临的具体的身份焦虑，当然是源于时代变迁对其工
作能力提出了更高的职业要求。这一点集中体现在他学习"打趣
逗乐"方面。其实，他努力学习"打趣逗乐"、学习如何与法拉戴
先生交流贯穿小说始终，而这也正是他内心焦虑的鲜明反映。正
如史蒂文斯在小说结尾处认为的那样，"调侃打趣正应该是雇主期
望职员去履行的、合情合理的职责"[①]，而严肃刻板的史蒂文斯却最
为缺乏这种工作能力，正如他自己所说："在我刚成为法拉戴先生
下属的那几天里，我曾有那么一两次被他说的话弄得目瞪口呆。"[②]
对此，史蒂文斯的内心充满了焦虑："每当我察觉到他的话中透出
逗乐的语气，我都会恰如其分地保持微笑，但话又说回来，我从
不能肯定在这种场合下我应该做些什么。或许他期望我开怀大笑，
或许他的确是期望我本人以某种言词做出反应。这最后的可能性
已经让我这几个月来感到某种担忧，并且对这种可能的存在我仍
然毫无把握之力。"[③] 由于时代的变迁、达林顿府的转手，史蒂文斯
不仅不能很好地完成"员工工作计划"，而且更重要的是，他难以
处理好主仆关系这一对管家来说极为重要的工作职责。这致使他
除了感到"困惑""震惊""担忧"和"忧心忡忡"，就是"进退两难""令

---

① 石黑一雄：《长日留痕》，冒国安译，译林出版社，2014年，第235页。
② 石黑一雄：《长日留痕》，冒国安译，译林出版社，2014年，第13页。
③ 石黑一雄：《长日留痕》，冒国安译，译林出版社，2014年，第14页。

人沮丧"和"让人泄气"①。可以用史蒂文斯自己的话来总结时代变迁为其带来的这种职业身份焦虑："这变迁的岁月里，调整自己的工作以适应按传统并不属于自己分内的职责，这完全是明智之举，但逗笑取乐却完全是另外一码事。"② 为了消除自己的焦虑，为了"能充满自信地去满足法拉戴先生有关调侃的所有期望"，史蒂文斯甚至设计了一套"训练方案"："无论何时有零碎的空闲时间，我都会依据那时那环境尽我所能周密地构想出三条连珠妙语来。要不然的话，我也可能会根据一小时前刚发生的事件苦思冥想出三条戏谑逗趣的话来，以此作为这一同样训练的变通方式。"③ 这一可悲又可笑的训练方案，一方面体现了史蒂文斯孜孜以求的、极端的专业精神，另一方面集中体现了他内心深处的身份焦虑：他要通过提高自己调侃打趣的诸多技巧、拓展自己的工作技能，从而重新赢得职业"尊严"、重建职业身份。

当然，小说中突出体现史蒂文斯身份焦虑的是他几次否认自己是达林顿府男管家的情节。否认自己达林顿府的男管家身份，便是否定他自己的职业身份，而否定的直接原因便是他的身份焦虑。第一次否认自己的身份是史蒂文斯在旅行中路遇一位上校的勤务兵，史蒂文斯的回答故意给人留下"从未被达林顿勋爵雇用

---

① 石黑一雄：《长日留痕》，冒国安译，译林出版社，2014年，第14~15页。

② 石黑一雄：《长日留痕》，冒国安译，译林出版社，2014年，第14页。

③ 石黑一雄：《长日留痕》，冒国安译，译林出版社，2014年，第126、217页。

过"的"明显的印象"。史蒂文斯事后这样解释："这件事只能简单地表明，在那一刻一种莫名其妙的怪念头突然控制了我 [……] 与那勤务兵发生的那段插曲并非首次表明这种情况。"[1] 公开否认自己的职业身份，对于终生以管家身份为荣的史蒂文斯来说，是最大的痛楚，也是他身份焦虑的集中表现。史蒂文斯接着回忆了他在韦克菲尔德夫人面前否认自己身份的另一个场景。当韦克菲尔德夫人说"推测起来，你肯定为他 [达林顿勋爵] 工作过"时，史蒂文斯马上矢口否认："我没有，夫人，绝对没有。"[2] 史蒂文斯对此的解释有二。一是随后他对法拉戴先生的解释：这是"英格兰的传统习惯"，"这种情况与有关婚姻的习俗倒有几分相似。倘若一位离过婚的女士出现在她第二任丈夫的朋友面前，根本不提及原先的婚姻状况常被视为值得称道的"。事后，由于觉得这一解释"是那么令人遗憾地不充分"，他接着又给出另一个解释，"我在上述两个事例中均选择讲述善意的谎言，是将此作为避免任何令人不快之事的最简单的方式"，是为了"避免听到更多有关勋爵的此类胡言乱语"[3]。然而，通过他在事后对自己种种解释的评价，可以看出，这些解释其实都是他用以掩盖内心身份焦虑的托词，因为接着就听到他说，"我愈是认真地对此思索，便愈发认

---

[1] 石黑一雄:《长日留痕》，冒国安译，译林出版社，2014年，第117页。

[2] 石黑一雄:《长日留痕》，冒国安译，译林出版社，2014年，第118页。

[3] 石黑一雄:《长日留痕》，冒国安译，译林出版社，2014年，第120~121页。

为这的确是一种非常站得住脚的解释"①。换言之，可以说，忠实回忆这两个事例的史蒂文斯是可靠叙述者，而事后对其百般辩解的时候，却成了不可靠叙述者。他所"讲述"（telling）的和所"展示"（showing）的内容之间产生了矛盾②。这也正呼应了麦克·佩特里专著中的一个看似有些矛盾的小节标题 "可靠的男管家、不可靠的叙述者"（the Reliable Butler, the Unreliable Narrator）③。结合变迁的时代、旧雇主达林顿勋爵的失势以及史蒂文斯自身职业所面临的危机，可以肯定地说，否认自己终身引以为豪的达林顿府男管家身份是史蒂文斯身份焦虑的集中体现。

另外，贯穿整部小说的关于"尊严"的思考，虽然最主要的是体现了史蒂文斯建构身份认同的努力，但在小说中的某些时刻，同样也反映了史蒂文斯的身份焦虑。在小说结尾处，史蒂文斯自己反省到：

① 石黑一雄：《长日留痕》，冒国安译，译林出版社，2014年，第121页。
② 而较之于"讲述"，"展示"能够更加充分地揭示人物的性格。在论述《远山淡影》时，布莱恩·谢弗就曾借用了亨利·詹姆斯（Henry James）有关"展示"和"讲述"的术语，认为悦子没有能力"讲述"自己对女儿景子很有问题的培养方式，只能通过讲述佐知子、万里子母女的故事，进而"展示"这些问题。参见 Shaffer, Brian W. *Understanding Kazuo Ishiguro*. Columbia: University of South Carolina Press, 1998: 18.
③ Mike Petry. *Narratives of Memory and Identity*: *The Novels of Kazuo Ishiguro*. Frankfurt am Main: Peter Lang, 1999: 118.

　　勋爵是个无所畏惧的人。他在生活中选择了一条特定的道路，只是这条道路被证实是误入了歧途，可他至少可以这样讲，他毕竟做出了选择。而对我自己来说，我甚至连那一点也不能承认。你知道吧，我信赖他。我信赖勋爵的智慧。在我侍奉他的所有的那些岁月里，我坚信我一直在做有价值的事。可我甚至不敢承认我自己犯过了些错误。真的——人须自省——那样做又有什么尊严可言呢？①

　　一直以来，史蒂文斯的尊严都来自于他的管家职业以及他为之服务终生的达林顿勋爵，然而随着时代的变迁、达林顿勋爵的尊严扫地以及他自己工作方面的难以胜任，却使其一步步失去了"尊严"。可以认为，对于史蒂文斯来说，保持尊严便是建构身份，而失去尊严便会导致身份焦虑。整部小说讲述的故事就是面对身份焦虑，史蒂文斯如何通过回忆叙述过去，从而为自己寻回尊严，重建身份。

　　小说中，与尊严和身份相关的另一个母题是史蒂文斯对穿什么服装出行的思考，其中也显示出他严重的身份焦虑。小说开篇，旅行还未开始，史蒂文斯心中便产生了第一个疑问："在这样的旅途中穿什么服装才适当？"②他对服装的选择，其实便是他对身份问题的思考。布莱恩·谢弗指出，服装是小说中一个非常重要的隐喻，因为服装体现了"男管家根据自我理解及'公众凝

---

① 石黑一雄：《长日留痕》，冒国安译，译林出版社，2014年，第233页。
② 石黑一雄：《长日留痕》，冒国安译，译林出版社，2014年，第9页。

视'进而打扮自己私人自我的具体的以及象征性的方式"[1]；也就是说，对于史蒂文斯来说，服装就是他身份的体现。而他的"服装选择综合征"则直接说明了其内心的身份焦虑。或者，用郑朱雀（Cheng Chu-chueh）的话来说，史蒂文斯有着一种"时间定向障碍"（disorientation in time）：在1956年汽车旅行的路上，他穿着爱德华·布莱尔爵士20世纪30年代初送给他的西装，对于他的体形、社会地位和旅行的场合来说都不合适，这说明他与自身所处的时代严重脱节[2]。史蒂文斯所拥有的"这些西服中有许多过于正规而不适合预期的驾车旅行，要不然呢，就是太过时了"[3]。挑选不出合适的服装，则是他身份焦虑的外在表征。那些包括达林顿勋爵在内的达官贵人"在过去的岁月里"送给他的西装不适合此次旅行，一方面说明这与其作为男管家的职业身份不相符，另一方面则说明其与当今时代不相符。服装是个隐喻，与其说这些衣服"过时"，还不如说史蒂文斯与时代脱节。这也正直接导致了在小说后面，他由于服装的原因而被莫斯库姆村民误认作"绅士"，进而弄出诸多关于身份的笑话。

小说后半部分，史蒂文斯在思考尊严时又一次提到了服装：

---

① Brian W. Shaffer. *Understanding Kazuo Ishiguro*. Columbia: University of South Carolina Press, 1998: 65.

② Chu-chueh Cheng. *The Margin Without Centre*: *Kazuo Ishiguro*. Frankfurt am Main: Peter Lang, 2010: 112.

③ 石黑一雄:《长日留痕》，冒国安译，译林出版社，2014年，第10页。

"杰出的男管家""显现出的职业风范宛若体面的绅士穿上考究的西服，他是绝不允许任何恶棍，或是任何情况在大庭广众面前将其衣服撕破的；当他要丢弃其衣服时，也仅仅是在这个时候，他才会这么去做：这种情况总是在当他完全独处时。照我的看法，这关系到维护'尊严'之大计"①。在史蒂文斯的内心深处，早已将服装、职业与身份紧紧联系在一起。在小说将近结尾处，史蒂文斯对识破其男管家身份的卡莱尔大夫又一次谈起了尊严，'我认为这归结起来无非是别在大庭广众面前脱掉衣服"②。此前，莫斯库姆的村民因其着装而一直把史蒂文斯"当成一位勋爵，或是公爵"，而卡莱尔大夫识破其男管家身份，就好似当众脱掉了他那身"绅士"的服装。村民们的谈话促使史蒂文斯思考起自己的职业尊严来："如果勋爵的生命和辛劳在今天看来不过是可悲的浪费，那不太可能是我的错——要我自己去感到懊悔或是羞愧，也是非常不合乎逻辑的。"虽然史蒂文斯口口声声反问自己"这其中又有什么'有损尊严的'呢"③，我们却似乎听到他内心这样的回响——"那样做又有什么尊严可言呢"④。通过他的不可靠叙述，读者可以清晰地看出此时他内心极度的身份焦虑。此外，对于史蒂文斯来

---

① 石黑一雄：《长日留痕》，冒国安译，译林出版社，2014年，第39页。

② 石黑一雄：《长日留痕》，冒国安译，译林出版社，2014年，第200页。

③ 石黑一雄：《长日留痕》，冒国安译，译林出版社，2014年，第191~192页。

④ 石黑一雄：《长日留痕》，冒国安译，译林出版社，2014年，第233页。

说，服装、尊严、职业与他的身份逐渐串联在了一起，共同体现出他内心严重的身份焦虑。正如尼古拉·艾伦(Nicola Allen)所言：史蒂文斯是时代的"边缘人"，"英国贵族社会的衰落剥夺了他的[社会]角色"，他"被周围的人视为不适应环境的人(the misfit)，困于两个世界——一个是可以公开表达情感和情绪的世界，他对这一世界感到害怕，一个是他在其中提供过服务的世界，这个世界[却]行将逝去"①。

第三节　战后日本与《浮世画家》中小野的身份失落

《浮世画家》中第二次世界大战后的日本受美国占领和改造，处在一个重要的历史转折时期。作为曾经替军国主义卖力的画家小野，职业地位一落千丈，失去了曾经的荣耀。与此同时，由于社会价值观的改变，依然守旧的小野与周围的人逐一产生了冲突。因为与新日本年轻一代的文化冲突及其对民族前途的担忧，小野表现出深重的身份焦虑。

《浮世画家》由战前曾极力鼓吹军国主义的画家小野担任叙

---

① Nicola Allen. *Marginality in the Contemporary British Novel*. London: Continuum International Publishing Group, 2008: 62, 81-82.

述者。小说叙述的时段是1948年10月到1950年6月，正是现代日本历史上的一个重要的转折时期。由于日本的战败、美国的占领、日本独立主权的丧失以及象征日本传统的天皇成为傀儡，日本社会的经济与价值观都发生了翻天覆地的改变。作为"没人喜欢的帝国日本遗迹"①，小野原有的辉煌身份失落了，致使其内心充满了焦虑②。由于身份焦虑是认同主体与其所处社群难以认同的困境，所以造成小野身份焦虑的原因，与其说是他内在的心理，不如说是外在的时代变迁。与《长日留痕》中的史蒂文斯一样，小野"事实上[已]不再是他身处的现实世界的一部分"③。提摩西·赖特（Timothy Wright）甚至认为，《浮世画家》的"真正主题并非小野，而是历史本身的运行机制"，而小野"日记"的日期条目正好反映了日本民族变化的历史状况④。其实，小说讲述了战后日本的

---

① Timothy Wright. No Homelike Place: The Lesson of History in Kazuo Ishiguro's An Artist of the Floating World. *Contemporary Literature*, 2014, 55(1): 61.

② 由于身份问题包括身份焦虑与认同两个方面，所以本书对于小野的分析，实际上包括两部分——本节所论述的小野的身份焦虑，以及第四章第一节中考察的小野的身份认同。

③ Cynthia F. Wong. *Kazuo Ishiguro*. Horndon: Northcote House Publishers Ltd., 2000: 42.

④ Timothy Wright. No Homelike Place: The Lesson of History in Kazuo Ishiguro's An Artist of the Floating World. *Contemporary Literature*, 2014, 55(1): 62-63, 73.

"精神氛围"与小野"退步的怀旧"之间的张力①，关注的焦点仍旧是时代变迁对个人造成的影响。个人与历史密不可分，关于小野的身份焦虑，主客观都不能偏废。所以，本章既要分析他身份焦虑的内心表现，更要探究造成他身份焦虑的种种历史和社会原因。

身份焦虑是身份问题的负面表征，只有认同主体体验到身份焦虑的时候，才会努力建构身份认同，所以身份焦虑与身份认同密不可分②。社会学家理查德·詹金斯认为，身份认同常常是一个"实施与对抗、声明与反声明的过程，而非一个双向一致的协商过程"③。这也就是说，对于认同主体来说，焦虑与认同是一个相互博弈、相互抗衡的张力十足的过程。石黑一雄对小说人物身上的这种张力做了十分精当的评论：他们"一方面想要追求某种诚实，另一方面却希望对真实的情况有所保留"④。叙述的这种张力，正体现了小说人物的身份焦虑及其通过叙述记忆进而重建认同的努力。正是通过叙述的这种张力，小说人物达到了其建构往事和身份认

----

① Brian W. Shaffer. *Understanding Kazuo Ishiguro*. Columbia: University of South Carolina Press, 1998: 41.

② 本书将身份焦虑与身份认同分而论之，也是为了论述的清晰和方便着想。

③ Richard Jenkins. *Social Identity*. London & New York: Routledge, 2008: 95.

④ 转引自 Brian W. Shaffer and Cynthia F. Wong, eds. *Conversations with Kazuo Ishiguro*. Jackson: University Press of Mississippi, 2008: 45。

同的目的。实际上，《浮世画家》整本小说的叙事过程，就在于小野内心身份焦虑与身份认同这两种力量的相互冲突：对于小野来说，保持身份的完整、应对可能出现的身份危机，最重要的便是通过回忆建构的身份认同来抵抗现实中持续不断的身份焦虑[1]。

　　小野在身份焦虑与身份认同之间的犹豫徘徊，可以通过小说开篇叙述者提到的"犹疑桥"（Bridge of Hesitation）得以印证。"犹疑"正是焦虑的同义词。在小说后面的叙述中，小野介绍了桥名的来历：之所以那么叫它，是因为"过了桥就进入了我们的逍遥地，你会看见那些所谓良心不安的人在那里犹豫不决地徘徊，不知道是寻欢作乐地度过一晚上呢，还是回家去陪老婆。不过，如果有时候看到我站在那座桥上，若有所思地倚着栏杆，我可不是在那儿犹豫。我只是喜欢在太阳落山时站在那里欣赏景色，观察周围正在发生的变化"[2]。要记得，为了建构身份认同，就像《长日留痕》中的管家史蒂文斯一样，小野时不时会成为一个"不可靠叙述者"（unreliable narrator）[3]。作为读者，我们对这样的叙述者的叙述，不能完全信任，而是要时刻保持警惕。在这段叙述中，小

① 身份焦虑与身份认同的这种张力，同样也适用于其他小说的主人公，如《远山淡影》中的绪方、《长日留痕》中的史蒂文斯以及《上海孤儿》中的班克斯等，本书的以后章节中会有所论述。

② 石黑一雄:《浮世画家》，马爱农译，上海译文出版社，2011年，第122页。

③ 转引自 Brian W. Shaffer and Cynthia F. Wong, eds. *Conversations with Kazuo Ishiguro*. Jackson: University Press of Mississippi, 2008: 139.

野决然不像他自己所声称的那样，"可不是在那儿犹豫"，而是不断徘徊在连接其过去与现在、弥合身份认同与焦虑的那座"犹疑桥"上。正如布莱恩·谢弗颇具洞见的评论所述："犹疑一词很好地概括了小野现时的精神状态"和"心理困境"①。小野徘徊在"羞耻与内疚、辉煌与卑贱、家与无家可归的精神状态"之间②。甚至可以说，他在整本小说中的叙述，便构成了这么一座"犹疑桥"。

小野的身份焦虑正是源于他站在"犹疑桥"上"观察 [到的] 周围正在发生的变化"③。战后日本包括价值观在内的这些巨大的社会变化——"盟国军队在战后日本实施的大规模政治、社会和经济改革"，直接"导致小野被这个彻底改变的社会所淘汰"④。心理学家罗洛·梅认为，认同主体曾经"被教授去遵循的传统欲望和目标已经不再给他带来任何安全感或方向感时，也就是说，当他置身于社会巨变的外在困惑之中而感到一种内在的空虚时，他感觉到了危险"⑤，这便是小野在遭遇时移世易时的心理反应。同

① Brian W. Shaffer. *Understanding Kazuo Ishiguro*. Columbia: University of South Carolina Press, 1998: 42.

② Barry Lewis. *Kazuo Ishiguro*. Manchester: Manchester University Press, 2000: 67.

③ 石黑一雄:《浮世画家》，马爱农译，上海译文出版社，2011年，第122页。

④ Chu-chueh Cheng. *The Margin Without Centre*: *Kazuo Ishiguro*. Frankfurt am Main: Peter Lang, 2010: 110.

⑤ 罗洛·梅:《人的自我寻求》，郭本禹、方红译，中国人民大学出版社，2013年，第13页。

时，梅还指出，在一个人遭遇身份困惑时，"他的自然反应是环顾四周寻找他人。他希望，他人将会给他某种方向感，或者至少由于认识到不是他一个人在恐惧而得到某种安慰"①。然而，当小野"环顾四周寻找他人"时，却遭遇了他人的排斥，感受到更为严重的身份焦虑。

由于身份焦虑本质上是一种个体与集体在认同方面的冲突，所以也正是这种与时代的冲突，导致了小野内心严重的身份焦虑。在小说中，时代的变化主要在小野周围的人——战后年轻一代的身上得以体现。而小野的身份焦虑主要体现在他与日本战后年轻一代观点的冲突上。在战后年轻一代人的眼里，小野成了"魔鬼样的他者"②。纵观整本小说，可以发现，几乎每个小野身边的人都对其表现出程度不一的反对，就连一直对其"忠心耿耿"的学生绅太郎也最终离他而去。而小野，就像绅太郎曾经打的那个比方一样，最终成了没了士兵的"将军"③，成了颇具悲剧性的孤家寡人。最终成为孤家寡人的小野所体验到的"孤独感"，正是身份焦虑的题中之意，因为"人类是在与他人的关联中获得其成为自身的最初体

---

① 罗洛·梅：《人的自我寻求》，郭本禹、方红译，中国人民大学出版社，2013年，第13页。

② Timothy Wright. No Homelike Place: The Lesson of History in Kazuo Ishiguro's An Artist of the Floating World. *Contemporary Literature*, 2014, 55(1): 64.

③ 石黑一雄：《浮世画家》，马爱农译，上海译文出版社，2011年，第94页。

验的，而当他一个人，没有他人陪伴时，他就会害怕失去这种成为自身的体验"；也就是说，"当一个人感到空虚和害怕时会产生孤独感"①。接下来通过深入分析小野周围的人与其交流而产生的价值冲突，以及小野是如何逐渐成为孤家寡人的这一过程，细致考察面对"四面楚歌"的小野内心所体验到的身份焦虑。

小说中，有一个贯穿始终的核心事件可以凸显小野的焦虑，那就是小女儿仙子的婚事。正是大女儿节子提出仙子的婚事需要采取"预防措施"②，让小野最先感受到了来自节子的反对。根据小说描述，与心直口快的仙子不同，节子的性格比较内敛。所以，她对父亲的反对，通过她转引丈夫池田的观点得以间接反映。最为突出的一个事例是，对于外孙一郎崇拜美国牛仔一事，小野强烈反对，甚至有点生气地向一郎推荐代表日本传统文化的武将义经大人。而节子却转述了丈夫池田的观点，认为"一郎与其崇拜宫本武藏那样的人，还不如喜欢牛仔呢。池田认为，现在对孩子们来说，美国英雄是更好的榜样"③。小野与大女儿节子的争论，其实反映了两种不同的身份认同，因为根据扬·阿斯曼（Jan Assmann）的观点，"巩固着集体认同的知识"或者说"共识"包含了两个方面：

---

① 罗洛·梅：《人的自我寻求》，郭本禹、方红译，中国人民大学出版社，2013年，第13~14页。

② 石黑一雄：《浮世画家》，马爱农译，上海译文出版社，2011年，第58页。

③ 石黑一雄：《浮世画家》，马爱农译，上海译文出版社，2011年，第40页。

一种是"智慧"，另一种是"神话"，它们分别对应着
谚语和故事传说……这里涉及的是价值和规范、使集体日
常生活顺利进行的规则以及社会交往中那些不言自明的规
则，我们将它们定义为规范性（das Normative）（文本）。规
范性文本要回答的问题是"我们应该做什么？"……我们将
巩固着集体认同的知识的另一重要作用定义为定型性（das
Formative）（文本），定型性文本包含着关于部落的神话、关
于英雄的歌谣以及族谱等内容，它们回答的问题是"我们
是谁？"从而实现对自我的定义并校检认同。通过讲述共同
拥有的故事，它们传播了巩固这集体认同的知识并且促成
了集体行动的一致。[1]

由于特定文化中的故事传说属于"巩固着集体认同的知识"，
所以，小野对于外孙崇拜偶像的教导，正好包含了"我们应该做
什么"的"规范性"和"我们是谁"的"定型性"。通过褒扬日本武士、
贬抑美国牛仔，小野引导外孙与自己的日本文化进行认同，同时
也间接表现出自己的身份认同倾向。然而，在时代变迁的日本，
大女儿和外孙等人一致反对小野"守旧"的观点。小野与其他小说
人物的身份认同是相互冲突的。女儿节子对他的强烈反对使得他
的认同受挫，从而产生身份焦虑。

节子对小野的反对同时也将所有家人对小野的不满串联了起

---

[1]　扬・阿斯曼:《文化记忆：早期高级文化中的文字、回忆和政治身份》，
金寿福、黄晓晨译，北京大学出版社，2015年，第148页。

来，正如下面这段小野的内心活动所显示的：

> 我意识到，我的恼怒其实并不是针对节子，而是针对她的丈夫。
>
> 我想，一个妻子受丈夫观念的影响是无可厚非的——哪怕这些观点像池田的那样荒唐可笑。可是，如果一个人诱导自己的妻子对她的亲生父亲产生怀疑，这就足以引起愤怒了。过去，我考虑到池田在满洲肯定吃过不少苦，便一直对他的某些行为采取隐忍的态度。比如，他经常表现出对我们这代人的怨恨情绪，我从来不以为意。我一直以为这种情绪会随着时间而淡化。没想到，在池田身上，它们反倒变得越来越尖刻和不可理喻了。
>
> 这些事情如今都妨碍不到我——毕竟，节子和池田住得很远，我一年也只见到他们一次——然而，自从节子上个月来过之后，这些荒谬可笑的观念似乎也对仙子产生了影响。①

其实，仙子并非是受了姐姐节子的影响才反对小野的。仙子对父亲小野早有微词，在某种程度上来说，她对小野的批判更为直接和犀利。关于小野的艺术品位，仙子说，"爸爸一定是眼睛瞎了。或者，就是品味太差"，甚至尖锐地讽刺父亲："那么，我想，

---

① 石黑一雄：《浮世画家》，马爱农译，上海译文出版社，2011 年，第 60~61 页。

爸爸在他的绘画上也是一贯正确的喽"①，矛头直指小野一直引以为傲的绘画事业。齐格蒙特•鲍曼（Zygmunt Bauman）指出有三类引起焦虑的"个体惧怕的危险"②，其中一种危险"威胁的是个体在世界上的位置——于社会等级制度中的地位、身份（阶级、性别、种族、信仰），或者更广泛地说，即个体对于社会地位降低和遭受排斥的免疫"③。小野产生身份焦虑的原因，一方面是时代变迁引起他的"社会地位降低"，另一方面则是他在自己的家中成为一个"孤家寡人"的"孤独感"。另外，在小说中，孤独感与小野的社会地位下降是相伴相生的，因为"孤独感产生的另一个重要原因来自于这一事实，即我们的社会过于强调为社会接受。这是我们缓解焦

---

① 石黑一雄:《浮世画家》，马爱农译，上海译文出版社，2011年，第133页。

② 鲍曼总结道:"个体惧怕的危险（包括这些危险引发的衍生恐惧）可以分为三类。一类威胁人身及其所属品。一类更宽泛，威胁社会秩序的持久性和可靠性，而民生（收入、就业）的安全感或者人在残疾或老年时的生存则依赖于社会秩序的稳定。还有一类危险威胁的是个体在世界上的位置——于社会等级制度中的地位、身份（阶级、性别、种族、信仰），或者更广泛地说，即个体对于社会地位降低和遭受排斥的免疫。"参见赵静蓉:《文化记忆与身份认同》，生活•读书•新知三联书店，2015年，第259~260页。

③ 转引自赵静蓉:《文化记忆与身份认同》，生活•读书•新知三联书店，2015年，第260页。

虑的主要方式，也是我们个人声望的主要标志"①。从反面来讲，随着"个人声望"的下降，必然带来认同主体的身份焦虑。与大女儿节子的矛盾，进一步引出小野与女婿池田、小女儿仙子，甚至与外孙一郎的矛盾。实际上，所有的家人都在反对小野。小野家庭关系的状况也正是日本社会变化具体而微的表现："日本社会中存在的传统与现代价值的冲突从日本家庭关系的变化中窥见一斑。"②

根据小说后面的叙述，小说中的其他人物对小野的反对逐渐从家庭扩展至了整个社会层面。这说明与小野产生矛盾的对象不是某几个个体，而是整整一代年轻人，是世易时移了的日本社会及其价值观。正如小野自己意识到的，"有这种变化的绝不仅仅是我女婿一个人。最近周围比比皆是。年轻一代的性格出现了一种我不能完全明白的改变，这种改变在某些方面无疑是令人不安的"③。针对年轻一代这种"怨恨"的态度，小野自然产生了"不安"和"担忧"，这也正是时代变迁、社会价值观突变让小野内心所体验到的身份焦虑。我们主要分析与小野产生"正面交锋"的以下几个人物：小野的"准女婿"三宅、学生绅太郎以及小女婿大郎，进

① 罗洛·梅：《人的自我寻求》，郭本禹、方红译，中国人民大学出版社，2013年，第14页。

② Ching-chih Wang. *Homeless Strangers in the Novels of Kazuo Ishiguro: Floating Characters in a Floating World.* Lewiston: The Edwin Mellen Press, 2008: 5.

③ 石黑一雄：《浮世画家》，马爱农译，上海译文出版社，2011年，第72页。

而从侧面观照小野的身份焦虑。

在小说中，第一个与小野产生直接冲突的是三宅。正是三宅"无缘无故"与小女儿仙子退婚一事让小野耿耿于怀，从而对仙子的婚事以及自己的身份产生了焦虑。相对于自己家人委婉的措辞，三宅的话直指小野内心的痛处，"正是这些人把国家引入了歧途。他们完全应该勇于承担责任。这些人不肯承认自己的错误，实在是懦夫的做法。而且那些错误是代表整个国家犯下的，就更是一种最怯懦的做法"①。可以说，正是三宅的这些话，深刻刺激了小野，让其产生身份焦虑的同时，开始回忆自己的一生。小野接着说，由于自己模糊的记忆，他不确定这些话到底是三宅说的，还是大女婿池田说的，认为自己"已经把三宅看作未来的女婿，所以，不知怎么一来，就把他跟真正的女婿混为一谈了"②。其实不然，叙述者通过混淆两个女婿的"身份"，无意间点明了一个事实——他把这些反对自己的人，组成了一个"联盟"，而自己却成了孤家寡人。接下来便是小野自己的总结：

> 正像我所说，最近国家的情绪都有了变化，池田的态度大概绝不是例外。我若认为年轻的三宅也怀有这样的怨恨情绪，恐怕有失公允，可是就目前的情形来看，如果你仔细研究每个人对你说的每句话，似乎都会发现其中贯穿

----

① 石黑一雄：《浮世画家》，马爱农译，上海译文出版社，2011年，第68页。
② 石黑一雄：《浮世画家》，马爱农译，上海译文出版社，2011年，第68页。

着同样的怨恨情绪。据我所知，三宅确实说过诸如此类的话。也许三宅和池田那一代人都会这样想、这样说。①

正是同时作为家人与外人的女婿池田将家人与社会上年轻一代(包括小野的学生黑田以及黑田的学生恩池)对小野的反对串联了起来，使小野的孤立状态从自己的家庭层面扩展到社会层面。

战后日本社会的这一转变，在小说中其实集中体现在小野的学生绅太郎的转变上。作为小野曾经的"铁杆粉丝"，绅太郎为了在学校谋一份工作、跟上时代的步伐，最终也离小野而去。在这里，与其考察绅太郎的转变，还不如反观一下小野对绅太郎前后态度极具戏剧性的变化。小说开篇，小野对绅太郎的评价极高，他说"如今还有这样没被世态炎凉玷污的人，我们应该感到庆幸才是。实际上，大概就是因为绅太郎的这个特点——始终不受世俗损害的天性——我最近这些年来越来越愿意跟他在一起"。小野说绅太郎"没有被这个时代的冷漠和怨恨玷污"②，其实也就是从侧面说自己没有被"这个时代"的变化所同化。而通过"我最近这些年来越来越愿意跟他在一起"这一句，我们更能明显看出他对绅太郎以及绅太郎所代表的传统价值观的认同。其实，这一切都是小野自己的一厢情愿。因为，颇具讽刺意味的是，在小说后面，当绅

① 石黑一雄：《浮世画家》，马爱农译，上海译文出版社，2011年，第74~75页。

② 石黑一雄：《浮世画家》，马爱农译，上海译文出版社，2011年，第23、21页。

太郎为了"朝思暮想的那份教职"而最终背叛他时，小野的态度为之大变：他"现在逐渐相信，绅太郎的天性中始终存在着狡诈的、不可告人的一面，只是我过去没有真正认识到罢了"[①]。小野丧失了最后一个"同路人"，在价值观方面成了名副其实的孤家寡人。

　　小野与社会、时代的冲突不仅仅从侧面反映在他人对他的反对和不满上，同时也从正面反映在小野对现在日本社会中各种变化的态度上。他的身份焦虑体现在他不满意日本社会现状，体现在他对整个民族前途的担忧，也体现在，用心理学家梅的话来说，对整个日本民族的"何去何从"感到"混乱和困惑"，将个人的身份焦虑与对国家前途的担忧联系在一起[②]。让我们来看小说将近结尾处，小野与小女婿大郎的一段对话。小野问大郎："你真的认为战后所做的那么多彻底改变是有益的吗？我听说旧的管理模式几乎都不存在了。"[③] 这是小野对日本经济发展的忧虑。随后小野的担心又扩展至整个日本社会、文化以及价值观了。他问大郎："请你告诉我，你有时候是否担心我们跟随着美国人的步子有点太仓促了？[……]你难道没有想过，一些好东西也跟糟粕一起被丢弃了吗？是的，有时候日本看上去就像一个小孩子在跟一

---

① 石黑一雄:《浮世画家》，马爱农译，上海译文出版社，2011年，第158页。

② 罗洛·梅:《人的自我寻求》，郭本禹、方红译，中国人民大学出版社，2013年，第21页。

③ 石黑一雄:《浮世画家》，马爱农译，上海译文出版社，2011年，第233页。

个不认识的大人学习。"[①] 小野将日本比作"迷路的小孩子"，正是小野自身身份焦虑的集中反映[②]。同时，他将美国及美国文化比作"不认识的大人"，足见小野对日本前途的忧虑，这也正好将其个人的身份焦虑与国家、民族的前途命运联系在一起。正如布莱恩·谢弗所言，《浮世画家》讲述的正是"战后日本的价值观念……与小野倒退的怀旧之间(存在)巨大的差别，如代际冲突、战后日本的美国化等"[③]，这种时代变迁和价值冲突带给小野严重的身份焦虑。

　　社会转型、历史转折是石黑一雄几乎全部小说的故事背景。时代变迁构成了其小说人物产生身份焦虑的时间维度。这些人物由于固守旧时代、旧文化而与现时所处的时代脱节，要么失落、要么困惑、要么徘徊。为了抵御焦虑，他们大多最终选择回归到本质主义的国族身份认同，这将在第四章中详细探讨。他们的焦虑源自不同文化和文明间的交锋。不同文化和文明的接触和碰撞，大致来说有两种方式：一是外来文化通过各种方式进入一国，促使该国出现社会转型，内外、新旧文化外在的交锋，在该国生活的个人内心具体体现为身份的焦虑。本章探讨的小野、史

---

① 石黑一雄：《浮世画家》，马爱农译，上海译文出版社，2011年，第233页。

② 罗洛·梅：《人的自我寻求》，郭本禹、方红译，中国人民大学出版社，2013年，第23页。

③ Brian W. Shaffer. *Understanding Kazuo Ishiguro*. Columbia: University of South Carolina Press, 1998: 41.

蒂文斯和高文便属于这种情况，他们的焦虑都来自于时间的错位。二是通过移民，个人来到别国的社会文化之中，从而产生更为深重的身份焦虑。本书第三章探讨的景子、悦子和班克斯的情况就在此列，他们的焦虑来自于空间的错位。需要指出的是，移民的空间位移本身就内含了时间因素在内，这正是移民主体感受到更加深重的焦虑的原因所在，也是他们同样需要借助记忆和历史进行认同建构的原因所在。

第三章

空间因素导致的焦虑

空间位移与身份焦虑

A Pale View of Hills

远山淡影

石黑一雄作品
Kazuo Ishiguro

地理大发现、东西两个半球的遭遇和贯通，在国家层面上，使得各个民族国家出现社会转型；在个人层面上，则造就了愈加庞大的移民人口。在 1492—1650 年间"第一现代"（first modernity）阶段的发展基础上，始于16世纪的"第二现代"（second modernity）阶段①出现了人类历史上最大规模的人口迁徙，据估测在这一阶段大概有多达6亿移民人口。到 1850 年为止，世界总人口仅有 12 亿，所以说始于16世纪至今的这一阶段成为世界人口状况最具戏剧性的阶段②。对于移民来说，空间流转、文化失根以及现实压力等多重原因，造成他们深重的身份焦虑，较之于时代变迁所造成的焦虑有过之而无不及。在当代这个"地球村"的跨文化时代，焦虑产生的空间维度更具时代性。石黑一雄便是一位跨越日、英文化的异文化移民，异文化移民也自然成为其多部小说的主人公，如《远山淡影》中移民英国的日本母女悦子和景子，又如《上海孤儿》中生于、长于上海租界的英国移民班克斯。他们内心的焦虑正是石

---

① 殖民主义和帝国研究者指出，"第一现代"阶段为 1492—1650 年间，"第二现代"阶段则始于16世纪，分别是人类历史上两个人口大迁徙时期。参见 Ato Quayson and Girish Daswani, eds. *A Companion to Diaspora and Transnationalism*. Chichester: Blackwell Publishing Ltd., 2013: 9.

② Ato Quayson and Girish Daswani, eds. *A Companion to Diaspora and Transnationalism*. Chichester: Blackwell Publishing Ltd., 2013: 9.

黑一雄自身焦虑及其对身份问题深入思考的文学体现。

在促成身份焦虑的时、空两种诱因中，时间因素，也即时代变迁所带来的社会价值观的改变，最为普遍存在和被人普遍感知。这种时移世异的现象，存在于每个社会、每个时代，也存在于我们每个人的日常生活当中，只是其表现的激烈程度不同而已[1]。除历史的时代更迭外，移民的空间位移是导致认同主体身份焦虑的又一重要原因。正如英国学者罗伯特·贝文（Robert Bevan）所言，"摧毁一个人身处的环境，对一个人来说可能就意味着从熟悉的环境所唤起的记忆中被流放并迷失方向。这是对人们丧失集体身份认同以及丧失他们身份认同稳定连续性的威胁"[2]。如果将时代更迭与空间位移相对比，可以说，前者更为日常而缓慢，更具有隐性特质；而空间位移则更为特殊和突兀，所以更具有显性特质。与更为普遍存在的时代变迁相比，移民的空间位移更具有时代性和当代性，虽然移民现象自古就有，但到了当前这个全球化时代，态势尤盛。

在石黑一雄所有作品中，直接将移民作为主人公的小说有两

---

① 这在许多文学名著当中都有所体现。如英美文学中，托马斯·哈代（Thomas Hardy）、威廉·福克纳（William Faulkner）缅怀逝去时代的作品中那些生存在两个时代夹缝中的人；又如中国文学中，曹雪芹、巴金所描绘的社会转型期面临内外冲突的人们。

② 转引自赵静蓉：《文化记忆与身份认同》，生活·读书·新知三联书店，2015年，第87页。

部，就是本章将细致分析的《远山淡影》和《上海孤儿》。在这两部小说中，移民经历导致身份焦虑的情节主要表现在悦子、景子母女和班克斯身上。对于随同母亲从日本移民英国的景子来说，她既远离了日本故土，又难以与现实的英国取得认同。她的身份失根不仅反映在其童年"影子人物"（double）万里子身上[①]，更反映在她自身在英国身份缺失的移民生活中。正是身份的无根状态最终让她走上了自杀的身份毁灭之路。对于移民英国的日本母亲悦子来说，她的身份困境一方面体现在她以及她的"影子人物"佐知子孤独、空虚的生活中，另一方面体现在她与英、日两任丈夫之间的矛盾和冲突上。对于"双重移民"班克斯来说，他的身份分裂则主要体现为他于英、中两个家乡之间的摇摆徘徊，以及通过几个"影子人物"反映出他在上海和英国两地都表现出的身份困境。

第一节　离家出走与《远山淡影》中
景子的身份失根

　　纵观石黑一雄7部长篇小说，《远山淡影》中景子的身份焦虑最为严重。她的身份焦虑一步步将其推向自杀的身份毁灭之绝

---

① Double，也称 Doppelganger、mirror image、alter ego，学界对其的翻译也各不相同，包括替身、双重人物、影子人物等。

境。究其原因则在于景子两次"离家出走"的经历——第一次是"影子人物"万里子随同母亲从东京移居长崎造成她的"国内移民"，第二次是景子随同母亲远赴英国则让她成了文化孤儿。两次"离家出走"的移民经历所造成的心理和文化隔膜，让她失去了认同的归属，产生了身份的失根状态。

　　加布里耶·安南认为《远山淡影》就是一篇"鬼故事"①。在某种程度上可以说，景子虽然早在小说开始前就已经自杀了，但她才是整本小说的中心：正是她的自杀，促使妮基从伦敦赶回来看望母亲悦子；正是她的自杀，让悦子回想起很久以前那段关于佐知子和万里子的故事；也正是她的自杀，让母亲悦子通过向妮基讲述故事的方式回访过去，进而深入思考文化身份的相关问题。在小说开篇第一页，悦子说"直到来的第二天她(妮基)才提起景子"②。这一方面说明妮基对于景子的冷漠，或者说不愿、也不想提起景子(在后文中，可以看到姐妹俩之间关系的恶劣)；另一方面，更为重要的是，也体现了叙述者悦子心中一直萦绕着女儿景子(即使妮基没有提起)，她想提起、害怕提起却又总在心底期望妮基能向她提起。正如叙述者所说："虽然我们从来不长谈景子的死，但它从来挥之不去，在我们交谈时，时刻萦绕在我们的心头。"③

①　转引自 Brian W. Shaffer. *Understanding Kazuo Ishiguro*. Columbia: University of South Carolina Press, 1998: 26.

②　石黑一雄:《远山淡影》, 张晓意译, 上海译文出版社, 2011年, 第3页。

③　石黑一雄:《远山淡影》; 张晓意译, 上海译文出版社, 2011年, 第4页。

　　小说中关于死去的女儿萦绕于母亲心头的场景，很容易让人联想起托尼·莫里森（Toni Morrison）的名作《宠儿》（*Beloved*，1987）。《宠儿》也同样是一篇"鬼故事"：女黑奴塞丝在携幼女逃亡途中遭奴隶主追捕，因不愿看到孩子重又沦为奴隶，毅然杀死了自己的女儿。十八年后奴隶制废除，女婴还魂归来，往事如梦魇，一刻不停地纠缠着良心不安的塞丝。其实，从小说后文便可得知，杀婴、杀女儿也是贯穿《远山淡影》一书的重要母题。对于自责的母亲悦子来说，从某种程度上，景子最终的自杀，她有着不可推卸的责任。而就像赛丝以魔幻现实主义方式重返的女儿"宠儿"一样，景子也以心理现实主义的方式萦绕于母亲悦子的心头。景子的自杀，不仅"时刻萦绕"在悦子母女的心头，也萦绕在读者的心头。因为正是景子的自杀，促使悦子回顾过往，并开始考察自己一生的得与失。而悦子由此所讲述的故事，可以说都与景子的自杀紧密相关。小说呈现的许多情景与意象都能让读者不禁回想起景子的自杀。

　　那么，在悦子眼中，与"快乐、自信的"小女儿妮基本有着很多相似之处的大女儿景子，为何却与妮基背道而驰，"越来越不快乐，最终结束了自己的生命"呢？ [①]这就是悦子讲述故事、回顾过去的关键所在。她想弄清楚景子自杀的根本原因何在。当然，通过思考景子的状况，她同时也在进行着自我剖析和自我疗伤。

---

① 石黑一雄：《远山淡影》，张晓意译，上海译文出版社，2011年，第119页。

接下来，通过文本细读，本部分细致考察景子的成长经历，考察移民生活如何一步步给她带来身份焦虑和危机以及最终让她以自杀方式实现自我身份的毁灭，以便代替悦子回答她所提出的、一直萦绕心头的问题。

　　景子的自杀，让悦子回想起多年前在日本长崎的一段故事，一段关于佐知子及其女儿万里子的故事。根据上文的探讨，我们已经知道，在某种程度上，悦子其实是在讲述她自己的故事，或者说，是在讲述她"影子人物"的故事①。在这段故事中，正如石黑一雄说的那样，佐知子代表了悦子②，而佐知子的女儿万里子代表了悦子的女儿景子③。关于这一点，可以通过悦子关于小女孩的梦加以印证。悦子说："一开始这好像只是一个很普通的梦；我梦见了前一天看见的事——我们看见一个小女孩在公园里玩。第二

----

① 评论家麦克·佩特里就曾经对《远山淡影》做出过非常精妙的评论，认为小说中"每一个核心人物，每一个重要母题，每一个关键情景，都至少出现了两次"。参见 Mike Petry. *Narratives of Memory and Identity*: *The Novels of Kazuo Ishiguro*. Frankfurt am Main: Peter Lang, 1999: 25. 其实，这同样也适用于石黑一雄的其他小说。"影子人物"就是其中最重要的一例，表现为人物之间的映照关系。对于其小说中的影子人物，下文还有更多的论述。

② 转引自 Brian W. Shaffer and Cynthia F. Wong, eds. *Conversations with Kazuo Ishiguro*. Jackson: University Press of Mississippi, 2008: 99。

③ Barry Lewis. *Kazuo Ishiguro*. Manchester: Manchester University Press, 2000: 34.

天晚上，我又做了同样的梦。其实，这几个月里，我做了几次这样的梦。"①悦子正是通过"一层层的梦"，巧妙地将过去的故事与当前的现实联系了起来。关于这个梦，悦子与妮基后来又有一段对话：

> "其实，根本不是那个小女孩。今天早上我意识到这一点。看似是她，但其实不是。"
>
> 妮基又一次抬起头来看着我，然后说："我想你是指她。景子。"
>
> "景子？"我微微地笑了，"多奇怪的想法。为什么是景子呢？不，跟景子没有关系。"
>
> 妮基还是不确定地看着我。
>
> "只是我以前认识的一个小女孩，"我说，"很久以前。"
>
> "哪个小女孩？"
>
> "你不认识。我很久以前认识的。"
>
> ……
>
> "其实，今天早上我还意识到别的事情，"我说，"关于那个梦的。"②

虽然在与妮基的这段对话里，悦子否认了梦中女孩就是景子，但通过文本的并置和悦子关于这件事本身的含糊其辞，可以顺理成章地认为，悦子是一个"不可靠叙述者"，而在她所讲述的

---

① 石黑一雄：《远山淡影》，张晓意译，上海译文出版社，2011年，第54页。
② 石黑一雄：《远山淡影》，张晓意译，上海译文出版社，2011年，第121页。

故事中，万里子便代表了景子。事实上，这个不断侵扰自己的梦是关于女儿景子的，正如她所讲述的关于佐知子的故事一样，不过是想要记录梦境、追忆往昔而已。看到荡秋千的小女孩后，悦子告诉妮基自己"怀念小孩子"[1]，实际是在怀念过去、怀念死去的景子。而这个"朝坐在旁边长椅上的两个女人喊"的小女孩，又让人不禁联想到由佐知子和悦子两个女人陪伴的万里子（也就是当时仍是小女孩的景子）。同样，在后文中，悦子也点明了这个梦与佐知子、万里子的关系："我肯定从一开始就怀疑——虽然不确定是为什么——这个梦跟我们看见的那个小女孩没多大关系，而是跟我两天前想起佐知子有关。"[2]与其说她是在为妮基讲述佐知子的故事，还不如说是在为自己讲述万里子的故事。悦子后来又对心不在焉的妮基说："那个小女孩根本不是在秋千上。一开始好像是秋千。但其实她不是在秋千上。"[3]既然已经知道小女孩代表着万里子，而万里子则代表着景子，那么只需对这一景象做进一步的推测和引申，便可得知：其实小女孩不是在荡秋千，而是自己的女儿上吊自杀了。在悦子的现实生活（或者，更确切地说，心理生活）中，景子占据中心位置；同样，在她讲述的故事当中，万里子也占据了中心位置。细查故事的开端部分有助于本书的分析：悦子与佐知子刚刚认识，马上便帮忙照看万里子（这有点不

---

[1]　石黑一雄：《远山淡影》，张晓意译，上海译文出版社，2011年，第55页。

[2]　石黑一雄：《远山淡影》，张晓意译，上海译文出版社，2011年，第65页。

[3]　石黑一雄：《远山淡影》，张晓意译，上海译文出版社，2011年，第122页。

可思议)，叙述者其实是急不可耐地想见到自己的女儿(万里子是童年女儿的化身)。所以此处她没有在佐知子(也就是她自己)身上花更多的笔墨，而是直接转到自己与万里子第一次会面的情景。"万里子可以被视作童年的景子，被母亲强迫离开日本去了国外，而景子则是到了国外之后的万里子。"[①] 如此来说，从回忆中的万里子到现实中的景子，便可以看到景子由小到大、从日本到英国的整个成长过程了。

首先，景子的身份焦虑体现在她跟随母亲悦子移民国外前的生活状态，也就是她的"影子人物"万里子在日本的生活状态。事实上，在移民国外之前，万里子跟随母亲佐知子从东京移居到长崎，已经成了一种"国内移民"。正是这种移民生活使万里子(以及景子)形成了后来的孤僻性格以及有些怪异的行为模式。在小说中，万里子以与两个男孩子打架的情节而出场，很容易让人联想起动辄就跟人吵架的景子。悦子曾回忆道，景子"每次[从房间]出来无·例外的都是以争吵收场，不是和妮基吵架，就是和我丈夫吵架，最后她又回到自己的房间里去"[②]。移民生活让万里子跟后来的景子一样，没有朋友。跟随母亲佐知子来到长崎的万里子，一个朋友都没有，只有小猫做伴。而万里子当着悦子的面捉蜘蛛、吃蜘蛛的场景，则可以理解为，移民生活让万里子孤寂

---

① 周颖:《创伤视角下的石黑一雄小说研究》，上海外国语大学博士论文，2014年，第56页。

② 石黑一雄:《远山淡影》，张晓意译，上海译文出版社，2011年，第64页。

到极点，而开始选择与小猫认同了。关于万里子与小猫的认同，还可以考察另一个场景。在与悦子、佐知子出行之后，万里子抽中了一个大木盒子，她希望"在里面放些垫子，就成了它们［小猫］的家了"①。这正反映了万里子自己跟着母亲无家可归的流浪生活以及她的认同困境。然而，就连这些被她当作朋友、当作认同对象的小猫最终也都被母亲佐知子残忍地扔到河里淹死了。在这里，选择与小猫认同的万里子，其实已经死了一次。关于这一点，可以联系万里子和佐知子在东京时看到那个杀婴的女人时进行的讨论。佐知子告诉悦子："那个女人跪在那里，前臂浸在水里……她转过来，对万里子笑了笑……一开始我以为那个女人是个瞎子，因为她的眼神，她的眼睛好像什么也看不见。然后，她把手臂从水里拿出来，让我们看她抱在水底下的东西。是个婴儿。"②女人其实正在运河里淹死自己的孩子。将佐知子杀猫的情景与之相对照，更能看出叙述者的用意所在。"她把小猫放进水里、按住。她保持这个姿势，眼睛盯着水里，双手都在水下。""突然佐知子第一次转过头去看了一眼她女儿，手依旧放在水里。我本能地顺着她的视线看去，一刹那间，我们俩都回头看着万里子。小女孩站在斜坡顶上，依旧面无表情地看着。"③佐知子杀猫

---

① 石黑一雄：《远山淡影》，张晓意译，上海译文出版社，2011年，第158页。

② 石黑一雄：《远山淡影》，张晓意译，上海译文出版社，2011年，第91~92页。

③ 石黑一雄：《远山淡影》，张晓意译，上海译文出版社，2011年，第216页。

的场景几乎可以说是原封不动地复制了那个女人杀婴的场景。在这个场景中，佐知子杀死的不仅是小猫，更是与小猫认同的女儿万里子。而更为可悲的是，悦子同样也将自己的女儿景子当作一只小猫，从客观方面强调了景子与小猫的认同[1]。

更有意味的是，小说的另一个关于万里子与悦子的场景成功地将悦子(佐知子)和景子(万里子)联系了起来。悦子到河边寻找离家出走的万里子时，悦子描述道："一条旧绳子缠在我的脚踝上，我在草地里一直拖着它。"而万里子一直逼问悦子"那是什么"，"你干吗拿着绳子"，同时"脸上露出害怕的样子"[2]，正展现了万里子对悦子无名的恐惧。联系后来自杀的景子，可以认为，悦子一共杀了自己的女儿景子两次：一次是上文提到的佐知子杀猫；另一次便是带着景子移民英国，最终导致景子的自杀。万里子一直追问的那根绳子就是后来景子上吊自杀用的那根绳子，而这根决定景子生死的绳子，其实一直握在母亲悦子手中。正是悦子间接杀死了自己的女儿景子[3]。

---

[1] 布莱恩·谢弗同样也发现了景子与小猫之间的认同关系，参见 Shaffer Brian W. *Understanding Kazuo Ishiguro*. Columbia: University of South Carolina Press, 1998: 33。

[2] 石黑一雄：《远山淡影》，张晓意译，上海译文出版社，2011年，第 104~106 页。

[3] Brian W. Shaffer. *Understanding Kazuo Ishiguro*. Columbia: University of South Carolina Press, 1998: 33.

　　需要注意的另外一点是，与成年后的景子喜欢躲在自己的房间相似，万里子则喜欢躲在房间里的阴暗角落里。此外，小说中还重点描述了万里子几次走失的经历，这不禁让人想起难以忍受有文化隔膜的家庭氛围而离家出走至曼彻斯特的景子。悦子对万里子到了美国后会不适应的担心，将万里子的故事与景子的故事紧密地串联了起来："搬到另一个国家，语言、习惯都不同。"① 可以说，这便是在离开日本之前悦子对于女儿景子的担心，同时也是随同悦子一起抵达英国之后景子的现实生活状态。关于悦子对于移民生活的焦虑(或者说现实中景子的焦虑)，还可以从悦子的"影子人物"佐知子的话中看出："想象一下我女儿会多么的不习惯，突然发现自己在一个都是老外的地方，一个都是老美的地方。突然有一个老美做爸爸，想象一下她会多么不知所措。你明白我说的话吗，悦子？她这辈子已经有太多的动荡不安了，她应该找个地方安顿下来。"② 而多年以后，悦子(和佐知子)的担心不幸变成了现实。景子正是由于不能适应异国他乡的移民生活，无法形成积极的身份认同，才最终导致身份危机，从而酿成了自杀的悲剧。

　　因为悦子不愿想起过去的私心，小说中对景子的直接描述少之又少。景子的成长故事，正如上文所论，其实很大程度上都反映在其"影子人物"万里子身上了。不过，作为小说故事核心的景

① 石黑一雄：《远山淡影》，张晓意译，上海译文出版社，2011年，第49页。
② 石黑一雄：《远山淡影》，张晓意译，上海译文出版社，2011年，第109页。

子的现实生活状态，更是应该讨论的重点。景子的身份危机以及
最终的自杀，不是一蹴而就的，而是有一条清晰的发展轨迹。促
成其自杀的原因有很多，但最为重要的便是移民生活所带来的文
化隔阂。因为在其周围不存在可资利用的认同资源，景子由此产
生了身份危机。景子的问题就在于"她不能适应移民生活。她关
注的是家的传统概念：将家视作一个内与外、归属与陌生之间界
限分明的空间。在英格兰，她没有在家的感觉"①。上文已经提到，
像万里子以及悦子和佐知子一样，景子在英国没有朋友。更为糟
糕的是，景子和自己的家人也没有融洽的关系。下面一大段描写
便是小说中景子的日常生活：

> 在她最终离开我们的前两三年，景子把自己关在那个
> 房间里，把我们挡在她的世界之外。她很少出来，虽然有
> 时我们都上床睡觉后我听到她在房子里走动。我猜想她在
> 房间里看杂志，听广播。她没有朋友，也不许我们其他人
> 进她的房间。吃饭时，我把她的盘子留在厨房里，她会下
> 来拿，然后又把自己锁起来。我发现房间里乱糟糟的。有
> 发霉的香水和脏衣服的味道，我偶尔瞥见里面，地上是成
> 堆的衣服和无数的时尚杂志。我只得连哄带骗叫她把衣服
> 拿出来洗。最后我们达成共识：每几个星期，我会在她房
> 间门口看见一袋要洗的衣服，我把衣服洗了，拿回去。后来，

---

① 郭德艳：《英国当代多元文化小说研究：石黑一雄、菲利普斯、奥克
里》，南开大学博士论文，2013 年，第 166 页。

大家渐渐习惯了她的做法，而当她偶尔心血来潮冒险到客厅里来时，大家就都很紧张。她每次出来无一例外的都是以争吵收场，不是和妮基吵架，就是和我丈夫吵架，最后她又回到自己的房间里去。①

移民生活让景子成了自己家里的"陌生人"。正如后来景子离家出走、移居到曼彻斯特，在这座"陌生城市里"，或者从更大范围上讲，在异国他乡的英国，一样"没有人认识她"，她一样是文化上的陌生人。可以说，这一大段关于景子日常家庭生活的描写其实便是她在异国文化中的移民生活的一个缩影。她的房间构成的一个封闭空间，同样也照应了她没有着落的身份认同。然而，更加讽刺的是悦子对景子死后场景的痛苦叙述："验尸官说她已经死亡'好几天了'"，"在他们发现之前她[就]那么""在房间里吊了好几天"②。即使在死后，景子的身份也没能及时得到证明。

即使是景子的葬礼，妮基也没有去参加，就像不久前景子没有参加英国父亲的葬礼一样。妮基说没去参加姐姐的葬礼，并非是对姐姐景子没有参加父亲葬礼而进行的报复(某种程度上，也可以说是一种文化上的报复)，而是听到景子自杀后，妮基"觉得很丢脸。别人不会真的理解的，他们不可能理解我的感受。姐妹

---

① 石黑一雄：《远山淡影》，张晓意译，上海译文出版社，2011年，第63~64页。

② 石黑一雄：《远山淡影》，张晓意译，上海译文出版社，2011年，第64~65页。

之间应该是亲近的，不是吗？你可能不太喜欢她们，可你还是和她们很亲近。但是我和她根本不是这样。我甚至不记得她长什么样了"①。妮基觉得丢脸的原因，极有可能是因为景子的自杀让她想到媒体所渲染的有关日本民族的自杀倾向，要知道，她自己身上也流着一半日本民族的血液。比这一切更为糟糕的则是景子与自己的亲生母亲悦子之间的隔阂。通过悦子的回忆可以得知悦子对往事追悔莫及："如今的我无限追悔以前对景子的态度。毕竟在这个国家，像她那个年纪的年轻女孩想离开家不是想不到的。我做成的事似乎就是让她在最后真的离开家时……切断了和我的所有关系。可是我怎么也想不到她这么快就消失得无影无踪……我是为了她好才一直强烈反对她的。"② 由这段文字可以推测，作为母亲的悦子，出于她一直以来"为了她 [景子] 好"而阻止景子离开她们的"文化组合家庭"。她的阻止，一方面让景子与家人的关系越来越僵化，另一方面造成她离家后"切断了和我的所有关系"。因为景子没有对"外面的世界"做好充分的准备，所以最终"消失得无影无踪"，离家出走，进而自杀身亡。正如常言所说，水可疏，不可堵；情可移，不可灭。正是悦子对景子的这种空间限制，使她最终失去了必要的认同资源。关于空间限制的母题，或许还可以在悦子的"影子人物"佐知子的故事中找到呼应。同悦子

---

① 石黑一雄:《远山淡影》，张晓意译，上海译文出版社，2011年，第4页。
② 石黑一雄:《远山淡影》，张晓意译，上海译文出版社，2011年，第111页。

相似，佐知子想要跟随男友弗兰克去美国，就是想要逃离伯父家"坟墓"般的房子。正是由于悦子对景子的空间限制才最终让女儿景子成了另一个（可能的）自己。

正是景子这种没有朋友，甚至拒绝家人的状态导致了她的身份危机和最终的自杀。在景子身上，可以明显看出从孤独到身份焦虑再到身份危机、身份毁灭的整条发展轨迹。与母亲悦子一样，景子没能够为自己建构一种妹妹妮基那样的"流散身份"。正如石黑一雄对自己父母的评价："我认为我的父母并未获得一种移民思维（mentality of immigrants），[而]常常就像游客一样，保持着自己的'日本性'。"① 也正是由于身处异国，却又强烈忠诚于自己的母国日本，"保持着自己的'日本性'"，没能接受现实生活中的"英国性"，景子比拥有严重身份焦虑的母亲悦子更为极端，最终走上了自杀的身份毁灭之路。

第二节　客居异乡与《远山淡影》中
悦子的身份困境

《远山淡影》中的叙述者悦子是身居英国的日本移民。她通

---

① 转引自 Brian W. Shaffer and Cynthia F. Wong, eds. *Conversations with Kazuo Ishiguro*. Jackson: University Press of Mississippi, 2008: 92。

过叙述和思考因身份焦虑而自杀的女儿景子的身份问题，反思了自身的身份问题。悦子的身份困境体现在以下几个方面：女儿妮基、景子和"影子人物"佐知子的身份问题从侧面反映了悦子自己的身份困惑，悦子在英国乡村现实生活中体验到的空虚感和孤独感，以及她与英、日两任丈夫之间的文化冲突从正面反映了她的身份焦虑。对日本和英国都难以取得认同，造就了悦子严重的身份困境。

虽然《远山淡影》是石黑一雄的第一部长篇小说，却可以从中看到他日后作品中所涉猎的几乎全部母题，如移民、童年、记忆、"不可靠叙述""影子人物"等。当然，其中最为关键的一点，就是其对身份焦虑和身份认同的持续关注。李有成（Yu-cheng Lee）曾提出，《远山淡影》的叙述既是"回顾性的"，也是"分析性的"。说其具有"回顾性"，是因为小说讲述了一个上了年纪的寡妇回溯自己在战后长崎的故事；说其具有"分析性"，是因为小说主人公通过一种自省的方式努力理解她的现在，她的过去与现在之间存在一种"互动"①。面对身份焦虑，正是通过这种"分析性的自省"、过去与现在的"互动"，移居他国的小说主人公悦子才得以思考自身和女儿的身份问题。

悦子对身份的关注始于小说开篇她与英国丈夫关于给小女儿

---

① Yu-cheng Lee. Reinventing the Past in Kazuo Ishiguro's A Pale View of Hills. *Chang Gung Journal of Humanities and Social Sciences*, 2008(April 1:1): 20.

取名问题的争论。丈夫想要给女儿取日本名字，而悦子自己却倾向于取英文名。夫妇俩最终达成妥协，以"妮基"（Niki）这一杂糅了东西方"味道"的名字为女儿命名[①]。关于小女儿的命名指明了小说对身份问题的关注，夫妇俩的争论则为悦子的身份焦虑提供了叙事背景，成为整部小说叙事的情绪基调[②]。在小说开篇第一页，悦子就强调了大女儿景子"纯血统的日本人"身份，讲起了她的自杀[③]。事实上，景子的自杀作为小说的根本氛围，笼罩于整部小说的全部情节之上。景子从小跟随母亲悦子移民英国，因为不能适应环境，或者说不能进行积极的身份认同，而最终自杀。自杀是身份焦虑与危机所导致的最为严重的后果——身份的毁灭。也正是大女儿景子的自杀，给悦子带来焦虑的同时，又促使她反思过去、反思身份。

由于小说叙述者悦子通过讲述"影子人物"佐知子的故事进而映照自己的经历，她的身份焦虑首先是通过其"影子人物"佐知子侧面反映出来的。悦子是这样开始她的故事的："如今我并不想多谈景子，多说无益。我在这里提起她只是因为这是今年四月妮基来我这里时的情形，正是在那段时间里，我在这么多年后又

① 石黑一雄:《远山淡影》，张晓意译，上海译文出版社，2011年，第3页。

② Mike Petry. *Narratives of Memory and Identity*: *The Novels of Kazuo Ishiguro*. Frankfurt am Main: Peter Lang, 1999: 28.

③ 石黑一雄:《远山淡影》，张晓意译，上海译文出版社，2011年，第4页。

想起了佐知子。"① 对于悦子，叙事逻辑应该是从景子联想到万里子，然后再到万里子的母亲佐知子。悦子在这段话里，无意识地将景子与佐知子(实则是佐知子的女儿万里子)并置。从这种并置也可以窥探佐知子与景子的影射关系。事实上，基于佐知子与悦子的诸多相似之处，尤其是叙述者悦子通过偶尔的口误所提供的文本证据，论者发现，其实佐知子和万里子分别是悦子和景子的"影子人物"②。巴里·刘易斯将小说中的这种身份混同称作"错置"(displacement)③。某种程度上可以简单认为，佐知子是移民前的悦子，而悦子就是移民后的佐知子。但这却并非故事的全部。就像石黑一雄在谈论这一问题时所说的："关键之处在于，叙述者悦子与她所讲述的这个女人佐知子之间的关系问题。她们是同一个人吗？我的答案是，并非字面意义上的相同 [……]。就她 [悦子]所讲述的这个故事的目的而言，佐知子代表了她 [悦子]。"④ 在故事中，佐知子是、同时也不是悦子。所以可以说，《远山淡影》的每一句叙述，都不仅仅停留在表面的单声部上，而是回响着不同的声音——过去的声音交叠着现在的声音，他人的声音中回响

---

① 石黑一雄：《远山淡影》，张晓意译，上海译文出版社，2011年，第5页。

② Brian W. Shaffer. *Understanding Kazuo Ishiguro*. Columbia: University of South Carolina Press, 1998: 21.

③ Barry Lewis. *Kazuo Ishiguro*. Manchester: Manchester University Press, 2000: 36.

④ 转引自 Brian W. Shaffer and Cynthia F. Wong, eds. *Conversations with Kazuo Ishiguro*. Jackson: University Press of Mississippi, 2008: 99.

着自己的声音，让读者跟着叙述者悦子的声音和视角在故事内外回环往复。所以，悦子所讲的佐知子的故事，不仅是佐知子的故事，更是悦子自己的故事；不仅反映了悦子的过去，同时也反映了悦子的现在。正如辛西娅·黄所说的，虽然小说中"过去和现在的时间框架比较清晰，但是随着叙述者深入各自的记忆，这两个框架变得复杂化，而且偶尔还会为情绪所扭曲"[①]。

悦子"虚构""影子人物"，间接体现了她的身份分裂及其带来的身份焦虑。阿莱达·阿斯曼（Aleida Assmann）对莎士比亚（William Shakespeare）历史剧《理查二世》的评论同样适用于《远山淡影》。与查理王一样，悦子"通过躲进回忆和讲述的层面，避开了现实的直接压力，把他自己的生命虚构化。他与自己的存在不再共时，而是分裂成一个经历者和一个观察者；作为观察者他赶到了事件的前面，并像一个陌生人一样回顾已经结束的事件"[②]。作为"经历者"的佐知子正是"观察者"悦子的"影子人物"，从侧面反映了悦子自身的身份焦虑。在小说中，佐知子与悦子之间最为突出的共同点就在于，她们都是移民[③]，都没有朋友，都过

---

① Cynthia F. Wong. *Kazuo Ishiguro*. Horndon: Northcote House Publishers Ltd., 2000: 18.

② 阿莱达·阿斯曼：《回忆空间：文化记忆的形式和变迁》，潘璐译，北京大学出版社，2016年，第92页。

③ 佐知子从东京搬到长崎，悦子从中川嫁到长崎，构成了"国内移民"，而悦子最终又移民国外。

着孤独的生活。悦子在跟藤原太太聊天时，这样说道："我在现在住的地方没有多少朋友。我很高兴认识了佐知子。"① 但是在小说开篇，悦子却说："我和佐知子并不很熟。事实上我们的友谊就只有一个星期，那是在许多年前的一个夏天。"② 这么说来，就连佐知子也不能算作她的朋友了。而佐知子自己也承认，她在这个地方谁都不认识。关于悦子与佐知子的相似之处，可以引证悦子在小说开篇的另一段回忆："两个女人在谈论刚搬进河边那间破房子的那个女人(佐知子) ⋯⋯听话的人也觉得新来的人似乎不是很友善——大概是傲慢。"③ 由此可以得知佐知子的性格不友善。而紧接着，叙述者悦子却对自己做了评价，"我从来不想显得不友好，可是大概我也从来没有刻意努力显得友好"④。这种文本的并置，显然告诉我们悦子混淆了自己和佐知子的身份，同时也混淆了过去与现在的时空，似乎是在给自己初到英国时的傲慢和不友善找借口。悦子说："当时我隐隐地同情佐知子，有时我远远地看着她，感觉她不太合群，而我觉得自己可以理解她的那种心情。"⑤ 确切来说，并非当时的悦子理解佐知子的心情，而是现在(移民英国后)的悦子对佐知子初来乍到的情形感同身受。而"独自一人"

① 石黑一雄：《远山淡影》，张晓意译，上海译文出版社，2011年，第23页。

② 石黑一雄：《远山淡影》，张晓意译，上海译文出版社，2011年，第5~6页。

③ 石黑一雄：《远山淡影》，张晓意译，上海译文出版社，2011年，第8页。

④ 石黑一雄：《远山淡影》，张晓意译，上海译文出版社，2011年，第8页。

⑤ 石黑一雄：《远山淡影》，张晓意译，上海译文出版社，2011年，第8~9页。

也正是悦子现在英国生活的写照。正是她现实生活的孤独，让她禁不住对那些背地里谈论佐知子的妇女冷嘲热讽："但是看着她们每天围着自己的丈夫和孩子忙得团团转，那时的我很难相信——她们的生活也曾经历了战争的不幸和噩梦。"[①] 从时空错乱的角度来看，这句话有两点值得注意：一是围着丈夫和孩子团团转的她们，与失去了丈夫和孩子的自己形成了鲜明的对照[②]，反衬出现实当中悦子生活的孤寂；二是"战争的不幸和噩梦"不仅存在于真实的热战当中[③]，对于移民者悦子来说，更存在于两种文化的冲突当中。文化冲突的"冷战"与兵刃相接的"热战"一样，让她痛失亲人，让她焦虑重重。

悦子的身份焦虑最直接的表现则是现实中其在英国乡村空

① 石黑一雄:《远山淡影》，张晓意译，上海译文出版社，2011年，第8页。

② 纵观小说，可以发现，由于各种原因，悦子一次又一次地失去丈夫和家人。悦子的人生可以分为三个阶段：战时日本、战后日本和现实英国。这三个阶段，她分别由于原子弹袭击失去家人、由于移民英国而离开日本丈夫、由于英国丈夫去世而独居英国。

③ 关于原子弹爆炸给人们带来的焦虑，罗洛·梅这样写道："或许读者还能回想起当第一颗原子弹在广岛上空爆炸时像潮水一样席卷我们的焦虑感，当时我们感觉到了自己所面临的巨大危险——也就是说，感觉到了我们可能是最后的一代——但是我们却不知道我们应该转向哪个方向。非常奇怪的是，但是许多人的反应是，感觉到了一种突如其来的深切的孤独感。"参见罗洛·梅:《人的自我寻求》，郭本禹、方红译，中国人民大学出版社，2013年，第13~14页。

虚、无聊的移民生活。心理学家认为，"空虚感和孤独感"相互交织，"是焦虑这种基本体验的两个阶段"，孤独感被"描述为'置身在外的'、被隔离的，或者如果他们久经世故的话，就会说他们有被疏远的感觉"①。这两种主要感受在悦子身上有极为直观的体现。先来看悦子在英国乡村"与世隔绝"的现实生活。可以设身处地地想象一下，一个移居英国的"外国人"——日本女人，人到老年②，失去了丈夫和女儿，独自寡居英国乡村是一种怎样的感受。小说中反复使用的"安静"一词对此种感受做了精确概括，因为"安静"正是悦子生活的全部基调，正体现了悦子的"空虚感和孤独感"。悦子在小说开篇便道："我住的乡下房子和房子里的安静让她[妮基]不安，没多久，我就看出来她急着想回伦敦自己的生活中去。她不耐烦地听着我的古典唱片……小心地关上身后的门，不让我听到她的谈话。五天后她离开。"③ 由此可以看出悦子母女间隔绝的亲情和悦子离群索居的生活。这种"安静"的生活不仅仅是回来只待五天的妮基的体验，应该更是叙述者悦子自

---

① 罗洛·梅:《人的自我寻求》，郭本禹、方红译，中国人民大学出版社，2013年，第12~13页。

② 在小说中悦子的确切年龄并未给出，但通过推测我们可以得知，悦子移民英国后所生的二女儿妮基已经年过19岁。在日本所生的、刚刚自杀的大女儿景子则是二十六七岁，那么在二郎之前还曾有过婚约的悦子就很有可能已经年近或者超过50岁了。

③ 石黑一雄:《远山淡影》，张晓意译，上海译文出版社，2011年，第3页。

身的日常体验。在小说结尾处，当女儿妮基问悦子一个人住在这里是否无聊时，悦子虽然嘴上回答"我喜欢安静"，却又不经意间道出了心里话：房子太大，想要换个小点的房子。这即使没有说明悦子是个不可靠叙述者，却也证明她是在说谎，在强颜欢笑。悦子在讲述其"日本故事"时所做的评论"人们总是假装高兴"同样也适用于现实中的悦子自己①。辛西娅·黄评论道："每当悦子提到一个幸福的场景，读者就会了解到她现在的生活有多么的悲伤和空虚。"② 通过讲述他人从而反映讲述者自己的内心，这是石黑一雄最为擅长的一个叙述手段③。讲述他人的故事，一方面可以映照自己的过去和身份，另一方面却在回避过去的某些事件，反而加重了自身的身份焦虑。也许正是在这个意义上，李有成认为，"过去一直在那里，而悦子有意识地避免回忆某些事件，事实上使她难以建构一幅更加清晰、准确的生活图景"④。

悦子的身份焦虑从本质上来讲是一种文化的冲突，集中体现

---

① 石黑一雄：《远山淡影》，张晓意译，上海译文出版社，2011年，第57页。

② Cynthia F. Wong. *Kazuo Ishiguro*. Horndon: Northcote House Publishers Ltd., 2000: 35.

③ 转引自 Brian W. Shaffer and Cynthia F. Wong, eds. *Conversations with Kazuo Ishiguro*. Jackson: University Press of Mississippi, 2008: 5.

④ Yu-cheng Lee. Reinventing the Past in Kazuo Ishiguro's A Pale View of Hills. *Chang Gung Journal of Humanities and Social Sciences*, 2008(April 1:1): 22.

在其与英、日两任丈夫在文化层面上的冲突和争论。心理学家认为，"焦虑代表了一种冲突"①。个人与其所在的集体产生某种认同上的"冲突"，进而便产生了个人的身份焦虑。悦子的身份焦虑首先体现在她与英国丈夫的争论上。他俩的争论不仅仅停留在日常生活层面，而是逐渐扩展至文化和身份层面上，体现了一种"深重的文化冲突"②。事实上，悦子与英国丈夫的争论也不止出现在小说开篇关于妮基取名的那一幕，而是贯穿于整部小说的叙述当中。例如，在一段关于悦子的日本丈夫二郎的回忆中，悦子写道：

> （英国丈夫）不理解二郎这样的人。我并非在深情地怀念二郎，可是他绝不是我丈夫想的那种呆呆笨笨的人。二郎努力为家庭尽到他的本分，他也希望我尽到我的本分；在他自己看来，他是个称职的丈夫。而确实，在他当女儿父亲的那七年，他是个好父亲。不管最后的那段日子里，我如何说服自己，我从不假装景子不会想念他。③

悦子与英国丈夫的争论不仅仅停留在现在，还回溯到了过去。她说二郎的好话，其实就是在为女儿景子辩护，从更高的层

① 罗洛·梅：《人的自我寻求》，郭本禹、方红译，中国人民大学出版社，2013年，第22页。

② Taryn L. Okuma. *Literary Non-combatants: Contemporary British Fiction and The New War Novel.* PhD Dissertation of the University of Wisconsin-Madison, 2008: 165.

③ 石黑一雄：《远山淡影》，张晓意译，上海译文出版社，2011年，第114页。

面上来讲，则是在为日本文化做辩护。因为这段描述中的二郎不仅是二郎个人，还是日本丈夫、日本父亲的典型形象。如此，悦子又一次将论述从个人的家庭层面扩展至国族的文化层面。在这段回忆之前，悦子强调："事实上，虽然我的［英国］丈夫写了很多令人印象深刻的关于日本的文章，但是他从不曾理解我们的文化。"① 如此看来，悦子同英国丈夫的个人争论逐渐演变成英、日两种文化的争论，逐渐促使居于两种文化夹缝中的悦子产生了身份焦虑，并进一步对身份问题深入思考。另外，与英国丈夫的争论还从小说开篇的小女儿取名，最终扩展至大女儿景子身上。在回忆中，通过自说自话的方式，与英国丈夫争论两个女儿之间的异同点，悦子进一步深化了自己对身份认同的思考："两个女儿有很多共同点，比我丈夫承认的要多得多。在他看来，她们是完全不同的……我丈夫并不知道小时候的景子是什么样子的；他要是知道的话，就会发现这两个女孩在小时候有多么像……可是，一个长成了快乐、自信的年轻姑娘……另一个越来越不快乐，最终结束了自己的生命。"② 英国丈夫由于没有见过"小时候的景子"，只见过随悦子移民英国后变得封闭、内向、孤僻的景子，所以只能看见景子与妮基之间的"完全不同"。作为知情人的悦子，却知道两个女儿存在"很多共同点"。但是，两个女儿最终却走上了截

---

① 石黑一雄：《远山淡影》，张晓意译，上海译文出版社，2011年，第114页。

② 石黑一雄：《远山淡影》，张晓意译，上海译文出版社，2011年，第119~120页。

然不同的人生道路，原因何在呢？这正是悦子的内心困惑所在。英国丈夫"把原因简单地归咎于(景子的)天性或二郎"①。在这里，"天性"和"二郎"其实是一对同义词。作为"纯血统的日本人"的景子的天性来自二郎，而二郎的"天性"则来自日本文化。悦子的英国丈夫，作为一个并不真正理解日本文化的"外人"，总倾向于对其进行"模式化解读"(stereotyping)。作为"制造他者"的重要策略的模式化印象(stereotype)，与身份认同密切相关。理查德·詹金斯就指出："模式化解读和特性归属是类别划分和身份认同的重要维度……模式化解读[是指]以一种偏颇和不完整的方式对某一集体进行标记和分类"，"模式化印象是属于集体身份认同极其浓缩的符号"②。具体到小说文本，悦子的英国丈夫正是以旁观者的角色对日本文化进行了"偏颇和不完整的"解读。这种对日本文化的模式化解读，也可以引用小说中景子自杀后媒体的相关报道加以印证："英国人有一个奇特的想法，觉得我们这个民族天生爱自杀，好像无需多解释；因为这就是他们报导的全部内容：她是个日本人，她在自己的房间里上吊自杀。"③假设英国丈夫没有先于景子去世，当他得知景子在曼彻斯特的房间里上吊自杀时，

① 石黑一雄：《远山淡影》，张晓意译，上海译文出版社，2011年，第119~120页。

② Richard Jenkins. *Social Identity*. London & New York: Routledge, 2008: 151-152.

③ 石黑一雄：《远山淡影》，张晓意译，上海译文出版社，2011年，第4页。

这很有可能便是他的解读。然而，悦子自己却"并不像我[英国]丈夫那样"，而是极力反对英国丈夫的这种"天性论"，但她自己的观点却并未明确表达出来。悦子接着说道："这些事情都已经过去了，再想也没什么用了。"① 在悦子看来，两个女儿拥有相像的"天性"，却最终走上了不同的人生道路。关于这一点，悦子自己也仍旧不能说清。她开始认真思考身份问题。而大女儿景子的死，更是让她处在重重焦虑之中。

　　悦子夹在两种文化之间的状态以及她的身份焦虑，在小说中的象征性表现就是她事实上是夹在日本、英国两任丈夫之间。在批判英国丈夫的同时，她对日本丈夫二郎也并非一味偏袒。在回忆绪方来访事件时，悦子也表达了她对二郎的不满："这就是二郎面对可能的尴尬局面时的一贯做法。如果多年之后，他在面对另一场危机时不是采取同一种态度，我也许不会离开长崎。"② 她一方面与英国丈夫争论，为日本丈夫辩护；另一方面，却也在通过批判与日本丈夫进行辩驳。实际上，悦子对二郎的批判，或者说她与二郎的矛盾，最集中的体现就在于对绪方的不同态度。作为儿子的二郎与父亲绪方，对于政治、教育、美国文化、家庭责任，甚至下棋的棋术(同时也影射了战争战略)都存在着截然相反的观点。比如，关于战后美国文化与政治对日本的入侵与改变，

① 石黑一雄：《远山淡影》，张晓意译，上海译文出版社，2011年，第119~120页。

② 石黑一雄：《远山淡影》，张晓意译，上海译文出版社，2011年，第161页。

绪方认为："美国人，他们从来就不理解日本人的处世之道。从来没有，他们的做法或许很适合美国人，可是在日本情况就不一样，很不一样。"而二郎却针锋相对地反驳说："美国人带来的东西也不一定全是坏的。"[①] 此处需要特别注意的是，绪方关于美国人不懂日本"处世之道"的论调，与悦子对英国人和英国丈夫不能真正理解日本文化的批判，几乎如出一辙。就这样，通过观点的回响，悦子站在了绪方先生的一方。悦子选择移民英国(与一心渴望移民美国的"影子人物"佐知子一样)以及通过认同绪方而对日本丈夫的批判，说明其对战后日本价值观的不认同；她与英国丈夫的争论与批判又象征性地说明其对现实生活中的英国难以认同[②]。双重的不认同自然造成悦子"永居异乡"的心理状态。正是这种双重的不认同以及大女儿景子的自杀、自己在英国孤独空虚的移民生活给她造成严重的身份焦虑。

---

① 石黑一雄：《远山淡影》，张晓意译，上海译文出版社，2011年，第79页。

② 在悦子身上，一方面体现了移民的空间位移带来的身份焦虑，另一方面，通过与绪方颇具怀旧色彩的观点呼应，又体现了历史的时代变迁导致的身份焦虑。这又一次证明我们上文已经提到的在造成身份焦虑方面时间和空间因素有时不可分的观点。

第三节 双重家园与《上海孤儿》中
班克斯的身份分裂

《上海孤儿》中的班克斯是典型的移民，甚至可以说是"双重移民"。他是从小生活在上海租界的英国人，在父母失踪后被送回英国。在英、中两个家园之间的徘徊让他的身份产生了分裂。正是这种特殊情况使得他拥有比石黑一雄其他小说中的主人公(除移民景子之外)更为严重的身份焦虑。班克斯人生不同时期的身份焦虑分别通过三个"影子人物"——山下哲、摩根和詹妮弗的身份困惑反映出来。

班克斯可能幼时随父母一同从英国迁至中国，也可能就像山下哲那样，本身就出生在上海租界。但不管是哪种情况，像他这样的移民主体必然同时拥有两个家乡。但颇具反讽意味的是，这在另一方面却又让移民主体产生了无家可归的身份焦虑，因为当他们身处一个家乡时，就必然会去怀念另一个家乡。这在为他们的流散身份建构提供更为丰富的认同资源的同时[1]，也构成他们产生身份焦虑的根源所在。正如巴里·刘易斯所论，包括《浮世画家》中的小野和《长日留痕》中的史蒂文斯在内，石黑一雄的小说

---

① 关于班克斯的流散身份认同，将在第五章第三节中详细探讨。

主人公内心深处都有着"无家可归（homeless）与'在家'（being at home）（两种感觉）的激烈竞争"[1]，形成所谓身份焦虑与身份认同之间的张力。

对于"移民主体而言，思乡是他们最重要的精神活动之一"[2]。作为石黑一雄小说的基本基调，思乡或者怀旧（nostalgia）同样也是《上海孤儿》传递给读者的一种情绪[3]。从词源上来讲，nostalgia一词源自希腊词根 nostos 和 algos，分别意指"回家"和"痛苦"[4]，其发端于病理学的词源语义正好指向移民主体体验到的身份焦

[1] Barry Lewis. *Kazuo Ishiguro*. Manchester: Manchester University Press, 2000: 3.

[2] 赵静蓉：《文化记忆与身份认同》，生活·读书·新知三联书店，2015年，第88页。

[3] nostalgia 一词发端于病理学，由瑞士医学学者周汉斯·胡弗（Johannes Hofer）于17世纪首次提出，用于描述在国外服役的瑞士士兵在怀念故国山景时所表现出的病理学意义上的思乡之情（颇有意味的是，这正好暗合了石黑一雄第一部长篇小说的标题"远山淡影"）。在18世纪晚期和19世纪，伴随弗洛伊德式心理分析的出现，怀旧逐渐被视为一种内在于自我的过程。到了19世纪末，怀旧逐渐用以指称对于特定的已经失去的空间和时间的怀念，也就是我们通常意义上所说的怀旧。参见 Ato Quayson and Girish Daswani, eds. *A Companion to Diaspora and Transnationalism*. Chichester: Blackwell Publishing Ltd, 2013: 16-17.

[4] Ato Quayson and Girish Daswani, eds. *A Companion to Diaspora and Transnationalism*. Chichester: Blackwell Publishing Ltd., 2013: 16.

虑。查尔斯·茨威格曼（Charles Zwingmann）结合病理学基础和现代社会背景对"怀旧"进行研究，认为怀旧来自于"生活的不连续性"，"即人类必须曾经历过或正在经历某种突然中断、剧烈分裂或显著变动的生活经验，才有可能产生怀旧的情绪"[①]。"双重移民"给班克斯带来双重的"不连续性"，对"两个家园"的怀念让他产生双倍的身份焦虑。

在小说中，班克斯多年后重返上海，在战场上偶遇儿时伙伴山下哲时，他对山下哲所说的"家乡"就产生了这样的疑问：

> 他（哲）点点头。"我在这里打了好几星期的仗，对这里熟悉得就像"——他突然咧嘴一笑——"就像是自己的家乡。"
>
> 我也笑起来，但有些不解他说的话。"哪个家乡？"我问。
>
> "家乡，我出生的地方。"
>
> "你是指租界？"
>
> 哲沉默了一会儿，说："对，就是它，租界。外国租界。我的家乡。"
>
> "是啊，"我说，"我想它也是我的家乡。"[②]

正因为他们都拥有两个家乡，班克斯才会问山下哲到底指的是哪个家乡。关于上海租界，班克斯向山下哲袒露了隐藏心中许

[①] 转引自赵静蓉《在传统失落的世界里重返家园——论现代性视域下的怀旧情结》，载《理论探索》2004年第4期，第78页。

[②] 石黑一雄：《上海孤儿》，陈小慰译，译林出版社，2011年，第233页。

久的秘密："我在英国住了这么多年，却从来没有真正觉得它是我的家。只有外国租界，它才是我永远的家"，"可正如你刚才说的，它是我们的家乡。唯一的家乡"①。班克斯向山下哲所做的这段坦白，表面上似乎说明他的认同对象是上海租界，但其实不然，因为这只是凸显了他多年生活在英国所体验到的身份焦虑而已。其实，早在上海租界的童年时期，班克斯就已体验过类似的身份焦虑。随着父母失踪、离开上海，这种身份焦虑又伴随他回到了故国英国。

事实上，班克斯的身份焦虑贯穿于他的整个人生。按照小说故事的时间顺序进行考察，不难发现，班克斯在不同人生阶段都经历了身份焦虑。班克斯的人生大致可分为三个阶段：在上海租界的童年，在英国的青少年，以及长大成人后的中年（中年的前段，生活在英国；后段，则重返上海）。比较有趣的一点是，在每个人生阶段，石黑一雄都为班克斯设置了一个"影子人物"，分别是儿时伙伴山下哲、英国寄宿学校校友安东尼·摩根以及养女詹妮弗。通过这些"影子人物"，也能够从侧面窥到班克斯自身的身份焦虑。

正是在班克斯与其童年"影子人物"山下哲的一次"不同寻常的交谈"中，我们了解到班克斯自己童年时期感受到的身份焦虑。当问及爸妈之间为何偶尔不说话时，山下哲告诉班克斯："因为你

---

① 石黑一雄：《上海孤儿》，陈小慰译，译林出版社，2011年，第233页。

不够英国化"，接着说自己爸妈之间不说话，是"因为我不够日本化"①。山下哲与班克斯的情况相似，也随同自己的父母一起待在上海租界，只不过山下哲是日本人，而班克斯是英国人罢了。山下哲借用一名日本高僧的话告诉班克斯："我们当孩子的，就像(百叶窗上)把那些板条连接在一起的麻绳。虽然常常不尽如人意，却不仅能够连接整个家庭，而且还能连接整个世界。假如我们不尽自己的力量，那些板条就会掉下来，散落在地上。"② 由于这一意象贯穿整部小说，不妨认为，既"连接整个家庭"又"连接整个世界"的"麻绳"便是国族身份认同；而总是对"板条……会掉下来，散落在地上"的担心便是一种身份焦虑，因为山下哲借用日本高僧引言的目的是在证明他所谓的"英国化"和"日本化"，或者说他们不够"民族化"的身份焦虑。

"英国化"也正是幼年班克斯努力想要达成的目的。其中一个事例便是将自己家中的"暂住客人"当作"极力效仿的对象"，因为他们"往往会带来我从《柳林风声》中读到的英国乡间小路和草地的气息，要么就是让我感受到柯南·道尔推理侦探小说中描写的大雾蒙蒙的街道。这些急于在我们家人中间留下好印象的年轻的英国人，对我冗长甚至有时不可理喻的问题是有问必答"③。在上海租界的班克斯却对自己的另一个家乡——英国充满了好奇。

---

① 石黑一雄：《上海孤儿》，陈小慰译，译林出版社，2011年，第67~68页。

② 石黑一雄：《上海孤儿》，陈小慰译，译林出版社，2011年，第69页。

③ 石黑一雄：《上海孤儿》，陈小慰译，译林出版社，2011年，第50页。

而菲利普就是这么一位"暂住客人"，一个班克斯"极力效仿"、选择认同的对象。这也解释了为何父亲失踪后，班克斯并未感到那么担心，而生发了他自己后来认为"荒谬得出奇"的想法："多年来他一直是我崇拜的对象，以至于爸爸刚失踪时，我曾经想过自己无须为此太过担心，反正菲利普叔叔不管什么时候都可以替代父亲的位置。"① 但是这些"父亲人物"只是真正父亲的替代品，从另一侧面体现出班克斯的身份焦虑。书绪芳岳（Fumio Yoshioka）就指出，小说中"真正的父亲很少看到，或者大多数情况下都是被父亲人物或者继父所替代。这构成 [小说人物] 悲剧情境的重要一维"②。

单伟爵发现，小说中的山下哲是作为班克斯的"影子人物"存在的③，而山下哲的焦虑正是班克斯自己焦虑的一种映射。接下来，有必要细致考察一下班克斯童年"影子人物"山下哲返回日本一段时间后所体验到的身份焦虑。与其说是幼年班克斯通过山下哲提前体验身份焦虑，还不如说是成年班克斯回顾往事，将自己当年回英国后的焦虑与"影子人物"山下哲交相比照。据班克斯猜

----

① 石黑一雄:《上海孤儿》，陈小慰译，译林出版社，2011年，第107页。

② 转引自 Yu-cheng Lee. Reinventing the Past in Kazuo Ishiguro's A Pale View of Hills. *Chang Gung Journal of Humanities and Social Sciences*, 2008(April 1:1): 25。

③ Wai-chew Sim. *Globalization and Dislocation in the Novels of Kazuo Ishiguro*. PhD Dissertation of University of Warwick, 2002: 338.

想，"从他回日本的第一天起，哲的日子就苦不堪言……但据我推测，由于他身上的'异国成分'……使他被众人无情地排斥在外。不仅同学取笑他，就连老师，甚至包括让他寄住的亲戚——这一点他暗示过不止一次——也都嘲笑他。后来他实在痛苦不堪，父母只好不等放假就将他带回上海"①。有趣的是，这段对山下哲的描述大多出自班克斯自己的"推测"，只是"猜到了他在日本过得并不开心"②。通过小说接下来的叙述，当然可以知道，班克斯的"推测"大部分是正确的。但是，他的"推测"到底是出自儿时呢，还是出自现在？或者，换句话说，到底是基于对山下哲焦虑经验的想象，还是基于班克斯返回英国后的自身遭遇呢？因为我们知道，小说叙述者是成年后的班克斯。他对一段往事的回忆必然带有双重记忆的滤镜。所以，本书认为，这段对自己的"影子人物"山下哲的描述其实是班克斯的"自我描述"，间接地反映了班克斯自身的身份焦虑，反映了他从上海回到英国后的那段"文化冲击"（culture shock）的经历③。在回应山下哲"我永远不想回日本"时，

① 石黑一雄：《上海孤儿》，陈小慰译，译林出版社，2011年，第83页。
② 石黑一雄：《上海孤儿》，陈小慰译，译林出版社，2011年，第82页。
③ 在讨论石黑一雄自身的经历时，评论家布莱恩·谢弗也提到了石黑一雄移民英国所面临的这种文化冲击。参见 Shaffer Brian W. *Understanding Kazuo Ishiguro*. Columbia: University of South Carolina Press, 1998: 1.

班克斯说"我也永远不想回英国"①。但最终，想要永远在上海生活的班克斯却由于父母双双失踪而成了一个孤儿，不得不被送回了英国。"孤儿"状态产生的原因便是时、空变迁导致的"激烈变化"②，本身就是一个身份缺失的象征，而班克斯对父母的追寻正反映出他对自身身份的焦虑与追寻③。

在回英国的船上，就像多年后在上海战场上那样，班克斯平生第一次对"家乡"进行了深入思考。带班克斯回英国的张伯伦上校曾这么规劝班克斯："我敢保证一旦你在英国安顿下来，就会很快忘了这里的一切。上海不是个坏地方，可八年时间够我受了。希望你也这么认为。再呆下去，你就要成为中国人了。"张伯伦上校所谓的"就要成为中国人了"本身就意指一种国族身份认同。他规劝班克斯要"高兴起来"，因为"你现在是去英国。回自己的家乡"④。正是他关于家乡的说法引出了班克斯对"家乡"意义的思考："前面等待我的是一个全然陌生的国度，那里我谁都不认识，而此刻在我眼前逐渐消失的城市，却一草一木都是我再熟悉不过的。毕竟那里还有我的父母……我抹去眼里的眼泪，把目光最后投向岸边，企盼着此刻能看到母亲的身影——甚至父亲的身

---

① 石黑一雄：《上海孤儿》，陈小慰译，译林出版社，2011年，第91页。

② Wai-chew Sim. *Kazuo Ishiguro*. London: Routledge, 2010: 74.

③ Tim Christensen. Kazuo Ishiguro and Orphanhood. *The AnaChronisT*, 2007-2008(13): 202.

④ 石黑一雄：《上海孤儿》，陈小慰译，译林出版社，2011年，第26~27页。

影——冲下码头，向我招手并呼唤我回头。"① 这正好印证了上文的论点，即拥有两个家乡的班克斯焦虑重重，因为身在上海时，他会怀念英国，然而当他回到英国，却又开始怀念上海。在传统意义上来讲，"家"是一种"地点的话语，在这个地方有着扎根的感觉"，它意味着"家人、亲戚、朋友、同事以及其他各种'重要的他者'（significant others）所组成的网络"，意味着"通过社区和家乡体验到的社会及心理地理"②。但对于班克斯这样的移民主体，"家""同时具有流动与扎根的含义"；也正是"家"的这种矛盾含义使班克斯产生了身份焦虑。当然，也正是由于流散主体关于"家"的这种双重含义，才有可能使他们产生更为包容的流散身份认同，就是所谓"从国族[认同]中提升"的潜能③。

事实上，回到英国后的班克斯同样也感受到严重的身份焦虑。上文提到的山下哲回日本的遭遇已经为班克斯回英国的经历打了伏笔，因为那也正是班克斯回到英国后的"移民"体验。小说伊始，班克斯便说："从中学到大学，经过多年与众多学友同窗朝夕相处的校园生活，独处的日子令我倍感快乐。"④ 说独处的日子

---

① 石黑一雄：《上海孤儿》，陈小慰译，译林出版社，2011年，第27页。

② Avtar Brah. *Cartographies of Diaspora*: *Contesting Identities*. London & New York: Routledge, 1996: 4.

③ Avtar Brah.*Cartographies of Diaspora*: *Contesting Identities*. London & New York: Routledge, 1996: 3.

④ 石黑一雄：《上海孤儿》，陈小慰译，译林出版社，2011年，第3页。

快乐，从反面理解便是说与学友同窗共处的日子没那么快乐。这一点并非咬文嚼字的过度解读，因为在小说接下来的内容中，马上便可从班克斯昔日同窗奥斯本的口中得知，学生时代的班克斯是个"大怪人"。虽然班克斯自己反驳说"那天上午奥斯本居然会这么说令我很是迷惑不解，因为我记得自己可是完全融入了英国的校园生活"[1]，但他接下来举的例子却与返回日本时的山下哲遥相呼应，从反面刻画了他作为一个"异国成分"十足的局外人的形象："记得到校第一天，我就注意到许多男生站着说话时喜欢摆一种姿势……我清楚记得我就把这套动作模仿得惟妙惟肖，到了炉火纯青的地步，同学中谁也没有觉察出什么奇怪之处或拿我取笑。"班克斯不无自豪、略带夸张地继续说："我以同样大胆无畏的精神，很快精通了同伙中时兴的其他种种手势、措辞和惊叹语，同时还对新环境中流行的、藏而不露的习俗规范与社交礼仪了如指掌。"[2]叙述者班克斯"所讲的故事正好出卖了他自己"，也就是说，从他的话语中"接收到[的是]相反的信息"，"明显看出他是一个不能融入环境的男孩"[3]。班克斯的叙述对他自己的身份焦虑欲盖弥彰。透过班克斯肯定、自信而又略带自我嘲讽的语言，我们看到了一个可爱、可怜甚至有些可笑的，与环境格格不入的局外人。这一点，从班克斯重返上海租界时遇到的另一个昔

----

① 石黑一雄：《上海孤儿》，陈小慰译，译林出版社，2011年，第6~7页。
② 石黑一雄：《上海孤儿》，陈小慰译，译林出版社，2011年，第7页。
③ William Sutcliffe. History Happens Elsewhere. *The Independent*, 2000-4-2.

日校友、"影子人物"安东尼•摩根的口中得到了证实。安东尼•摩根对班克斯说："我想我们早应该携起手来。两个可怜的孤独孩子。应该这么做才对。你和我，我们早该联合起来。真不懂当初为什么没这么做。假如我们联合起来，就不会感觉受人冷落了。"同班克斯一样，摩根也是一个"可怜的孤独孩子"，但班克斯对自己的这种形象却矢口否认，认为安东尼•摩根的这种说法"令我大吃一惊。过后我才意识到这不过是摩根自欺欺人的念头罢了——完全可能是他多年以前臆想出来的，为的是让那段缺少欢乐的日子回忆起来有趣一些"[①]。让班克斯"大吃一惊"的，其实是他从上海回到英国后生活的真相。他的矢口否认，一方面体现了他的身份焦虑，另一方面也说明他一直在努力为自己建构某种身份认同。这也正是他为何多年来一直在追寻父母，甚至到了偏执的地步。同时，父母的缺失也从更为基本的层面促成了班克斯的身份焦虑。这一点又从小说中另外一个孤儿、作为班克斯"影子人物"的养女詹妮弗身上反映出来。

小詹妮弗是班克斯收养的孤女，与班克斯自己有极为相似的遭遇。她在十岁时失去了父母(有必要指出的是，班克斯自己也正是在十岁时父母双双失踪)，不得已被送到身在加拿大的祖母那里(班克斯则是被从上海送到英国的姑妈家里)。不仅这些外在的情形是类似的，据班克斯自己说，父女俩同时也能"相互理解，

---

① 石黑一雄:《上海孤儿》，陈小慰译，译林出版社，2011年，第166~167页。

对各自的想法有一种本能上的心灵相通"①。显而易见，詹妮弗是作者为班克斯设置的一个"影子人物"。与班克斯一样，作为"孤儿［的小詹妮弗］是一个失去个人和文化认同的他者"②。她首先代表了班克斯坚强的一面，或者说他极力保持甚至假装坚强的一面。这一点可以从她的"收藏品"事件中看出。关于詹妮弗对待收藏品遗失的态度，班克斯如是描述道："几乎每个经我介绍认识詹妮弗的人都说，对一个经历了如此劫难的孩子来说，她表现得真是太镇定了。说实在的，她的确有一种了不起的处变不惊的泰然气度，特别是能够笑对生活挫折，举重若轻。而其他同龄女孩面对这些挫折，恐怕只会以泪洗面。她对行李箱的反应就是一个很好的例子。"③ 面对遗失的、装满了自己心爱物件的箱子，面对养父班克斯极富同情心的关怀，詹妮弗却说："没事。我没觉得伤心。不管怎么说，不过是些物品罢了。当你连父母都失去时，对物品就不会太在乎了。"④ 这让人不禁想起班克斯在同学们同情其没有父母时所给出的辩白："的确，听起来虽然有些怪怪的，对没有父母这一点——不仅如此，除了什罗普郡的姑姑，我在英国没有任何亲戚——当时已经不再让我感到任何难堪。我常向同伴

---

① 石黑一雄：《上海孤儿》，陈小慰译，译林出版社，2011年，第283页。

② 周颖：《创伤视角下的石黑一雄小说研究》，上海外国语大学博士论文，2014年，第84页。

③ 石黑一雄：《上海孤儿》，陈小慰译，译林出版社，2011年，第119页。

④ 石黑一雄：《上海孤儿》，陈小慰译，译林出版社，2011年，第120页。

们指出，在这样一个寄宿学校里，人人都已学会离开父母独立生活。就这点来说，我的处境并没有什么特别之处。"[①] 但是，从班克斯一直对父母不懈的追寻，却看出他叙述的"不可靠性"以及他的"特别之处"，正如在小说结尾处，在思考海明丝信中谈到的"使命感"时班克斯自己承认的那样："可对我们这样的人，生来就注定要孤身一人面对这个世界，岁岁年年地追寻逝去双亲的影子。"[②] 由于所面临的身份焦虑，班克斯不得不去追寻双亲，而追寻双亲也正是他建构身份认同的努力所在。

其次，养女小詹妮弗还代表了班克斯自己内心脆弱的一面。我们可以通过考察班克斯的"影子人物"詹妮弗所体验到的身份焦虑，甚至最终几乎发展成为身份危机进而企图自杀的事例，结束本部分对班克斯自身身份焦虑的探讨。小说对詹妮弗的叙述不多，除了小说中间部分插入的关于她的收养过程以外，就是多年后的1958年詹妮弗随同班克斯一起去香港看望他母亲那段。这时的詹妮弗已人到中年。班克斯最终决定带詹妮弗一起去香港，是因为"她确实希望离开一阵子——她也有自己的烦恼，出去走走可能对她有好处"[③]。那么詹妮弗到底遭遇了什么样的烦恼呢？下面是小说结尾处父女之间的一次对话：

---

① 石黑一雄：《上海孤儿》，陈小慰译，译林出版社，2011年，第6页。
② 石黑一雄：《上海孤儿》，陈小慰译，译林出版社，2011年，第286页。
③ 石黑一雄：《上海孤儿》，陈小慰译，译林出版社，2011年，第274页。

"哎呀，你别为我操太多心。"

"可我就是放心不下。我怎么可能放心？"

"一切都过去了，"她说，"去年发生的一切。我不会再做同样的傻事。这我已经向你保证过。不过是一段心情特别糟糕的日子罢了，仅此而已。我并非真心那么做。当时我特意让窗子敞开着的。"

"但你还年轻，詹妮弗，前面还有大好年华。一想到你竟有那种念头，我就感到伤心。"①

根据詹妮弗所说的"特意让窗子敞开着"，可以推测她"去年"所做的"傻事"应该是想要通过煤气自杀。自杀的原因大概是婚姻的不幸，但正如班克斯所说的，其根本原因却是班克斯在詹妮弗的成长阶段没有花时间陪她、帮助她，没有尽到养父的职责，让詹妮弗成了又一个无父无母的班克斯。而这一切的原因又在于班克斯自己也一直深陷身份焦虑，同时又努力追寻父母、建构身份，无暇照顾詹妮弗。对于班克斯来说，与詹妮弗类似，失去父母就意味着身份焦虑。对于詹妮弗的身份焦虑和危机，班克斯说："不可否认，它令我十分欣慰，现在完全可以相信她已经穿过生命中的一段黑暗隧道，顺利到达另一头。虽然那里等待着她的是什么尚不可知，但依她的个性，绝不会轻易接受失败。"② 事实上，班克斯在养女詹妮弗身上看到了自己的影子。可以说，班克

---

① 石黑一雄：《上海孤儿》，陈小慰译，译林出版社，2011年，第280页。
② 石黑一雄：《上海孤儿》，陈小慰译，译林出版社，2011年，第283页。

斯正是站在老年的有利角度回望自己的青年时代，从而得出这样的结论。

　　作为移民作家，石黑一雄的小说更加关注小说人物产生焦虑的空间维度，即移民的空间位移与身份焦虑之间的关联。这些人物由于进入他国，进入另一种异文化，要么对母国和移入国两种文化都不能取得认同，如日本母女悦子和景子的失根与困境，要么与母国和移入国的两种认同产生冲突，如班克斯的内心分裂。失根的景子最终走上了自杀的身份毁灭之路，而分裂的班克斯最终成功地建构了杂糅的流散身份认同。焦虑是认同的平衡状态被打破，在石黑一雄小说中有三种发展路径：一是身份毁灭，二是退回到本质主义国族认同，三是建构新的认同。新的认同又包括杂糅的流散认同和以人性为基础的他者及人类认同。除了身份毁灭之外，小说人物认同的不同模式正构成了本书以下章节的主要内容。

第四章

本质主义认同
家国旧事与国族身份认同

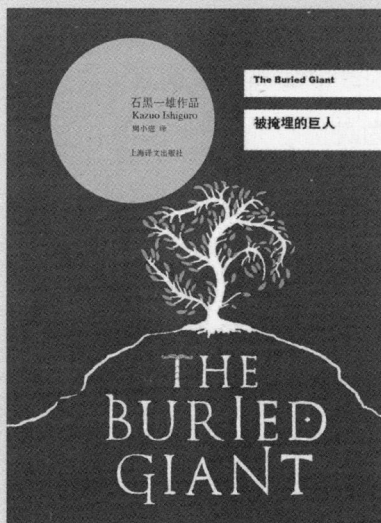

对于身处前现代的人们来说，单一社会和文化是他们唯一的认同资源。进入现代，不同文化之间的交流碰撞，为人们的认同提供了新的参照系——要么是异文化入侵所造成的时代变迁和社会转型，如《浮世画家》中被美国占领和"改造"的日本，要么是移居到异文化之中所造成的空间位移，如《上海孤儿》中从小移民中国的班克斯等。面对因时空变迁而动摇了的身份根基，面对危机和焦虑造成的内忧外患，认同主体要么选择重拾旧日身份，要么选择重建新的认同，这正是理论界提出的两种认同模式——本质主义认同（essentialist identification）和建构主义认同（constructionist identification）①。前者认为身份是固化的、与生俱来的，后者则认为身份是一个不断建构的过程。正如凯斯·伍德沃德所言，本质主义认同意味着"固化"，意味着对变化的限制，从而排除了任何可能的模糊性和混杂性②，建构主义认同则恰恰相反。面对异文化，面对各自的身份焦虑，石黑一雄的小说主人公

----

① 在身份研究领域存在两种身份认同模式，一种是本质主义身份认同，一种是建构主义或者说反本质主义（anti-essentialist）身份认同。前者是一种传统的固定认同，来自西方哲学主体论。后者受相对主义影响，是一种时髦的后现代认同，反对单一僵硬，提倡变动多样。参见陶家俊《身份认同导论》，载《外国文学》2004年第3期，第37页。

② Kath Woodward. *Understanding Identity*. London: Arnold, 2002: 140-141.

采取了两种不同的认同模式，从而产生了两类截然相对的身份认同——本质主义的国族认同和建构主义的流散认同。本章关注石黑一雄小说中的本质主义国族认同，建构主义流散认同留待下一章探讨。

身份给予我们一种"自我感"，在一定范围内要求某种程度的安全感和稳定性[①]，所以焦虑只构成身份问题的一个方面。身份问题更为重要的一个方面是认同。认同与焦虑是同一枚硬币的两面，两者处在一种此消彼长的动态关系之中：身份由于时空变化的因素而出现问题时，个体便产生了焦虑；过度的焦虑，会带来身份危机甚至毁灭；但是焦虑同时也是促使人们深入思考，进而寻回或者重构认同的契机。心理学家罗洛·梅指出："焦虑代表了一种冲突，只要冲突继续下去，我们就可能找到一种建设性的解决方式"，身份焦虑引起的"混乱"可能是一种"灾难"，也可能"出现各种新的可能性"[②]。"就像焦虑会摧毁我们的自我意识一样，自我意识也能够摧毁焦虑……我们的自我意识越强大，就越能够抵制和战胜焦虑。"[③] 换言之，面对身份焦虑，认同主体就会寻求各种途径，以增强"自我意识"，建构身份认同。

---

① Kath Woodward. *Understanding Identity*. London: Arnold, 2002: xi.

② 罗洛·梅:《人的自我寻求》，郭本禹、方红译，中国人民大学出版社，2013年，第22页。

③ 罗洛·梅:《人的自我寻求》，郭本禹、方红译，中国人民大学出版社，2013年，第27页。

身份认同的建构有两种倾向，正如埃里克·埃里克森所言，对认同主体来说，"不仅存在重构适应性身份认同的心理机制，而且还有保护和提升已有身份认同的倾向，[因为]个人有一种保护和防卫自身身份的内驱力"①。国族身份认同便是具有本质主义倾向的"身份内驱力"。在遭遇危机和焦虑时，认同主体就会选择努力重构国族身份认同。国族身份认同是"原初身份"（primary identity）的一种，对个人而言具有十分重要的意义②。安东尼·史密斯（Anthony Smith）在《国族身份》（*National Identity*）一书中

① 转引自 William Bloom. *Personal Identity, National Identity and International Relations*. Cambridge: Cambridge University Press, 1990: 37。

② 根据理查德·詹金斯（Richard Jenkins）的定义，"原初身份"（primary identity）是人生早期建立的身份认同，由于其更加有活力和恢复能力，所以与其他身份认同相比，原初身份在人生以后的阶段更难改变。詹金斯所列举的几种原初身份包括自我（selfhood）、人性（humanness）、性别（gender）、亲属关系（kinship）以及种族（ethnicity）。参见 Richard Jenkins. *Social Identity*. London & New York: Routledge, 2008: 41. 但大卫·麦克隆（David McCrone）和弗兰克·比筹佛（Frank Bechhofer）认为种族身份和国族身份是类似的。参见 David McCrone and Frank Bechhofer. *Understanding National Identity*. Cambridge: Cambridge University Press, 2015: 17. 所以我们可以认为国族身份同样也是原初身份的一种。同时，詹金斯又认为，如种族身份这样的原初身份，虽然较难改变，但仍然还是有改变的可能。参见 Richard Jenkins. *Social Identity*. London & New York: Routledge, 2008: 120. 很明显，这同样也适用于国族身份。

指出，"国族身份认同，通过国族的集体人格与独特文化，为个人在世界中的定义和定位提供了强有力的途径"，"与一个国族认同，并非仅指与一个事业或集体的认同。而是通过国族的重生，获得个人的更新与尊严"[1]。面对焦虑，石黑一雄的许多小说人物都通过回忆努力"保护和防卫"作为原初身份的国族身份认同。在石黑一雄的小说中，国族身份认同构成人物身份认同的重要一维。

与石黑一雄的其他小说人物（尤其是班克斯、妮基、埃克索、瑞德和凯茜）相比[2]，《被掩埋的巨人》中的维斯坦、《浮世画家》中的小野和《长日留痕》中的史蒂文斯，面对时代变迁带来的身份焦虑，是凭借回忆家国旧事，通过将自己的命运、尊严与国族相连，分别为自己寻回或者说加强具有本质主义倾向的民族身份认同、日本身份认同和英国身份认同。按照斯图亚特·霍尔的说法，这些小说人物"部分地通过记忆""部分地通过叙述"，"探索并复原了各自的国族身份"[3]。面对身份焦虑，他们沉湎于自己及国家过去的辉煌历史，通过回忆巩固了自己的国族身份认同。

---

[1] Anthony Smith. *National Identity*. London: Penguin Group, 1991: 17, 161.

[2] 这五个人物的身份认同分别是第五章和第六章的主要内容。

[3] 转引自 Rob Burton. *Artists of the Floating World: Contemporary Writers Between Cultures*. New York: University Press of America, 2007: 53。

第一节　亚瑟王国与《被掩埋的巨人》中
维斯坦的民族身份认同

《被掩埋的巨人》讲述了亚瑟王时期的英国撒克逊移民与不列颠土著之间战争与融合的故事。在这一历史转折时期，不同人物会产生不同的认同模式。撒克逊武士维斯坦代表的是一种本质主义民族身份认同。他效忠撒克逊国王，仇恨不列颠民族，坚持针对不列颠的种族屠杀施行以血还血的复仇。维斯坦的撒克逊民族身份认同首先在其"影子人物"艾佛身上侧面地体现出来，其次则在维斯坦对撒克逊小男孩埃德温的言传身教中正面地反映出来。

根据社会学家大卫·麦克隆和弗兰克·比筹佛的看法，国族身份（national identity）其实就包含了国家身份和民族身份两个义项①。民族身份是国族身份的一种，与种族身份（ethnic identity）

---

① David McCrone and Frank Bechhofer. *Understanding National Identity*. Cambridge: Cambridge University Press, 2015: 23.

不同①。由于《被掩埋的巨人》的历史背景是 1500 多年前的亚瑟王统治时期，当时大批盎格鲁 – 撒克逊人正移民进入英国，英国并未形成一个真正的国家，所以本书选取"民族身份认同"（但英文仍旧是 national identity）一词来描述撒克逊武士维斯坦的身份认同。正如在第二章中探讨高文的身份焦虑时提到的，在这一移民融合和文化适应的历史转折时期，《被掩埋的巨人》中的人物出现了两种不同的身份认同模式，即以维斯坦为代表的具有本质主义倾向的民族身份认同和以埃克索为代表的具有人文主义倾向的杂糅身份认同，而高文本身（以其对亚瑟王和埃克索的双重认同为表征）则表现出在这两极之间徘徊不定的身份焦虑。关于埃克索的杂糅身份认同，将在第五章中进行剖析。本节主要论述维斯坦具有本质主义倾向的撒克逊民族身份认同。

----

① 种族身份认同强调种族的生物特征，此说上溯中世纪晚期，那时，世界被看成"伟大存在之链"，它呈等级状：一极文明，另一极野蛮。如康德在《自然地理》（1802）中说："人类最完美的典范是白种人。黄种人、印地安人智商较低。黑人智商更低。部分美洲部落位于最底层。"而黑格尔则将人类分为高加索人、埃塞俄比亚人和蒙古人，认为"黑人头骨比蒙古人和高加索要窄，额头呈拱形，有隆肉，下颌悬生，皮肤呈不同程度的黑色，头发黑而卷曲"。与此相对，民族身份认同涉及民族国家概念，主要来自一种文化心理认同。区分不同民族的元素包括每一个民族独有的民间故事、神话传说、文学叙事、文化象征、宗教仪式等。参见陶家俊《身份认同导论》，载《外国文学》2004 年第 3 期，第 41 页。

维斯坦是埃克索、比特丽丝夫妇在寻子路上遇到的撒克逊武士。夫妇俩在路经一个撒克逊村庄时遇见维斯坦，当时维斯坦刚刚杀死一头侵袭村庄的怪兽，并且从怪兽那里救了撒克逊男孩埃德温。在该小说中，像在其他小说中一样，作者石黑一雄为维斯坦设置了一个"影子人物"，这便是撒克逊村子的长老——不列颠人艾弗，因为就像维斯坦曾是生活在不列颠人中间的撒克逊人那样，艾弗则是生活在撒克逊人中间的不列颠人。在小说的叙述中，艾弗作为"影子人物"的出场，为维斯坦的本质主义民族身份认同做了铺垫。同时，结合艾弗和维斯坦的出身背景，并与下文探讨的埃克索进行比较，还可以看出作者石黑一雄自己所表现出来的身份观：移民经历与流散（或者杂糅）身份认同是不能够简单地画等号的，而不同的移民主体也会产生各不相同的身份认同[1]。正如已在第三章中探讨的《远山淡影》中的景子那样，移民经历本身并未让景子建构流散身份认同，反而给她带来了极端的身份焦虑和身份危机。若就《被掩埋的巨人》而言，那么可以看到，身处移民状态的艾弗和维斯坦并没有"自然地"形成一种流散（或者杂糅）

---

[1] 津田竹通（Takeyuki Tsuda）认为，不同的移民经历可能造成移民主体对国族概念有不同的理解，"要么击破有关国族家园的浪漫观点，并/或加固与以前居住地之间的认同，要么将家园和移居国相互混合进而产生一种新的、出乎意料的双重怀旧模式"。参见 Ato Quayson and Girish Daswani, eds. *A Companion to Diaspora and Transnationalism*. Chichester: Blackwell Publishing Ltd., 2013: 4.

身份认同，反倒是身处单一民族中的埃克索身上体现出这种以人文主义为基色的杂糅身份认同。这不禁让我们想到单伟爵在探讨石黑一雄小说时所做的提醒：移民经验可以以多种形式呈现，所以在研究移民文学时，切记谨慎对待不同移民经验独具个性的协商性品质①。这也就是说，对于小说人物的不同个案，都要结合文本对其表现出来的身份认同类型进行具体分析。

　　先来剖析一下作为维斯坦的"影子人物"的艾弗。与维斯坦一样，艾弗身上所表现出来的是一种本质主义民族身份认同。虽然对于艾弗来说，其所在的撒克逊村庄中的村民"都把他当成有智慧的领袖"，但由于与撒克逊人"不是同一个部族"②，艾弗身上表现出对撒克逊人强烈的厌恶情绪。比特丽丝问艾弗："这些撒克逊人是你的一个大负担。你也许希望回到自己的部族里去吧。"艾弗回答道："你说得对，比特丽丝夫人，和这些野蛮人住在一起，我自己也觉得奇怪。还不如住在老鼠洞里。"③在这里，艾弗将撒克逊人称作"野蛮人"，甚至将他们比作"老鼠"。众所周知，老鼠在英语中是一个极具贬损色彩的词。扬·阿斯曼也分析过文化意义

① Wai-chew Sim. *Globalization and Dislocation in the Novels of Kazuo Ishiguro*. PhD Dissertation of University of Warwick, 2002: iv.

② 石黑一雄：《被掩埋的巨人》，周小进译，上海译文出版社，2016年，第47页。

③ 石黑一雄：《被掩埋的巨人》，周小进译，上海译文出版社，2016年，第72页。

上的"野蛮"，他认为："文化的对立面只存在两种情况：一种是孩童，他们是作为'小野蛮人'进入到文化中的，他们并不是真的'野蛮'，而只是需要文化的教化；另一种是其他的文化体系，从文化中心主义的观点出发，其他文化的存在状态都是野蛮的。"① 此处，可以明显看出，虽然艾弗娶了撒克逊人做妻子，长期生活在撒克逊人中间，甚至还做了撒克逊村庄的长老，但仍然表现出"文化中心主义"的观点以及强烈的不列颠民族身份认同。这一点，跟那些将埃克索、比特丽丝夫妇俩团团围住的撒克逊人对不列颠人表现出的厌恶情绪几乎一模一样②。正如艾弗所说的那样："你们躲起来是对的，朋友们。这些异教徒昨晚都激动得很，相互争吵，几乎要抠出对方的眼珠子。如果他们发现人群中有两个不列颠陌生人，接下来会干什么呢？我都不敢想。"③ 说这话时，艾弗是否忘记了，自己也是身处撒克逊人中间的一个不列颠人呢？

　　艾弗这种移民的出身背景将其与维斯坦紧密联系在了一起。跟艾弗的情况类似，维斯坦曾经也是生活在异族人中间的"陌生人"：他小时候被不列颠士兵抓走，从小被训练，并"很快学会

① 石黑一雄：《被掩埋的巨人》，周小进译，上海译文出版社，2016年，第141页。

② 同样让我们想到小说后面提到的三个不列颠士兵对装傻的维斯坦的虐待和戏谑："没人给你剪头发吗，撒克逊人？"参见石黑一雄：《被掩埋的巨人》，周小进译，上海译文出版社，2016年，第95页。

③ 石黑一雄：《被掩埋的巨人》，周小进译，上海译文出版社，2016年，第73页。

了像他们那样讲话，像他们那样战斗"，最后成了一名武功高强的武士①。在这期间，对于一同训练的二十多个男孩，维斯坦逐渐产生了深厚的友情，甚至是身份认同，正如他对埃德温承认的那样，自己"慢慢喜欢上了那些伙伴，他们都很优秀，我们像兄弟一样生活在一起"，"爱上了要塞里的伙伴们，把他们当成兄弟，虽然他们是不列颠人，我是撒克逊人"②。但爵爷的儿子——布雷纳斯的出现，却彻底改变了维斯坦的身份认同。据他对埃德温的回忆，他认为一开始"爱上"这些一起成长的不列颠男孩本身就是"可耻的"："当然可耻，孩子。现在连想起以前对他们的感情，我都会感到耻辱。"③鉴于后来维斯坦形成的本质主义民族身份认同，可以认为，这一转变却恰恰反讽性地说明，正如后现代身份观所认为的那样，身份认同并非本质主义的"存在"（being），而是一个逐渐建构的"过程"（becoming）。

甚至可以说，本来有可能形成杂糅身份认同的维斯坦，却从以布雷纳斯为首的那些不列颠男孩身上习得了一种本质主义身份观。首先，来看一下这些不列颠男孩欺压、排斥撒克逊男孩维斯坦的情景。据维斯坦回忆："他很快发现我是撒克逊人，于是以此

---

① 石黑一雄：《被掩埋的巨人》，周小进译，上海译文出版社，2016年，第143页。

② 石黑一雄：《被掩埋的巨人》，周小进译，上海译文出版社，2016年，第223页。

③ 石黑一雄：《被掩埋的巨人》，周小进译，上海译文出版社，2016年，第47页。

为理由，让我的所有伙伴都来反对我。连以前和我最亲密的伙伴，也加入了反对我的行列……那时候布雷纳斯给我上了一堂重要的课，我明白了，像兄弟一样去爱不列颠人，是一件耻辱的事情，于是我下定决心离开要塞，虽然在要塞之外，我没有亲人、没有朋友。"①正是这些一同训练、一同成长的不列颠男孩因其异族身份而对其排斥的行为，让维斯坦后来对不列颠人产生了强烈的仇恨，并且在此基础上形成了本质主义的民族身份认同。

而作为小说的另一条主线——维斯坦屠龙，也正是他本质主义民族身份认同的集中体现。维斯坦屠龙的目的在于唤起撒克逊人遗忘的记忆，从而激发他们对不列颠人的民族仇恨。正如他在屠龙之后对埃克索夫妇所坦白的那样，撒克逊国王派他来杀死母龙魁瑞格，"不仅是为了纪念很久以前被屠杀的同胞……这条龙一死，就为即将到来的征服铺平了道路"②。他历经千难万险杀死母龙，并非只是为了恢复人们的日常记忆(比如埃克索夫妇关于儿子的记忆)，而是想要唤同撒克逊人惨遭不列颠人屠杀的历史，唤起同胞心中对于不列颠人的仇恨。关于撒克逊人对不列颠人的民族仇恨，维斯坦是这样向埃克索描述的："那些人……亲眼见过自己的孩子和亲人残肢断臂、惨遭蹂躏……他们知道，现在抱在

---

① 石黑一雄：《被掩埋的巨人》，周小进译，上海译文出版社，2016年，第223页。

② 石黑一雄：《被掩埋的巨人》，周小进译，上海译文出版社，2016年，第305页。

怀里的婴儿，不久将成为血淋淋的玩具，在这鹅卵石上被踢来踢去……对那些无法复仇的人来说，这是提前享受复仇之乐……我的那些撒克逊同胞会站在这儿，鼓掌欢呼，敌人死得越惨，他们就会越高兴。"① 正如维斯坦所说的，这是一种"提前的"复仇。在这种复仇中，人们得以建构一种本质主义的民族身份。

不过，正如后现代身份观所认为的那样，维斯坦的身份也一直处在建构的过程中。同最终被他杀死的亚瑟王武士高文一样，维斯坦内心之中也有矛盾的时刻。正如他所说："也许我和你们不列颠人相处太久了，鄙视你们当中的懦弱者，钦佩、热爱你们当中的优秀者，而且从我很小的时候起，就一直是这样。现在我坐在这儿发抖，不是因为疲惫，而是因为想起了我自己亲手做过的事情。我必须快点狠下心来，否则就只能成为国王的软弱武士，不能在以后的事情中尽力。"② 紧接着，他又对埃克索说："但是，我在你们当中生活得太久，变得软弱了，就算我努力，心中也有个声音反对这仇恨的火焰。这是个弱点，让我感到羞耻，但我很快会用我亲手训练出来的人代替我的位置，他的意志比我要纯粹得多。"③ 事实上，纵观整部小说的叙事过程，维斯坦徘徊反复的

---

① 石黑一雄：《被掩埋的巨人》，周小进译，上海译文出版社，2016年，第141~142页。

② 石黑一雄：《被掩埋的巨人》，周小进译，上海译文出版社，2016年，第304页。

③ 石黑一雄：《被掩埋的巨人》，周小进译，上海译文出版社，2016年，第306页。

身份建构心路历程从另一方面说明，"民族身份认同是一个不断做出声明的过程；它不是一劳永逸的事情……身份需要一次又一次地'建构'；它不是静止不变的"①。

就像比特丽丝的猜测那样，维斯塔所说的"亲手训练出来""替代我[维斯坦]的"人正是他从怪兽口中救下的撒克逊男孩埃德温。维斯坦对不列颠人的仇恨以及他具有本质主义倾向的民族身份认同，在他对埃德温的教导中表现得尤为突出。第一次教导发生在修道院，是维斯坦通过对埃德温讲述历史以及勇斗不列颠士兵而做出的"身教"；第二次教导则是在屠龙之前，维斯坦嘱咐埃德温铭记对不列颠人的民族仇恨的"言传"。在修道院，维斯坦告诉埃德温：整个修道院其实"曾经是屠杀和焚烧的场所"，是"我们的撒克逊祖先在战争时期修建的要塞……来迎接入侵的不列颠人"②。接着又对埃德温详述了撒克逊祖先如何通过高塔焚烧入侵的不列颠人，如何以少胜多，甚至最终与敌人同归于尽的故事。而这也正是维斯坦后来还击前来捕杀他的不列颠士兵的方式，他将不列颠士兵烧死，自己却在自己战马的帮助下得以成功逃脱。

当然，最能集中体现维斯坦民族身份认同的还是他在屠龙前对埃德温的"言传"。维斯坦教导埃德温说：

---

① David McCrone and Frank Bechhofer. *Understanding National Identity*. Cambridge: Cambridge University Press, 2015: 42.

② 石黑一雄：《被掩埋的巨人》，周小进译，上海译文出版社，2016年，第194~195页。

"如果我死了，你还活着，那么你要答应我这件事。答应我，你要在心里仇恨不列颠人。"

"这是什么意思，武士？哪些不列颠人？"

"小战友，是所有的不列颠人。包括对你友好的那些人。"

"我不明白，武士。与我分享面包的不列颠人，我也要仇恨吗？如果有人救了我的命呢，比如最近救了我的高文爵士？"

"有些不列颠人似乎值得我们尊敬甚至爱戴，这一点我最了解。但是，与个人的感受相比，现在有更大的事情要我们承担。屠杀我们族人的，是亚瑟王领导的不列颠人。抓走你母亲和我母亲的，是不列颠人。我们有义务去仇恨每一个不列颠男人、女人和孩子。所以你要答应我。如果我在传授你本领之前就倒下去，你答应我，要保护好你心中的仇恨。如果这火变弱或者可能熄灭，那你要小心照料，让火焰再燃烧起来。"①

这一段对话相当于维斯坦面对可能被母龙杀死的危险而对埃德温所做的"临终遗嘱"。一般而言，作为一个人生命即将结束的最后交代，遗嘱的内容可以视作这个人最为看重的东西。此处，维斯坦最为看重的便是对不列颠人的民族仇恨以及与此相关的撒克逊民族身份认同。

---

① 石黑一雄：《被掩埋的巨人》，周小进译，上海译文出版社，2016年，第246~247页。

当然，就像石黑一雄在访谈中论及《别让我走》时所说的那样，《被掩埋的巨人》也并非是一部彻底"黑暗"和"绝望"的小说①。在小说结尾处，维斯坦和埃德温对不列颠夫妇埃克索、比特丽丝的态度向读者透露了一丝希望的人性之光。虽然教导埃德温要憎恨"每一个不列颠男人、女人和孩子"②，但维斯坦自己却背叛了自己的"遗嘱"，他对老夫妇说："好朋友们，你们提前获得了警告，有足够的时间逃走。坐上骑士的马，快点离开这儿吧……尽可能往西边跑。你们还有可能跑在屠杀前头。"③维斯坦最终还是选择放过了这一对不列颠老夫妇。同维斯坦一样，曾承诺保持民族仇恨的撒克逊男孩埃德温最终也并未信守自己的诺言。当听到比特丽丝让其记住与不列颠老夫妇的友谊时，埃德温"想起了另一件事：他对武士的承诺：仇恨所有不列颠人的义务。不过，维斯坦肯定没打算把这对好心的夫妇也包括在内吧"④。此处，叙述者故意将埃德温的承诺与其现在对不列颠老夫妇的态度进行并

---

① 转引自 Brian W. Shaffer and Cynthia F. Wong, eds. *Conversations with Kazuo Ishiguro*. Jackson: University Press of Mississippi, 2008: 220。

② 石黑一雄：《被掩埋的巨人》，周小进译，上海译文出版社，2016年，第247页。

③ 石黑一雄：《被掩埋的巨人》，周小进译，上海译文出版社，2016年，第307页。

④ 石黑一雄：《被掩埋的巨人》，周小进译，上海译文出版社，2016年，第310页。

置。这两个事例，一方面说明维斯坦和埃德温的身份认同是一个持续建构的过程；另一方面则将维斯坦的民族身份认同与小说另一主人公埃克索的杂糅身份认同联系了起来。

第二节　战前日本与《浮世画家》中
小野的日本身份认同 [①]

《浮世画家》中的小野面对时移世易的战后日本，面对日益深重的身份焦虑，选择退回到本质主义日本身份认同。战后被美国占领的日本，新旧、东西方文化相互冲突，处在一个重要的历史转折期。为了抵制社会转型带来的身份焦虑，小野通过回溯战前的职业成就与地位建构身份认同。通过"影子人物"黑田和松田的

---

① 由于石黑一雄自身的日裔出身，日本自然成为其前两部"日本小说"和几个短篇小说的故事背景。我们虽然不能十分肯定地说，这些小说中存在多少作者的自传性元素，但我们还是能够在绪方和小野身上，尤其是在爷孙相处的那些片段中，看到石黑一雄爷爷的影子。虽然我们不能从这些小说人物身上直接推断出石黑一雄自身的身份认同，但我们却能够通过对小说人物的内部解读，了解一些石黑一雄关于身份认同的思考和看法。这同样适用于石黑一雄的其他小说。而通过细读石黑一雄迄今的所有小说，我们便能一窥他自身的身份认同观。

爱国主义和军国主义认同，小野逐渐追回了自己与职业身份认同相互交织的日本身份认同。现实当中小野替松田的辩白，也成了对自己错误往事的辩护，显示了他对战前日本价值观的认同。

在《浮世画家》中，军国主义画家小野产生身份焦虑的重要原因便是面对战后日本时代变迁导致社会价值的巨变，他却仍旧坚守个人的记忆和国家的历史，选择认同那个逝去时代的"军国主义""封建主义"价值观①。正是这种冲突，使他产生了身份焦虑。在社会价值观方面，小野没有能够与时俱进，而是一直坚守个人的和国家的辉煌过去，试图为自己重建国族身份认同。正如社会学家所言，对某一国族的"忠诚和贡献"是国族身份认同的一种重要的"标志和原则"②。对于一直强调通过职业贡献国家的小野来说，职业身份认同与国族身份认同密切相连。在战前日本民

----

① Yu-cheng Lee. Reinventing the Past in Kazuo Ishiguro's A Pale View of Hills. *Chang Gung Journal of Humanities and Social Sciences*, 2008(April 1:1): 27.

② 大卫·麦克隆和弗兰克·比筹佛对国族身份认同的"标志和原则"的定义为，人们在声明国族身份、评判他人有关国族身份的声明时所使用的标准（criteria），这些标准包括出生地、口音、祖先、肤色、居住地以及对国族的忠诚与贡献等。参见 David McCrone and Frank Bechhofer. *Understanding National Identity*. Cambridge: Cambridge University Press, 2015: 29, 99, 103.

族主义和军国主义日隆的背景下[①]，小野的画家职业生涯将其从功利主义、唯美主义一步步引至通往爱国主义、军国主义的路上[②]。关于小野的身份认同，可以从两个不同侧面进行解读，即战前他如何建构自己的身份认同、战后他又如何通过回忆坚守和强化自己的身份认同。当然，这两方面常常是相互交织在一起的。

在第二章中曾提到，整部《浮世画家》其实就是以叙述者兼主人公小野的身份焦虑与身份认同的冲突为中心而展开叙述的。其中，最核心的冲突就在于，由于世易时移、持有不同价值观的他人与小野产生冲突而引起小野的身份焦虑，以及这与他通过回忆"复活从前的自我"[③]，建构和巩固职业身份认同、国族身份认

---

① 日本的民族主义和军国主义其实早在明治维新之后就开始发酵。流行于19世纪80年代的一首日本民谣很好地说明了日本逐渐抬头的军国主义："很显然，有一种'民族法则'/然而一旦时机成熟，定要记得，/就会出现弱肉强食"（There is a Law of Nations, it is true,/ but when the moment comes, remember,/ the Strong eat up the Weak）。这一趋势发展至20世纪二三十年代，全国上下都弥漫着一种创建"大日本帝国"和"大东亚共荣圈"的热情，诗人、牧师以及宣传家都极力鼓吹"大和民族"的优越性以及"帝国之路"的崇高性。参见 John Dower. *Embracing Defeat: Japan in the Aftermath of World War II*. London: Penguin Books, 2000: 19-22.

② 这四个主义，分别以四个导师为代表，其实正是小野战前画家职业生涯发展的一个路线图。

③ Cynthia F. Wong. *Kazuo Ishiguro*. Horndon: Northcote House Publishers Ltd., 2000: 43.

同之间的张力。小野以日记形式记述的回忆是"一种回顾式的回忆形式，这种形式与讲述相似……讲述是在冲突、分裂和异化之后所进行的战胜过去的努力以及共同的分享"[①]。正是他对记忆的讲述，抵抗了身份焦虑所带来的"冲突、分裂和异化"，从而建构起自己的职业身份认同和国族身份认同。

正如评论家指出的，在其叙述进程中，小野总"喜欢以其[职业]成就感为中心进行迂回"[②]，"他在记忆中来回穿梭,[实际上是在]试图呈现一个尚可接受的身份和过去"[③]。与《远山淡影》中的绪方以及《长日留痕》中的史蒂文斯相似，小野建构其身份是通过回顾自己的辉煌过去，尤其是自己在过去的社会地位，而这种地位则是通过其在职业当中所取得的成就而实现的。当然，他们的职业又都与各自的民族和时代背景紧密相连。小野关于自己地位的思考，其实贯穿于整部《浮世画家》中。实际上，整本小说大致讲了这样两个故事：一是在军国主义日盛的过去，小野是如何一步步走向其职业上的成功的；二是在世易时移的现在，周围的人又是如何看待小野的。现在的社会现实引起小野的身份焦虑。他

---

① 阿莱达•阿斯曼：《回忆空间：文化记忆的形式和变迁》，潘璐译，北京大学出版社，2016年，第91页。

② Rob Burton. *Artists of the Floating World*: *Contemporary Writers Between Cultures*. New York: University Press of America, 2007: 49.

③ 周颖:《创伤视角下的石黑一雄小说研究》，上海外国语大学博士论文，2014年，第44页。

只有通过回忆辉煌的过去、建构自豪的职业身份，才能抵抗这种焦虑。当然，他的职业身份在特定的历史时期与日本社会和日本民族紧密联系在了一起。我们不妨先来集中关注小说中小野关于自己社会地位的思考。

　　小说以小野对其"豪宅"的描述开篇，从而引出豪宅的来历。这栋房子其实是在十五年前从杉村家买来的。最值得注意的是前任房主杉村明的女儿关于房屋买主所做的"信誉调查"。在众多的"候选人"当中，他们最终选择了小野，据小野自己的回忆，是因为"他的道德操守和成就"[1]。小野在回忆时说，当时"内心深处曾感到多么满足"，因为这是他当时社会地位和职业成就的最好证明。他的职业身份与社会地位密切相连。小野正是通过向后看，而重新召回了自己的骄傲和尊严。小野虽然声称"把名声地位之类的东西看得很淡，本能地对此不感兴趣"，也"从来没有对自己的社会地位有很清楚的认识"[2]，却在小说中通篇回顾自己过去的成就与地位。他擅于用一种委婉曲折、甚至不可靠的叙述方式，从他的豪宅、得到豪宅的经过以及他人对他的评价中，展现自己的地位以及对自己地位的自豪，以此来建构自己的职业身份。另一段来自小野的得意门生黑田的评价将小野的社会地位推至顶峰："如今他的名望已经超出了艺术圈，扩展到生活的各个领

---

[1]　石黑一雄：《浮世画家》，马爱农译，上海译文出版社，2011年，第5页。

[2]　石黑一雄：《浮世画家》，马爱农译，上海译文出版社，2011年，第17页。

域……我个人毫不怀疑，先生的名望还会与日俱增，在未来的日子里，我们最大的骄傲就是告诉别人，我们曾经是小野增二的弟子。"①

小野关于自身地位的叙述不仅停留在过去，偶尔还会扩展到现实当中。比如与绅太郎在川上夫人的酒馆里喝酒这一场景。当川上夫人说起自己的一个亲戚找不到称心如意的工作时，绅太郎说："像先生这样地位的人推荐一下，不管是谁都会买账的。"② 关于绅太郎的提议，小野是这样想的："其实我心里也知道，绅太郎的断言也有一定的道理。如果我愿意去试一试，说不定又会为我的影响力之大而感到惊讶。就像我说的，我对自己的地位从来没有清醒的认识。"③ 小野潜意识里将过去的地位与现在的地位相混淆，说明他是想要通过回忆过去进而抵抗现实中的地位落差与身份焦虑。而后来，绅太郎为了在东町中学谋一个教职而来找小野的那一幕，对于小野的身份却构成了一个巨大的反讽：绅太郎来找小野，要的不是推荐信，而是想让他写一封信声明绅太郎曾反对过他提倡的军国主义观点。

值得注意的是，小野在回忆过去的社会地位时，总是将自己的地位与所谓的"日本的新精神"相联系。比如，他回忆由于自己的努力而促使左右宫开业时说："这又一次说明，人有时候会

① 石黑一雄：《浮世画家》，马爱农译，上海译文出版社，2011年，第25页。
② 石黑一雄：《浮世画家》，马爱农译，上海译文出版社，2011年，第18页。
③ 石黑一雄：《浮世画家》，马爱农译，上海译文出版社，2011年，第20页。

突然发现他的地位远比他自己以为的要高。我从来不把地位放在心上，所以带给我这么大成就感的并不是左右宫的开业，而是我很骄傲地看到我一段时间以来坚持的观点得到了支持——也就是说，日本的新精神与自我享受并不矛盾。"[1] 把这段话与小野在小说后面回忆自己在左右宫对学生说的话相联系，便能看出小野作为画家的社会地位与他所说的日本"新精神"的内在联系了。他对学生说自己一直以来努力在做的就是"超越我们周围那些低级和颓废的影响"，发扬与传承"我们民族的精魂"。下面就是小野关于日本"新精神"的一段"宣言"："如今，日本终于出现了一种更为阳刚的精神，而你们都是其中的一分子。实际上，我希望你们会成为新精神的先锋而得到承认……我们大家聚集的这个酒馆，就是这种新精神的见证，我们在座的各位都有权利感到自豪。"正是日本的这种"更为阳刚的精神"将经常光顾那里的人"团结在一起"[2]。小野将宣言的听众从桌旁的人扩展到周围的所有听众，将他对自身职业地位的自豪提升至对日本"新精神"的认同与自豪，从而使得他的职业身份认同最终与国族身份认同合二为一。

这种"新精神"其实就是爱国精神，正如接下来小野提到的自己的得意门生黑田的一幅名为《爱国精神》的画作。那一时期的黑田代表了小野的观点，是小野的一个"影子人物"。关于这幅画，

---

[1] 石黑一雄：《浮世画家》，马爱农译，上海译文出版社，2011年，第78页。

[2] 石黑一雄：《浮世画家》，马爱农译，上海译文出版社，2011年，第90~91页。

小野说："看到这样的标题，你大概以为画面上是行进的士兵或诸如此类的东西。其实，黑田的观点是：爱国精神植根于很深的地方，在我们每个人的日常生活中，取决于我们在哪里喝酒、跟什么人交往。"[①] 其实，得意门生的观点也就是小野自己的观点。实际上直到战后，小野还依然十分认同这样的"爱国精神"，正如他所说："今天，每当我看到这幅画，仍然会感到一种满足感。"小野的满足感来自两个方面：一是自己的社会地位——"我在这个城里的一点威望"，一是爱国精神——"为这样一个[滋生和促进爱国精神的]地方的开张做了我一点小小的贡献"[②]。我们又一次看到，小野将自己的职业身份认同与国族身份认同联系了起来。

小野的爱国主义认同，在战前日本的社会背景下，逐渐发展成为军国主义认同。若将小野自己三十年代的画作《放眼地平线》与黑田的《爱国精神》相互对比一下，便可看出这种转变。《爱国精神》中日常生活的隐性爱国精神变成了《放眼地平线》中行进的士兵明目张胆的军国主义。小野这样描写他的《放眼地平线》："画面下部是一组占主导地位的形象……三个……神色坚定的战士。其中两人端着上了刺刀的步枪，中间站着一位军官，举着长剑指向前方——西边的亚洲。他们身后……是一片太阳军旗……左下角写着：'没有时间怯懦地闲聊。日本必须前进。'"[③]《爱国精神》

---

① 石黑一雄：《浮世画家》，马爱农译，上海译文出版社，2011年，第91页。

② 石黑一雄：《浮世画家》，马爱农译，上海译文出版社，2011年，第92页。

③ 石黑一雄：《浮世画家》，马爱农译，上海译文出版社，2011年，第211页。

中的喝酒、"闲聊"此处却被认为是"怯懦"。小野的爱国主义逐渐过渡到军国主义。

致使小野向军国主义认同转变的关键人物是他的老同事松田智众，正如小野自己在这段叙述中将《放眼地平线》与松田直接并置时说："我想说明跟松田的相识对我后来事业的影响。"[①] 由于小野总是通过松田的眼睛来看待自己，而且关于松田的回忆贯穿小说始终，所以在某种程度上可以认为松田便是小野的"影子人物"。接下来，通过细致考察小说中小野与松田在过去(战前)和现在(战后)交往的几个片段，可以分析小野与职业身份认同交织在一起的国族身份认同。这其中最为重要的一点，就是小野对自己的"影子人物"松田的认同。回忆他俩的初识，小野第一句话就说："他的思想吸引着我。"[②] 那么，松田有着怎样的思想呢？来看下面两段：

> "天皇是我们当然的领袖，然而实际上是怎样的呢？他的权力都被那些商人和他们的政客夺走了。听我说，小野，日本不再是落后的农业国家。我们现在是个强大的民族，能跟任何西方国家抗衡。在亚洲半球，日本像一个巨人，屹立在侏儒和残废中间。可是我们却眼睁睁地看着我们的人民越来越水深火热，我们的孩子死于营养不良。与此同时，商人越来越富，政客永远在那里找借口、扯闲话。

---

① 石黑一雄：《浮世画家》，马爱农译，上海译文出版社，2011年，第212页。
② 石黑一雄：《浮世画家》，马爱农译，上海译文出版社，2011年，第212页。

你能想象任何一个西方国家允许这样的局面存在吗？他们肯定早就采取行动了。”

……

“现在我们应该打造一个像英国和法国那样强大而富有的帝国。我们必须利用我们的力量向外扩张。时机已到，日本应该在世界列强中占领它应得的位置。相信我吧，小野，我们有办法做到这点，但还没有找到决心。而且我们必须摆脱那些商人和政客。然后，军队就会只听从天皇陛下的召唤。”①

如果说上文引用的那段关于《爱国精神》的叙述是小野的"爱国主义"宣言，那么此处的引文便是小野通过其"影子人物"松田之口说出的"军国主义"宣言，因为小野后来那副代表作《放眼地平线》也正是松田军国主义思想的形象表达。松田接下来的一句"我们这样的人，小野，关心的只是艺术"更为明显地从反面提醒了读者：小野和松田一样，都将政治与艺术混为一谈，都将职业身份认同逐渐等同于国族身份认同。此外，说松田是小野的"影子人物"还有另一个原因：即使在战后日本的今天，小野依然选择认同松田的观点。可以通过松田去世前小野去拜访他的那一段叙述看出来："他当然更没有理由在幻灭中死去。也许，他回顾自己的一生时确实看到某些瑕疵，但他也肯定认识到，他能够引以

---

① 石黑一雄：《浮世画家》，马爱农译，上海译文出版社，2011年，第217~218页。

为豪的正是这些方面。正如他自己指出的，他和我这样的人，我们欣慰地知道，当年我们不管做了什么，都是凭着一腔热血去做的……当一个人从内心深处产生信念时，一定也会这样想的。"[①]小野的这段内心独白表面上是在评价松田，实际上却是对他自己一生的总结。虽然自己的人生有"某些瑕疵"（谁的人生没有瑕疵呢），但他"能够引以为豪的正是这些方面"，也就是他的画家职业、社会地位以及他"一腔热血"投入的"军国主义"事业。

　　鉴于小野是通过回忆过去从而建构职业身份认同和国族身份认同的，可以说，小野其实一直活在过去，正如小说中的傻子平山小子——小野的另一个"影子人物"一样。关于平山小子，小野这样说道："在战争前和战争中，他唱战歌、模仿政治演说，成为'逍遥地'著名的街头一景"[②]，得到了人们的夸赞。但在战后，因为不能"与时俱进"[③]，平山小子却变成人人喊打的家伙，最终被打成残废，送进医院。其实小野自己就是另一个平山小子，过去的价值观在他脑海里扎下根来，所以整本小说充斥着小野的"怀旧"情绪。在对过去的回顾中，他为自己建构了职业与国族合二为一的身份认同，正如小说结尾处他说的那样："我经常想起一个特定的时刻——是一九三八年的五月，就在我获得重田基金奖后

① 石黑一雄：《浮世画家》，马爱农译，上海译文出版社，2011年，第252~253页。

② 石黑一雄：《浮世画家》，马爱农译，上海译文出版社，2011年，第73页。

③ Rob Burton. *Artists of the Floating World*: *Contemporary Writers Between Cultures*. New York: University Press of America, 2007: 46.

不久。事业发展到那个时候，我已经获得过各种奖项和荣誉，但重田基金奖在大部分人心目中是一个重要的里程碑。而且我记得，我们就在那个星期完成了我们的新日本运动，并取得巨大成功。"[1] 而小野内心充满"成就感和满足感"就不仅仅是针对其画家职业和社会地位了，更是由于"新日本运动"的巨大成功。小野说："那是一种内心深处的喜悦，坚信自己的努力得到了公正的承认。我付出的艰辛，我战胜的疑虑，所有的一切都是值得的。我取得了真正有价值的卓越成就。"[2] 这正是石黑一雄"每部小说结尾处，主人公那种略带奇怪的自我满足的时刻"[3]。主人公小野认同的范围，逐渐从个人、职业、社会扩展至国族层面。通过回忆逐渐找回自己的职业尊严、建构起国族身份认同，这才是小野喜悦和满足的真正原因。

① 石黑一雄：《浮世画家》，马爱农译，上海译文出版社，2011年，第253页。
② 石黑一雄：《浮世画家》，马爱农译，上海译文出版社，2011年，第256页。
③ Cynthia F. Wong. *Kazuo Ishiguro*. Horndon: Northcote House Publishers Ltd., 2000: 25.

第三节　昔日帝国与《长日留痕》中
史蒂文斯的英国身份认同①

　　与《浮世画家》中的小野相似,《长日留痕》中的史蒂文斯同

------

① 英国身份也并非一成不变,而是随着社会时代的变化而总在更新的概念。关于英国身份的变化性和模糊性,罗宾·科恩(Robin Cohen)指出,"英国身份(British identity)表现出一种破碎化(fragmentation)的形式。身份认同的多元维度意味着,爱尔兰人、苏格兰人、威尔士人和英格兰人,来自英联邦成员的各种白人、黑人和棕色人种,美国人、各个英语国家人、欧洲人,甚至由于各种复杂、重叠的身份关系,建构和拒斥相互交织的'外来人'等。英国身份的形状和边缘是一个历史演化过程,这一过程常常是模糊的,在某种程度上是可塑的——我将英国身份的这一方面称作'绒毛状的边界'(fuzzy frontier)"。其实,对于其他的国族身份认同,如日本身份认同或者中国身份认同,同样也存在这样的情况。本书对国族身份的具体类别不做区分。同时,正如科恩指出的,英国身份本身是一个"历史演化过程",所以我们若将历史回溯至亚瑟王国时期,那么英国身份便还没有完全建构起来,这正是《被掩埋的巨人》中的身份认同状况,我们只能采取民族身份认同一词,详见本章第三节的论述。另外,理查德·詹金斯还探讨了英国身份(English identity)空间层面上的多义性,他举例说:"对于一个在英国与尼日利亚人交际的英国人,和一个在尼日利亚与尼日利亚人交际的英国人,英国身份意味着不同的内容。"

样也通过回忆过去辉煌的职业成就来应对社会转型带来的身份焦虑。他将男管家职业与英国相联系，极力褒扬英国文化，同时贬低其他国家文化，以此建构自己的英国身份认同。他通过赞美大英帝国及其代表达林顿勋爵，通过回溯自己作为男管家为祖国所做的贡献，建构了与职业身份相交织的国族身份认同。

从国族身份认同方面来讲，《长日留痕》中的史蒂文斯是《远山淡影》中的绪方，尤其是《浮世画家》中的小野的极端版本，这正印证了石黑一雄在访谈中曾多次提到的这三部小说其实是"对同一故事一次又一次的完善，而《长日留痕》是这一过程的终结"[①]。据此可以认为，史蒂文斯这一人物是绪方与小野在另一个时空背景下的继承与发展。而贯穿这三个人物的核心便是他们在相似时代背景下相似的身份焦虑，以及他们通过回忆过去职业中的辉煌成就，从而建构身份认同的努力和过程。最终，他们的爱国主义、军国主义以及民族主义，又将他们的职业身份认同进一步提升至国族身份认同的层面。用菲利普·怀特（Philip Whyte）的话来说，《长日留痕》讲的便是男管家史蒂文斯如何努力追寻一个逝去的、但他却选择认同的世界——苏伊士运河危机之前的大英帝国[②]。

第二章分析史蒂文斯的身份焦虑时已经提到，史蒂文斯在其

① 转引自 Brian W. Shaffer and Cynthia F. Wong, eds. *Conversations with Kazuo Ishiguro*. Jackson: University Press of Mississippi, 2008: 84.

② Philip Whyte. The Treatment of Background in Kazuo Ishiguro's The Remains of the Day. *Commonwealth*, 2007, 30(1): 73-82.

新雇主法拉戴先生建议下所进行的为期六天的英格兰旅行既是外在的，更是内心的；既是向前的，更是回忆的。那么，将此次旅行的内外、前后各个维度相连的则是小说开篇不久史蒂文斯对于英格兰风光颇具主观性的描述。法拉戴先生建议史蒂文斯"四处走走，去看看你们美丽的国土"，史蒂文斯却将法拉戴先生的建议看成是"美籍绅士并不熟悉英格兰哪些事已约定俗成，哪些事是不合礼俗的又一例子"[①]。此处让我们有些吃惊的是，法拉戴先生善意的建议却激起了史蒂文斯颇为自负的反驳[②]："从去乡村郊游、去美丽如画的风景名胜地观光这个角度来说，我们对这个国家的确了解甚少；然而干我这行的人又确实比大多数人更'了解'英格兰，因为我们身处英格兰名流显贵常常聚集的豪宅里。"[③] 可以看出，史蒂文斯对自己的管家职业以及祖国英格兰多么的引以自豪。这一句话就将他的职业身份认同与国族身份认同微妙地联系在一起。通过为达林顿勋爵尽心操持府邸，史蒂文斯希望"作为帝国的建设者为帝国做出自己的一份贡献"[④]。这也正体现了社

---

① 石黑一雄：《长日留痕》，冒国安译，译林出版社，2014年，第4页。

② 值得注意的是，将英国与美国以及其他欧洲国家对立、对比，并且以此说明英国文化优越的思想，其实贯穿了史蒂文斯叙述的始终。关于这一点，我们将在下文中详细展开讨论。

③ 石黑一雄：《长日留痕》，冒国安译，译林出版社，2014年，第4页。

④ Meera Tamaya. Ishiguro's The Remains of the Day: The Empire Strikes Back. *Modern Language Studies*, 1992, 22(2): 50.

会学中，作为国族身份认同的"标志和原则"的"忠诚和贡献"[①]。

让我们细致考察一下史蒂文斯对英格兰风光的描述：

> 今天上午偶然欣赏到的那延绵不断的英格兰乡野，那
> 场面是多么地壮观啊！现在我已做好充分的准备，相信其
> 他国家能奉献表面上更壮丽的风景……不管如何，我将以
> 某种自信而不揣冒昧地这样说：英格兰的风景是无可媲美
> 的……它所具有的特征是别国风景根本无法具有的，尽管
> 那些表面上看去更为激动人心。我深信……英格兰的风景
> 在全世界都是最让人满意的，而且这种特征只有用"伟大
> 绝伦"一词才可能概括。事实不容争辩，今天上午站在那
> 高高的岩石上俯瞰着眼前的那片土地时，我明显地产生出
> 那种罕见但又确定不移的感情——这是一种身临宏大的场
> 面才会产生的感情。我们把我们的国土称之为"大"不列颠，
> 也许有些人会认为这有点儿不太谦虚，但是我却敢冒昧地
> 说，单是我们国家的风景就足以证实，如此高尚的词用在
> 这里是当之无愧的。[②]

史蒂文斯对英格兰风景的极力称赞是通过将其与"别国"风
景对比而进行的。他认为"英格兰的风景是无可媲美的……它所

[①] David McCrone and Frank Bechhofer. *Understanding National Identity*. Cambridge: Cambridge University Press, 2015: 29, 99.

[②] 石黑一雄：《长日留痕》，冒国安译，译林出版社，2014年，第26页。

具有的特征是别国风景根本无法具有的"①。这正好印证了社会学关于身份认同的相关研究：所有形式的社会身份都要"制造他者"，而国族身份认同"不能单独存在，只能存在于一种对照关系中"；也就是说，"通过将我群与他群成员比照而知道我群的身份"，进而找出与他者的"差异"②。史蒂文斯正是通过"制造他者"，在与他者的"差异""对照"中建构起自己的国族身份认同。这一段对英格兰风景极具主观色彩的、国族主义的解读，无疑集中体现了史蒂文斯的民族自豪感及其内心深处根深蒂固的英国国族身份认同。无独有偶，在两次世界大战之间的英国盛行一种具有爱国主义基调的"风景书写"，其中对英国风景的描写和评价几乎就是史蒂文斯这段风景描述的翻版，它们将英国风景称作"低调的，并没有国外奇绝风光所具有的那种公然的自我标榜"③。结合当时的历史背景来看，小说开篇通过对英国风景的主观性描写从而表达的这一情绪，也为整部小说关于国族身份的叙事奠定了感情基调。

同时，"伟大绝伦""大"以及"宏大"这些在英文原文中都用"great"表示的词，与小说后面史蒂文斯一直关心的"杰出"（great）

---

① 石黑一雄：《长日留痕》，冒国安译，译林出版社，2014年，第26页。

② David McCrone and Frank Bechhofer. *Understanding National Identity*. Cambridge: Cambridge University Press, 2015: 141, 151, 161.

③ 转引自 Bo G. Ekelund. Misrecognizing History: Complicitous Genres in Kazuo Ishiguro's The Remains of the Day. *International Fiction Review*, 2005, 32(1-2): 75。

以及与"杰出"密切相关的"尊严"（dignity）等关键词串联了起来，从而也将他的国族身份认同与职业身份认同紧密联系在一起。此处需特别注意的是，史蒂文斯甚至将英格兰风景的"伟大绝伦"与大不列颠王国的"大"相提并论，由眼前的风景生发了其深厚的民族自豪感。"民族自豪感"正是国族身份认同的题中之意[①]。单伟爵将史蒂文斯自大的言论与玛格丽特·撒切尔任首相期间的政治言论关联起来，发现了"伟大"一词的"讽刺性反响"："在1978—1979年大选演讲中，撒切尔发誓要恢复英国'伟大'的称号，这在之后成了她全部言说内容的主要依托；另外，在1987年的大选活动中，保守党使用了相同的概念，推出了'把伟大召回英国'的标语。"[②]用郑朱雀的话来说，在演讲中，撒切尔首相不停使用的"荣誉""专业化"等词让她"听起来与管家史蒂文斯存在一种暗恐式的相像，或者反过来说，史蒂文斯像极了撒切尔"[③]。正如撒切尔首相鼓吹下的英国"怀旧产业"所反映的时代价值观一样，男管家史蒂文斯对英国历史和荣耀十分渴望，以一种本质主义的眼光选择与昔日帝国认同。同时，鉴于《长日留痕》写于英国社会

---

① 阿莱达·阿斯曼：《回忆空间：文化记忆的形式和变迁》，潘璐译，北京大学出版社，2016年，第80页。

② 转引自 Chu-chueh Cheng. *The Margin Without Centre: Kazuo Ishiguro*. Frankfurt am Main: Peter Lang, 2010: 125。

③ Chu-chueh Cheng. *The Margin Without Centre: Kazuo Ishiguro*. Frankfurt am Main: Peter Lang, 2010: 126.

呼吁拥抱多元文化的时代，小说中对"英国性"的探讨又折射出石黑一雄本人对多元文化身份的思考，多元文化构成了《长日留痕》的"对立潜文本"①。从某种意义上讲，史蒂文斯成了那个时代爱国主义、民族主义的一个代表和缩影②。

在小说中，史蒂文斯对于"伟大绝伦"的思考，引出了他对杰出男管家标准的思考。史蒂文斯开始思考他自身的职业身份。在回忆男管家协会海斯协会的会员标准及大段列举同样作为男管家的父亲老史蒂文斯有关"杰出"和"尊严"的事例之后，史蒂文斯总结道："要了解这类杰出的人物也正如要了解今天上午我亲眼所见的最绚丽的英格兰风光一样：当人们意外地与他们相遇，就会

---

① Chu-chueh Cheng. *The Margin Without Centre*: *Kazuo Ishiguro*. Frankfurt am Main: Peter Lang, 2010: 126.

② 说史蒂文斯是那一时代爱国主义和民族主义的代表和缩影，是因为在那个时代，以英国风景为中心的爱国主义比比皆是，正如阿雷克斯·波特（Alex Potts）所说，"只是在两战之间那一时期，出现了一种以纯粹风景为中心的国家意识形态"。最具代表性的就是"家园联盟"（Homeland Association）的众多出版物，比如其中一本导游书就声称其目的在于"帮助我国人民更好地在全国各地旅行，更深刻地理解和研究祖国以及祖国的故事，换言之，增进我们对祖国英国的了解与热爱"。参见 Bo G. Ekelund. Misrecognizing History: Complicitous Genres in Kazuo Ishiguro's The Remains of the Day. *International Fiction Review*, 2005, 32(1-2): 74.

自然知道其伟大之处。"[①] 史蒂文斯再一次将其职业身份认同与国族身份认同联系起来。对于他的男管家职业，史蒂文斯表达了与英格兰风景相似的自豪感：

> 常听人说，在英格兰才真正有男管家。而在其他国家，无论实际上使用什么样的称谓，也仅有男仆。我个人倾向于相信这种说法是真实的。欧洲大陆人是不可能成为男管家的，理由是，他们属于那类无法节制感情的种族，而节制情感恰好是英国人的独到之处。欧洲大陆人——以及多数的凯尔特人，对此你无疑会赞同——处于异常激动的时刻通常是无法控制他们自己的，据此，除了面对最不具有挑战性的场合，他们是无法维护职业道德的……总之一句话，"尊严"是这类人可望而不可即的。在这方面，我们英国人远远地胜过外国人，而且也正是出于这一原因，如果你要想象杰出的男管家是什么样的人，几乎可以准确地这么说，他必定是位英国人。[②]

据史蒂文斯所言，"欧洲大陆人……不可能成为男管家"，只有"在英格兰才真正有男管家"。由是观之，在他眼中，他的职业身份认同与国族身份认同完全融于一体。那么，正如史蒂文斯的那句设问句一样，我们不禁要问，对于史蒂文斯来说，一位杰出的男管家是什么样的呢？他给出了男管家协会海斯协会当年为其

---

① 石黑一雄：《长日留痕》，冒国安译，译林出版社，2014年，第40页。
② 石黑一雄：《长日留痕》，冒国安译，译林出版社，2014年，第39~40页。

会员制定的标准："最至关重要之标准便是：申请入会者须具有与其地位相称的尊严。无论申请者在其他方面的造诣有多深，倘若被确认不符合此项要求，则他将不足以具备入会条件。"①

这又进一步涉及了"尊严"的概念。尊严在个人的身份认同方面起到了至关重要的作用，因为如果没有得到职业方面的尊严，"我们就会丧失自己应有的身份"②。对于史蒂文斯来说，职业尊严就意味着身份和地位的尊严。在援引其父亲男管家老史蒂文斯的例子之后，史蒂文斯说出了他自己对这一概念的理解："'尊严'的至关重要处在于男管家必须具有不叛离其所从事的职业本色的才能……使杰出的男管家之所以杰出的优点，是他们具有投入所担任的职业角色的才华，而且是最大限度上的投入；他们绝不为外部事件所动摇，不论那外部事件是多么让人兴奋，使人惊恐，或是令人烦恼。"③ 甚至可以说，这一段文字就是小说中史蒂文斯回忆其整个职业生涯的一条红线。红线上的两个重要节点则分别是：1923年3月在达林顿府召开会议时，父亲去世；以及后来另一次有英国首相和德国大使参加的会议时，肯顿小姐向史蒂文斯透露自己准备嫁人。将这两个节点事件联系在一起的则是史蒂文斯所感受到的职业"成就感"，以及他为获得职业成就感、建

① 石黑一雄：《长日留痕》，冒国安译，译林出版社，2014年，第30页。
② 阿兰·德波顿：《身份的焦虑》，陈广兴、南治国译，上海译文出版社，2008年，第107页。
③ 石黑一雄：《长日留痕》，冒国安译，译林出版社，2014年，第39页。

构职业身份而做出的个人情感方面的牺牲。

首先，来看史蒂文斯视作其职业生涯"转折点"的1923年3月达林顿府召开的那次会议。关于那次会议，史蒂文斯这样评价道："倘若真有人确实想断定我职业生涯中我至少已具备了一点有关'尊严'的重要素质，那么，这样的人可能希望被引导并了解1923年3月召开的那次会议。"[①] 这次会议不仅是史蒂文斯自己职业生涯的重要转折点，还给读者展示了史蒂文斯的"偶像"及认同对象——热爱并追求"世界的正义"的达林顿勋爵[②]，而且从中可看到达林顿勋爵对外国(尤其是法国及美国)的排斥及其对自己国家英国的褒扬。这同样也反映了建构国族身份认同过程中的"他者制造"和"差异对照"。这次会议，再次将史蒂文斯的职业身份认同、他的认同对象——达林顿勋爵以及他的英国国族身份认同统一了起来。约翰·马丁·麦克劳德(John Martin McLeod)就认为："在史蒂文斯改写历史的过程中，史蒂文斯与达林顿重叠了。关于英国性，他们持有相同的观点。"[③] 对于第一次世界大战后凡尔赛条约对德国的制裁，达林顿勋爵表示极力反对。他认为，"法

---

① 石黑一雄:《长日留痕》，冒国安译，译林出版社，2014年，第68页。

② 石黑一雄:《长日留痕》，冒国安译，译林出版社，2014年，第71页。

③ John Martin McLeod. *Rewriting History: Postmodern and Postcolonial Negotiations in the Fiction of J. G. Farrell, Timothy Mo, Kazuo Ishiguro and Salman Rushdie*. PhD Dissertation of the University of Leeds, 1995: 157.

国的行为已变得越来越野蛮"①，并对史蒂文斯说，"我当时非常想对他(德国的奥弗拉思男爵)说，这是因为那些讨厌的法国人。我曾想说的是，这不是英国人的风格"②。达林顿勋爵认为英国人和法国人之间存在气质上的差异。叙述者则将达林顿勋爵的这种"绅士风度"等同于"英国性"③。这让人不禁联想起上文中已经引用过的史蒂文斯有关"欧洲大陆人——以及多数的凯尔特人"的鄙薄言辞④。同时，在回忆美国参议院刘易斯先生时，史蒂文斯也说："今天看来这可能是一件混淆了我的记忆、让我事后方知的事情，但是我现在仍有一种明显的感觉，正是在那片刻之间，我第一次觉察到这位外表上充满魅力的美国绅士却又有几分古怪，或许有几分口是心非。"⑤ 本书认为，所谓"混淆了……的记忆"正说明史蒂文斯将刘易斯先生与自己的新主人美国绅士法拉戴先生相混淆了。由于他的本质主义国族身份认同，史蒂文斯不仅混淆了自己与达林顿勋爵的身份，也混淆了两个美国人——刘易斯和法拉戴

---

① 石黑一雄：《长日留痕》，冒国安译，译林出版社，2014年，第84页。

② 石黑一雄：《长日留痕》，冒国安译，译林出版社，2014年，第73页。

③ John Martin McLeod. *Rewriting History: Postmodern and Postcolonial Negotiations in the Fiction of J. G. Farrell, Timothy Mo, Kazuo Ishiguro and Salman Rushdie*. PhD Dissertation of the University of Leeds, 1995: 155.

④ 石黑一雄：《长日留痕》，冒国安译，译林出版社，2014年，第39页。

⑤ 石黑一雄：《长日留痕》，冒国安译，译林出版社，2014年，第84页。

的身份。

其实，在小说后面还会出现史蒂文斯自己与其老雇主达林顿勋爵身份"相混淆"的情况。整个旅程，"史蒂文斯借来衣服，借来汽车，还借来说话口音和行为方式，让许多人几乎将其误认作是他的雇主"达林顿勋爵[①]。在德文郡，不仅莫斯库姆村民误将其认作达林顿那样的勋爵和绅士，史蒂文斯自己也在无意间表现出了对达林顿勋爵的认同：史蒂文斯对村民们说，"事实上，我曾倾向于更多地关注国际事务，而非国内形势。准确地说，是外交政策"[②]，实际上就是把自己等同于达林顿勋爵。因为无论是道德、职业还是民族自豪感，史蒂文斯对于达林顿勋爵都是采取认同态度的。他宣称：达林顿勋爵"本质上是个真正的好人，是位完完全全的绅士，亦是我今天深感自豪曾将我服务的最佳年华为之奉献的人"[③]。史蒂文斯的职业和国族身份认同，在这位"典型的英国绅士"达林顿勋爵身上集中地体现出来。

此外，通过考察史蒂文斯对自己在此次会议上的"杰出"表现的评价，更能看出其职业与国族交织一体的身份认同。史蒂文斯对海斯协会的会员标准，尤其是其中的"某一显赫之门庭"进行了进一步的思考。史蒂文斯认为与早一代的男管家相比，他自己所

---

① Meera Tamaya. Ishiguro's The Remains of the Day: The Empire Strikes Back. *Modern Language Studies*, 1992, 22(2): 52.

② 石黑一雄:《长日留痕》，冒国安译，译林出版社，2014年，第178页。

③ 石黑一雄:《长日留痕》，冒国安译，译林出版社，2014年，第59页。

属这代男管家"所持的态度就不那么势利"，"更为理想主义"，"我们热切希望去为那一类可以算得上促进人类进步的绅士效劳……比如说，类似乔治·凯特里奇先生那样的一位绅士，无论其早期地位是如何低微，但却已为帝国未来的福利做出了不可否认的贡献"①。在史蒂文斯眼中，达林顿勋爵正是这样一位绅士。通过为达林顿勋爵服务，他自己也间接地为社会、为"帝国未来的福利"做出了"不可否认"的贡献。作为英格兰独有的男管家，为"纯正而又传统的英国绅士"达林顿勋爵服务达三十五年之久②，史蒂文斯的职业身份认同与国族身份认同紧紧地联系在了一起。史蒂文斯满怀自豪地回忆道："追溯我的职业生涯至此，我主要的满足是源于我在那些岁月里所取得的成功，对如此殊荣，我今天唯有自豪和感激之心。"③虽然史蒂文斯"没有能力，或者拒绝谈论其职业范围以外的任何事情"④，但结合小说特定的历史背景，却可以通过其对自己职业生涯的回顾，看到他为自己重建的英国国族身份认同。

另一个节点事件则是达林顿府举行另一场国际会议时，肯顿小姐告诉他准备嫁人的事。小说将近结尾处，在快要见到肯顿小

---

① 石黑一雄：《长日留痕》，冒国安译，译林出版社，2014年，第110页。
② 石黑一雄：《长日留痕》，冒国安译，译林出版社，2014年，第213页。
③ 石黑一雄：《长日留痕》，冒国安译，译林出版社，2014年，第121页。
④ Philip Whyte. The Treatment of Background in Kazuo Ishiguro's The Remains of the Day. *Commonwealth*, 2007, 30(1): 75.

姐前，史蒂文斯再次回忆起这一幕往事。正如1923年3月会议时父亲去世那样，史蒂文斯获得了同样的职业"成就感"。史蒂文斯对自己职业的自豪感再次生发："尽管这件事使人联想到令人悲痛的往事，但在今天无论何时回忆起那个夜晚，我都会油然产生极大的成就感。"[1] 史蒂文斯喜欢的肯顿小姐最终由于他极端的职业投入而选择嫁人时，史蒂文斯再一次"化悲痛为力量"，将其内心的关注再次聚焦于自己的职业身份上。下面这段引文很好地反映了史蒂文斯的心理变化：

> 刚开始时，我的情绪——我也不在乎承认它——曾有几分萎靡不振。可随着我一直在那儿站着，某种奇特的事情便开始发生了；说具体点，一种切实的成功感涌入我的体内。我已无法记得我当时是如何品评那种感觉的了，可在今日，当追溯那段往事时，要寻求其原因看来也并不那么困难。简而言之，我曾经历了一个特别难以应付的夜晚，在那个夜晚的前前后后，我设法维护了"与我地位相符的尊严"……在那一时刻，我曾确实像任何男管家所能期望的那样紧紧地贴近了重大事件的中心，对此谁又能怀疑呢？可我宁愿这样认为，当我站在那儿仔细琢磨当晚所发生的诸多事件时……在我看来，它们就是我在生活中迄今为止曾渐次获得的所有成就的一个概括。对使我在那天夜晚精神振奋的那种成功的感觉，我几乎再也找不到其他任何解

---

[1] 石黑一雄：《长日留痕》，冒国安译，译林出版社，2014年，第106页。

释了。①

　　面对父亲的去世、爱人的离去，史蒂文斯都是通过自己的职业自豪感来驱逐内心压抑的悲痛。至此，史蒂文斯牺牲了自己所有的亲情与爱情，将其一生全部奉献给了达林顿勋爵，奉献给了男管家职业。就认同的对象来讲，史蒂文斯也只剩下自己的男管家职业、达林顿勋爵以及勋爵所推崇的民族主义了。

　　其实，对于史蒂文斯来说，其内心也一直都在关注自己的职业身份，比如小说将近结尾处，在韦茅斯的码头上与另一个男管家聊天时，他说："我认为暴露我的身份是很合时宜的了。"② 这既说明他为自己成功重建了身份认同，从而与现实取得和解——他说："我应该停止过多地回顾过去，应该采取更为积极的态度，而且应尽力充分利用我生命的日暮时分"；同时也说明他决心要一如既往地以自己的英格兰管家的职业身份为荣，并去努力拓展自己的职业技能。史蒂文斯下定决心："返回达林顿府时……我或许将会开始更加努力地去练习(调侃打趣)。然后，我理应满怀期望，在我的主人回来时，我将能够使他满意地大吃一惊。"③ 对于他的新雇主法拉戴先生，史蒂文斯一直强调他"美国绅士"的身份，而他"本人(则)肩负着特殊的责任去向他(法拉戴先生)展示英格

①　石黑一雄：《长日留痕》，冒国安译，译林出版社，2014年，第217页。
②　石黑一雄：《长日留痕》，冒国安译，译林出版社，2014年，第231页。
③　石黑一雄：《长日留痕》，冒国安译，译林出版社，2014年，第234~235页。

兰所有最佳水准的服务"[①]，这凸显了他男管家职业身份与国族身份相互交织的身份认同。正是通过回忆建构了自己的国族身份认同，史蒂文斯也将带着这种身份认同继续向前。

在前现代，身份与地理空间之间存在着紧密的关联，一个人的身份与他的出生地、民族和国家绑定在一起[②]。身份与国家之间的固定关联，自然产生具有本质主义倾向的身份认同，这正是本章所论维斯坦、小野和史蒂文斯的认同状况。伴随现代世界的发展，不同文化的交流和国家边界的跨越对个人的原初身份产生了冲击，这便是人们产生焦虑的重要原因。为了应对焦虑，人们要么选择复归自己的国族及其文化，从而加强原有的本质主义认同；要么接纳异文化，从而建构杂糅的流散认同。流散主体将母国和移入国文化都纳入其认同过程，将认同从本质主义的"根"（roots）向前推进到建构主义的"途"（routes）[③]。它既是对本质主义单一认同的拓展，又是对身份问题的进一步探索。

---

① 石黑一雄：《长日留痕》，冒国安译，译林出版社，2014年，第134页。

② David McCrone and Frank Bechhofer. *Understanding National Identity*. Cambridge: Cambridge University Press, 2015: 6.

③ Kath Woodward. *Understanding Identity*. London: Arnold, 2002: 135.

第
五
章

建构主义认同

移民经历与流散身份认同①

....

① 流散（diaspora）状况虽然自从人类历史之初便已有之，但流散的专
业研究晚至20世纪中期才出现。直到1965年历史学家乔治·谢泼森
（George Shepperson）将所有非洲大陆之外的非洲裔人民看作流散族
群，才第一次突破了只将犹太移民看作流散族群的传统观点（指犹太
流散时，用 Diaspora 表示），将流散作为一个术语引入学术研究。自
20世纪90年代以来，流散一词已逐渐被其他许多族群使用，借以指
称他们的生活状态，这些族群包括华裔、印度裔、尼日利亚裔、加勒
比裔以及索马里裔流散族群等。参见 Ato Quayson and Girish Daswani,
eds. *A Companion to Diaspora and Transnationalism*. Chichester:
Blackwell Publishing Ltd., 2013: 6-8.

进入现代之后，不同文化之间的交流愈加广泛，移民人口也随之剧增。正如学者所言，"当社会运行方式从'固态'变为'液态'，资本流通从地方的发展为全球的，现代生活从静止的转向流动的，人类的文化生存从定居扎根的转变为游牧流浪的(齐格蒙特·鲍曼语)，个体和群体的身份就无法再固守内在的一致性"①。空间的位移和文化的碰撞一方面给移民主体带来更加深重的身份焦虑，另一方面促成他们建构新的身份认同。在建构主义者看来，身份是一个不断建构的过程，这正是移民主体必须面对的日常现实。在他们身上，通过焦虑与认同、本质主义认同与建构主义认同之间的角力对抗，逐渐显现出一种杂糅的流散认同。伍德沃德指出，本质主义认同就在于划分边界，区分作为内部成员的"我们"和作为外部人员的"他们"②，移民主体建构的流散认同则旨在打破边界，在自我身份中容纳"我们"和"他们"的元素，自然成为一种具有杂糅性质的身份认同。

在某种程度上讲，选择本质主义国族身份认同的绪方、小野和史蒂文斯属于同一类悲剧角色。三位上了年纪的主人公，回顾"失望的过去和幻灭的现在"，他们的共同之处就在于由于在过去

① 赵静蓉：《文化记忆与身份认同》，生活·读书·新知三联书店，2015年，第23页。

② Kath Woodward. *Understanding Identity*. London: Arnold, 2002: 141.

对国族身份的狂热认同，而竭尽全力地"浪费了生命"①。他们将身份与固化了的国家历史及地理空间相联系，面临身份焦虑的同时，寻回或者说加强了各自僵化的国族身份认同。但正如扬·阿斯曼所言："集体的认同就是经过反思后的社会归属性……文化的认同就是经过反思后形成的对某种文化的分而有之或对这种文化的信仰。"② 对于地理和文化位移的个人来说，他们所属的集体与文化就可能发生对两个或多个"集体"、两种或多种"文化"的"分而有之"的双重或多重认同。这就是本书所说的流散身份认同（diasporic identification）。

凯斯·伍德沃德在专著《理解身份》（*Understanding Identity*）中专辟一节探讨流散身份认同，认为"流散身份认同包含在位移、散居以及全球播撒过程中形成的身份认同"，流散"形成的位移与移民的动态机制突破了身份认同与原初和本质主义的过去之间的固定联系，因为流散包含历史、身份建构的时空参数以及身份旅行的路径"③。这也就是说，流散身份认同是与流散主体的祖国和移入国都相关的、具有双重或者多重国族认同的"杂糅身份认同"，

① Brian W. Shaffer and Cynthia F. Wong, eds. *Conversations with Kazuo Ishiguro*. Jackson: University Press of Mississippi, 2008: 153.

② 扬·阿斯曼：《文化记忆：早期高级文化中的文字、回忆和政治身份》，金寿福、黄晓晨译，北京大学出版社，2015年，第138页。

③ Kath Woodward. *Understanding Identity*. London: Arnold, 2002: 63-65.

是一种身份的"双重性"和"双重视界"①。同时，流散身份认同"解构了身份认同与地点之间本认为存在的那种固定的和自然的关系"，是"反本质主义的"，反对民族、国家和种族拥有恒久不变的"内在本质"②。身处发生变化的时空环境下的移民主体，随着环境的改变而进行积极主动的变通，通过"重构适应性身份认同的心理机制"③，进而应对身份焦虑，建构起新的身份认同④。

----

① Sudesh Mishra. *Diaspora Criticism*. Edinburgh: Edinburgh University Press, 2006: 63.

② Kevin Kenny. *Diaspora*: *A Very Short Introduction*. Oxford: Oxford University Press, 2013: 107-108.

③ William Bloom. *Personal Identity, National Identity and International Relations*. Cambridge: Cambridge University Press, 1990: 37.

④ 由移民经历产生的流散，正是对单一国族认同的挑战。阿托•奎生和吉瑞思•达斯瓦尼在《流散与跨民族主义指南》（*A Companion to Diaspora and Transnationalism*）一书中指出，流散与跨民族主义是"两个用以组织我们对今日世界中国族、身份及全球化理解的关键词"。两个词通常可以混用。这两者都与移民相关。与前两个概念相比，移民一词则是非学术领域的日常用语。由于都在描述产生移民、流动性及吞并新形式的状况，所以流散与跨民族主义"这两个概念又与全球化理论相互重叠了"。另外，流散和跨民族主义研究中，"历时性地还包括了一系列术语，如民族／国族、民族／国族主义、种族、文化、政治、经济、社会、空间、地点、祖国、家园、叙事、表征、异化、怀旧等其他同源词"。参见 Ato Quayson and Girish Daswani, eds. *A Companion to Diaspora and Transnationalism*. Chichester: Blackwell Publishing Ltd., 2013: 2-4.

与身份焦虑的时、空二维原因相呼应，石黑一雄同样是从国族历史和移民空间位移两个方面探讨流散身份认同，从而完成对本质主义身份认同的解构。《远山淡影》和《上海孤儿》重点关注了两个拥有移民生活经历的主人公——妮基和班克斯。前者通过文化的代际传承，后者通过对英、日两个家园的双重回归，最终建构起流散身份认同。在2014年苏格兰独立公投的历史语境下创作的《被掩埋的巨人》①，则将英国历史追溯到撒克逊移民大量涌入的亚瑟王时代，将身份认同追溯到多元文化认同的历史源头，凸显了主人公埃克索的杂糅身份认同。

---

① 由于其专著《理解国族身份》(*Understanding National Identity*)的撰写日期和出版日期(2015)与苏格兰公投事件重叠(2014)，所以大卫·麦克隆和弗兰克·比筹佛在引言部分的开头就强调，由于公民身份(citizenship)与国族身份之间的区别，他们专著中探讨的主题与苏格兰公投一事几乎无关(McCrone et al.)。然而，也有学者认为，公民身份"并非仅是一个法律实体(legal entity)，而是一个文化的类别以及一种(自我)规训 [(self-) disciplinary] 权力的方式"，所以公民身份又与国族身份、流散身份有着千丝万缕的联系。参见 David McCrone and Frank Bechhofer. *Understanding National Identity*. Cambridge: Cambridge University Press, 2015: 13.

第一节 代际传承与《远山淡影》中
妮基的流散身份认同

与《远山淡影》中自杀的景子相反，景子的混血妹妹妮基为自己建构了流散身份认同。混血的妮基本身并没有移民经历，但作为生长在英国的"二代移民"[①]，妮基通过各种途径，包括聆听母亲的故事、阅读父亲的文章等了解日本的历史与文化，并将其融入自己在英国的日常移民生活，最终就像其东西方文化杂糅的名字"妮基"象征的那样，成功地建构了自己的流散身份认同。

流散研究专家指出，移民经历导致的身份焦虑并非总是可以

---

① 可参见流散专家有关移民类别的观点："'移民'类别通常也适用于二、三代移民，即使他们已经是移入国公民了"。参见 Ato Quayson and Girish Daswani, eds. *A Companion to Diaspora and Transnationalism.* Chichester: Blackwell Publishing Ltd., 2013: 15.

形成相应的流散身份认同，而是会出现不同的类型①。针对第一代与第二、三、四代移民有关认同的区别，有学者指出：

> 　　如果说第一代的移民大多对于母国文化有强烈的认同的话，对第二代、第三代和第四代的移民而言，他们生活在与父母截然不同的环境中。他们在寄居国接受教育，受着寄居国文化的熏陶，平时读的是英文书籍，而非母国文化中的经典；他们更倾向于接受寄居国的文化，但是母国的文化依然是其生活中难以忽视的一个存在，因为父母会要求他们学习并遵循母国的文化传统和习俗，借以维持一种与母国的文化联系。②

　　第二、三、四代移民与祖国及居住国的这种双重"联系"或许正是身份问题在第一代移民悦子、景子与第二代移民妮基、班克斯身上出现截然相反倾向的原因所在③。移民经历一方面给第一代移民悦子和景子带来身份焦虑与身份毁灭，另一方面却通过文化

---

① 关于移民主体建构的身份认同，吕红通过对海外华人文学的研究，总结了五种身份认同模式："落叶归根""落地生根""斩草除根""寻根问祖"以及"失根族群"。参见吕红：《追索与建构——论海外华人文学的身份认同》，华中师范大学博士论文，2009年，第24页。本书所说的流散身份认同，应该更接近于"落地生根"，母国与移入国两种文化的"杂交"产生一种杂糅的身份认同。

② 张平功：《全球化与文化身份认同》，暨南大学出版社，2013年，第98页。

③ 生在日本、随同母亲悦子移居英国的景子应算作第一代移民。

杂糅的方式为第二代移民妮基和班克斯建构了流散身份认同。记忆、文化与经验"是可以跨代传递的，这种传递一直延续到儿孙们的神经处理过程的生物化学中去"①。也正是这种文化和记忆的代际传承，使得第二、三、四代移民有可能建构出杂糅的流散身份认同。

关于妮基的身份认同，还是要从她名字的起源开始探讨。名字对一个人的身份至关重要，因为"任何一个人存在于社会，首先是要被命名，其次则是要被给予一定的身份，只有通过事实性话语和倾向性话语的共同作用，我们才有可能明确对一个人的认识"②。小说开篇，悦子回忆道："我们最终给小女儿取名叫妮基。这不是缩写，这是我和她父亲达成的妥协。真奇怪，是他想取一个日本名字，而我——或许是出于不愿想起过去的私心——反而坚持要英文名。他最终同意妮基这个名字，觉得还是有点东方的味道在里头。"③身份研究专家指出，对一个人的命名实际上是他的身份最外在的体现，不同的名字有不同的身份内涵。文学作品中作者为具体人物取特定的名称，则更为典型地凸显了这一事实。具体到《远山淡影》，叙述者悦子在小说一开篇，便强调了这

---

① 哈拉尔德·韦尔策：《社会记忆：历史、回忆、传承》，季斌、王立君、白锡堃译，北京大学出版社，2007年，"序言"第3页。

② 赵静蓉：《文化记忆与身份认同》，生活·读书·新知三联书店，2015年，第182页。

③ 石黑一雄：《远山淡影》，张晓意译，上海译文出版社，2011年，第3页。

一点。妮基的身份认同，从一开始便并非是一种"缩写"，而是一种"妥协"。从文化研究角度来看，"缩写"指的是文化的简化与省略，而"妥协"却更是一种霍米·巴巴所谓的文化"杂糅"和丰富。"妮基"一词，首先是一个英文名，但更具有"东方的味道"，是一种东西方文化，或者更加具体来说，是英、日两种文化的"杂交"。正如悦子自己提到的，作为文化混血儿，妮基与她"纯血统的日本"姐姐景子不同，姐妹俩之间存在着的"不仅仅是家庭矛盾，更是文化冲突"①。

父母为妮基命名这一情景为我们提供了妮基身份认同这一问题的切入点，但还仅仅是最为表面的一层。更为重要的则要通过小说叙述过程，发现妮基自己的心理变化与性格发展，或者说她身份建构的具体历程。她对日本文化态度的转变可以通过她对姐姐景子和母亲悦子态度的转变窥见一斑。妮基对景子和母亲（也就是对日本文化）从开始时的一味排斥，转变为主动了解，直至渐渐接受。若想考察她的流散身份认同，则还须关注她在伦敦的现实生活。

小说开篇，妮基与悦子的对话告诉我们妮基对景子所持的一贯态度："她是一个让我难受""丢脸"的人②。而她和父亲与景子

---

① Ruth Forsythe. *Cultural Displacement and the Mother-daughter Relationship in Kazuo Ishiguro's A Pale View of Hills*. West Virginia University Philological Papers, 2005(52): 104.

② 石黑一雄:《远山淡影》，张晓意译，上海译文出版社，2011年，第4页。

的吵架场景更是让我们看到英国父女俩对"日本女孩"景子的文化排斥。在妮基和父亲的眼中，景子"从来不是我们生活的一部分——既不在我的生活里也不在爸爸的生活里"①。整个家庭被英日两种文化一分为二。在自己的家里，景子成了一个文化陌生人。从小说开篇的描写就能发现妮基对景子的微妙态度。其中，时态是关键所在。妮基说"我想我那时觉得很丢脸"，"我只记得她是个让我难受的人。这就是我对她的印象"②。时间都停留在景子自杀时和自杀前。而得知景子自杀后，妮基的表现则是"我真的很难过，听到她的死讯。我差点就来 [参加她的葬礼] 了"③。这告诉读者，妮基内心对景子的态度逐渐发生了变化。在小说将近结尾处，妮基对悦子说："我想爸爸应该多关心她一点，不是吗？大多数时候爸爸都不管她。这样真是不公平。"④ 作为读者，我们一定不会感到突兀。妮基对景子的态度从开始的反感与冷漠逐渐变成了关心与同情。其实，在小说开篇就能发现，妮基早已表达了自己的这种愿望："姐妹之间应该是很亲近的，不是吗？"⑤ 她想要对日本姐姐表示亲近，从文化层面来讲，便是想要亲近姐姐所

---

① 石黑一雄：《远山淡影》，张晓意译，上海译文出版社，2011年，第61~62页。

② 石黑一雄：《远山淡影》，张晓意译，上海译文出版社，2011年，第4页。

③ 石黑一雄：《远山淡影》，张晓意译，上海译文出版社，2011年，第4页。

④ 石黑一雄：《远山淡影》，张晓意译，上海译文出版社，2011年，第228页。

⑤ 石黑一雄：《远山淡影》，张晓意译，上海译文出版社，2011年，第4页。

代表的日本文化。

可以说，听了悦子讲述万里子的故事后，妮基慢慢了解到了有关景子和悦子的过去，同时也了解到了更多的日本文化。和读者一样，妮基也渐渐了解到悦子讲述的万里子的故事，也就是童年景子的故事。这也可以解释为何在小说结尾处，当悦子将万里子错说成景子时，妮基一点都没有感到惊讶。这也是为何当悦子说自己关于"那个小女孩"的梦并非源于前一天公园里看到的那个小女孩时，妮基一针见血地指出："我想你是指她。景子。"[1] 悦子为妮基讲述"日本故事"，本身就是一种文化记忆代际传承的方式。正是通过这种方式，对日本没有直观经验的妮基逐渐加深了对日本文化的了解，因为流散"其实是一些祖国记忆的撒播"[2]。通过母亲悦子的代际记忆传承，妮基将日本文化融入自己的英国生活，逐渐构建起她的流散身份认同。

除此之外，妮基还通过其他途径主动了解日本历史和文化。妮基在母亲故事的浸染和影响下，"决定把她爸爸在报纸上发表的文章统统读一遍，一早上大部分时间花在了翻找家里的抽屉和书架上"[3]。她通过努力"重建母亲悦子记忆中的时空——她父亲眼中的战后日本——尝试将自己的现实生活与日本的过去联系起

---

① 石黑一雄:《远山淡影》，张晓意译，上海译文出版社，2011年，第121页。

② 何成洲:《跨学科视野下的文化身份认同》，北京大学出版社，2011年，第158页。

③ 石黑一雄:《远山淡影》，张晓意译，上海译文出版社，2011年，第115页。

来"①。可以说，正是悦子讲述的"日本故事"激起了妮基对日本文化的兴趣以及最终的认同。而这一段关于妮基主动了解日本过去的描写又一次将小说人物的日常行为提升至了更为广泛的文化高度。而且，悦子对女儿讲述"日本故事"也并非单独的个案。生活在英、日文化并存的家庭，妮基对于日本文化也必定会耳濡目染。要知道，整部小说的叙述时间仅仅是五天，那么另外的时间里，悦子的日本文化对妮基的影响，我们稍加推测便可想而知了。虽然石黑一雄自己并非混血，但在妮基身上，还是可以发现一些石黑一雄的自传性特征的：他至少可以说是某种程度上的文化混血；他的英国生活一直都夹杂着日本元素。

妮基对日本文化的认同，不仅可以通过妮基对姐姐景子态度的转变以及她主动学习、了解日本文化得以看出，她对母亲的态度则更能集中体现她的日本身份认同。事实上，妮基阅读父亲所撰写的关于战后日本的文章，"也说明了她在努力理解母亲以及母亲的过去"②。认同母亲，从更广泛的文化象征意义上讲，便是认同母国文化。通过母亲悦子的叙述，可以从侧面看到妮基对母

---

① Yu-cheng Lee. Reinventing the Past in Kazuo Ishiguro's A Pale View of Hills. *Chang Gung Journal of Humanities and Social Sciences*, 2008(April 1:1): 28.

② Yu-cheng Lee. Reinventing the Past in Kazuo Ishiguro's A Pale View of Hills. *Chang Gung Journal of Humanities and Social Sciences*, 2008(April 1:1): 28.

亲态度的转变。悦子说："这几年，她开始欣赏起我过去的某些方面。"[1] 母亲的过去就是关于日本的过去，那么，这也说明女儿妮基对日本文化的认同。而劝母亲"不应该后悔从前的那些决定"[2]，站在妮基的角度来看，也可以看作她的双重认同，因为正是在妮基身上，悦子的过去与现在得以连接、日本文化与英国文化得以融合。妮基的朋友想要写一首关于悦子的诗，一方面说明妮基经常会把母亲的故事、日本的文化对自己的朋友讲述；另一方面则说明妮基对母亲和日本文化感到骄傲与自豪。虽然妮基自身并没有移民经历，但通过代际记忆的传承，她的生活天然是一种流散生活。妮基并非仅仅有一张混血的脸和一个英日杂糅的名字，更为重要的是，从小接受两种文化的耳濡目染，她一直过的是一种流散生活。她为母亲的"经历""感到自豪"[3]，也便是她对日本文化感到自豪与认同。

上面是对妮基的流散身份认同过程的大致描述，而她在伦敦的生活才是她流散身份认同更重要的证据。然而，在小说的叙述中，她的伦敦生活与景子在曼彻斯特的生活一样，是留白的。留白或者隐藏，是石黑一雄一贯的写作技巧[4]，这一点同样适用于妮

[1] 石黑一雄:《远山淡影》，张晓意译，上海译文出版社，2011年，第5页。
[2] 石黑一雄:《远山淡影》，张晓意译，上海译文出版社，2011年，第5页。
[3] 石黑一雄:《远山淡影》，张晓意译，上海译文出版社，2011年，第113页。
[4] Brian W. Shaffer and Cynthia F. Wong, eds. *Conversations with Kazuo Ishiguro*. Jackson: University Press of Mississippi, 2008: 46.

基在伦敦的生活。悦子与读者一样，对妮基的生活只能猜测。悦子说："每当我打探她在伦敦的生活，妮基就摆出一副微妙的、但是相当斩钉截铁的态度；她用这种方式告诉我，我不应该再问下去，不然会后悔。结果，我对她目前生活的认识大部分都是靠猜想。"① 这正如石黑一雄自己在访谈时所说的，在我们生活的这个电影时代，人们不再像阅读时代那样，对所读的东西（包括地点和人物）需要十分详尽的描述，而是只给一点抽象的提示，人们便可根据自己脑海里储存的印象进行想象了。妮基的伦敦生活便是这样。虽然小说的叙述只是零星地提到妮基的伦敦生活，但我们至少知道一点，与在曼彻斯特的姐姐景子相反，妮基在伦敦"很开心"②，这一点，可以通过小说不止一次的强调看出。与一个人都不认识的景子不同，妮基有自己的生活圈子，还有在伦敦一所大学里学政治的男朋友大卫。悦子对妮基的生活非常满意，她对妮基说："我很高兴你有处得来的好朋友……现在你要过自己的生活。"③ 这一切说明，她成功融入了那个城市。虽然没有满足母亲对她的期望，但正如悦子自己说的，妮基"长成了快乐、自信的

---

① 石黑一雄：《远山淡影》，张晓意译，上海译文出版社，2011年，第118~119页。

② 石黑一雄：《远山淡影》，张晓意译，上海译文出版社，2011年，第59、233页。

③ 石黑一雄：《远山淡影》，张晓意译，上海译文出版社，2011年，第118页。

年轻姑娘"，而她"对妮基的未来充满信心"①。虽然妮基与悦子偶尔会存在一些矛盾的看法，但妮基不像与世隔绝的姐姐景子，也不像焦虑重重的母亲悦子，她成功建构了流散身份认同，她对日本的过去感到骄傲自豪，对英国生活的现状心满意足。

第二节　双重移民与《上海孤儿》中班克斯的流散身份认同

往返于伦敦和上海，徘徊于英、中两个家园的班克斯，拥有典型的移民经历。童年在上海租界、成年在伦敦的"双重移民"，一方面不可避免地使其产生了与悦子类似的身份焦虑，另一方面却也驱使其通过自身的持续努力(具体说来，就是对失踪父母的寻找)追寻"失落的身份"②，最终建构了独特的流散身份认同。正是这种双重文化经历和两个家园的成功统一与融合，让班克斯建构了较之于本质主义国族身份认同更为宽广的流散身份认同。

正如第三章已经探讨的，拥有两个家园的事实致使班克斯焦虑重重。然而，也正是他内心严重的身份焦虑让班克斯向其"人

---

① 石黑一雄：《远山淡影》，张晓意译，上海译文出版社，2011年，第119页。

② Wai-chew Sim. *Globalization and Dislocation in the Novels of Kazuo Ishiguro*. PhD Dissertation of University of Warwick, 2002: 338.

生导师"菲利普袒露了心扉。菲利普是这样回答班克斯关于如何更加"英国化"的问题的：

> "……不错，你在这儿的生长环境确实包括不同国度的人，有中国人、法国人、德国人、美国人还有其他国家的人。你将来就是长成一个不那么纯粹的英国人也不足为怪。"他笑一声，然后又接着说道："但那绝不是什么坏事情。知道我是怎么想的吗，小海鹦？我认为像你这样的男孩子长大以后各国特点兼而有之绝不是什么坏事。那样的话我们大家互相就会更好地善待对方。起码战争会少一些。哦，是的。也许有一天，所有这些争端都会结束，但不是什么大政治家或教会或类似我们这个机构的功劳，而是因为人们都改变了。他们会像你一样，小海鹦。更像一个汇集了各国特点的混合人。因此，为什么不能成为一个这样的人？这种人才有益呢。"①

菲利普反对班克斯所谓的"英国化"，同时为他开出了成为"混合人"的"药方"。这正是布莱恩·菲尼在探讨石黑一雄小说中孤儿形象的隐喻内涵时所说的"跨民族身份"②，也即本书所说的流散身份认同。颇有意味的是，在回顾自己的流散经历时，石黑一雄也用到了"混合人"这个词。由于父母不知道到底会在英国待多久，

---

① 石黑一雄：《上海孤儿》，陈小慰译，译林出版社，2011年，第71页。

② Brian Finney. *English Fiction Since 1984*: *Narrating a Nation*. Houndmills, Basingstoke: Macmillan, 2006: 141.

所以在让他接受英式教育的同时也让他"保持与日本价值的接触"，从而让他成为一种"有趣的同种族混合人"（funny homogeneous mixture）[1]。像石黑一雄一样，在小说最后，班克斯通过艰苦卓绝的探索，终于为自己建构了这种"混合"的流散身份认同。在这里需要再次强调，虽然班克斯与菲利普的这段对话发生在其上海租界的童年时期，但作为读者的我们却是通过成年叙述者班克斯的视角看到的；也就是说，班克斯在多年之后仍对这段对话念念不忘，也正体现了他对身份的持续思考与不懈探寻。

事实上，纵观整部小说，班克斯终其一生都在寻求建构自身的身份认同[2]，只不过他那种"双重移民"的特殊情况使得他产生了较其他小说中的人物更为严重的身份焦虑。同样也是班克斯作为"双重移民"的身份使他最终为自己建构起独具特色的流散身份认同。与《远山淡影》中妮基的不同之处就在于，妮基的流散身份可以说很大程度上是天生的(当然也不排除她自身所做的努力)，而班克斯却是经历了不懈努力甚至艰辛磨难而最终建构起来的。小说中，直接造成班克斯身份焦虑的便是在儿时父母双双失踪这一事件。同时，为了抵抗焦虑而追寻父母的过程也成了他苦苦建构身份认同的核心隐喻。正如学者所言，石黑一雄在其小

----

[1] 转引自 Brian W. Shaffer and Cynthia F. Wong, eds. *Conversations with Kazuo Ishiguro*. Jackson: University Press of Mississippi, 2008: 35-36。

[2] 周颖：《创伤视角下的石黑一雄小说研究》，上海外国语大学博士论文，2014年，第82页。

说中通过"'孤儿'形象考察了流散主题，表达了自己对文化身份的理解"①。班克斯自己在小说结尾处说道："对我们这样的人，生来就注定要孤身一人面对这个世界，岁岁年年地追寻逝去双亲的影子。我们只有不断努力，竭尽全力完成使命，否则将不得安宁。"② 在我们看来，他的"使命"就在于在两个家乡之间建构自身身份，从而抵抗"不得安宁"的身份焦虑。其实，整本小说讲的就是班克斯如何通过追寻父母，消除身份焦虑，最终建构身份认同的故事。

先来看班克斯对父亲的追寻。事实上，从在上海租界父亲失踪之后不久，班克斯便开始了对父亲的追寻。最初、也是最为外在的表现，是儿时伙伴山下哲为安慰班克斯而提议的"寻找爸爸"的游戏。在游戏中，他俩假扮侦探，最终把"爸爸救出来"③了。他们还为这一游戏的"故事情节"设置了"基本框架"和"故事主线"：绑匪由于贫穷而选择绑架"对贫苦中国人的艰难处境持同情态度"的班克斯先生，同时还让他住在"舒适的环境中并且不失尊严"。在他们共同编造的故事中，班克斯和山下哲"都成了侦探……最终，经过华人居住区拥挤不堪的小弄堂的追捕、格斗及枪战之后……最后故事都是以在极司菲尔公园举行的盛大庆功会

① 郭德艳：《英国当代多元文化小说研究：石黑一雄、菲利普斯、奥克里》，南开大学博士论文，2013年，第162页。

② 石黑一雄：《上海孤儿》，陈小慰译，译林出版社，2011年，第286页。

③ 石黑一雄：《上海孤儿》，陈小慰译，译林出版社，2011年，第98页。

结束"①。其实，这一"故事情节"也正是整部《上海孤儿》的"基本框架"，这一点将在下文中详细论述。

除了与山下哲一同玩"寻找爸爸"的游戏之外，班克斯还一直为自己在现实世界中寻找爸爸的替代者，正如班克斯在返回英国的海上旅行时说的，"有时我确实想念父母，每到那时我便安慰自己，世上总还会有其他大人值得我去爱，去信任"②。菲利普叔叔就是他为自己选取的这么一个"去爱，去信任"的父亲。在班克斯心中，父亲的失踪无关紧要，因为菲利普叔叔可以替代父亲。班克斯说："多年来他一直是我崇拜的对象，以至于爸爸刚失踪时，我曾经想过自己无须为此太过担心，反正菲利普叔叔不管什么时候都可以替代父亲的位置。"③这个在成年班克斯眼中"荒谬得出奇"的想法，其实是他潜意识中对父亲的追寻，对此却又不自知。另外一个父亲形象，则出现在小说开篇班克斯大学毕业从事侦探职业之后。只不过，这一父亲形象只是一个泛泛的概念，没有具体所指而已。在赴老同学奥斯本邀请其参加的一个晚宴之前，班克斯这样描述自己内心对父亲的渴望："我想象他们中的某一个会对我产生慈父般的兴趣，对我谆谆教导，并坚持让我今后随时上门请教。"④不仅没有父母，而且"除了什罗普郡的姑姑，我在英国没

---

① 石黑一雄：《上海孤儿》，陈小慰译，译林出版社，2011年，第100~102页。

② 石黑一雄：《上海孤儿》，陈小慰译，译林出版社，2011年，第26页。

③ 石黑一雄：《上海孤儿》，陈小慰译，译林出版社，2011年，第107页。

④ 石黑一雄：《上海孤儿》，陈小慰译，译林出版社，2011年，第11页。

有任何亲戚"，这也正是班克斯在羡慕老同学奥斯本"与显贵人物来往"的同时，下定决心"一旦有机会，我也会为自己努力去建立这样的关系"①的原因。

与此同时，班克斯还将这一"寻找爸爸"的游戏从上海一直带到英国。班克斯回忆道："在初到英国的那些阴雨绵绵的日子里，为了打发百无聊赖的空虚时光，我漫步在姑妈农庄附近的蕨类植物丛中，一遍遍自演自说的大致也是这些内容。"②甚至可以说，班克斯终其一生都在玩着他"寻找爸爸"的游戏。他在伦敦通过多年奋斗终于成了一名著名侦探。但他做侦探，在很大程度上并非为了他自己口口声声所说的与罪恶做斗争，而是为了多年后重返上海，去寻找他一直自认为遭遇绑架而且还一直关押在上海租界某间小屋里的父母。这一点，在他重返上海时不顾近在眼前的战火，甚至不顾自己和他人的生命安危的情节便可窥见一斑。

或许，通过班克斯初返上海时遇到的一个人物可以更加清晰地理解他在上海租界的经历所具有的"游戏"或曰"梦幻"性质。这个人物就是上海市政局的代表格雷森。就在班克斯刚到上海，还未着手侦破父母绑架案时，格雷森便开始极为热心地为其筹备"庆祝你父母在被囚多年后安然归来的欢迎仪式"了。当格雷森询问班克斯"不知先生你是否乐意选择极司菲尔公园作为举

① 石黑一雄：《上海孤儿》，陈小慰译，译林出版社，2011年，第6页。
② 石黑一雄：《上海孤儿》，陈小慰译，译林出版社，2011年，第102页。

办欢迎仪式的场所"时，我们不禁联想起班克斯在儿时玩"寻找爸爸"的游戏时，便为最后的庆祝仪式选择了这个地点。作为读者，听闻此言，同样也会像班克斯那样"大吃一惊"①。据此，我们可以对《上海孤儿》整个故事情节做如下全然不同的解读，即故事自始至终，班克斯就从未做过侦探，也从未离开伦敦、重返上海。故事后半部，他不顾上海战场的炮火，固执甚至偏执地寻找"关押"父母的那间屋子只是一场梦境而已。正如有些评论家对艾略特（T. S. Eliot）名诗《普鲁弗洛克的情歌》（*The Love Song of J. Alfred Prufrock*）的解读那样，班克斯与诗中主人公普鲁弗洛克一样，从未采取行动，一切都只是其心中想象的故事。也正如布莱恩·谢弗同样的疑问："他是个真正的侦探吗？还是仅仅是个幻想者？他是真的在上海吗？"②小说中，在炮火中寻到"关押"父母的那所房子时，班克斯最终意识到，父母不可能多年来一直被关押在那里。得知真相后的班克斯抛弃了一直以来"刻舟求剑"般的偏执③。班克斯对日本上校说："对我而言童年一点也不遥远。从许多方面来说，它是我继续生活的起点。直到现在，我才从童年出

---

① 石黑一雄：《上海孤儿》，陈小慰译，译林出版社，2011年，第144页。

② Brian W. Shaffer. *Understanding Kazuo Ishiguro*. Columbia: University of South Carolina Press, 1998: 165.

③ 同时，在这一幕中，用以表现班克斯偏执的放大镜，又一次指向了他的行动所具有的"游戏"性质，因为他一直用以办案的放大镜，只是儿时伙伴送给他的一个玩具礼物而已。

发开始人生旅程。"① 他对父亲、继而对母亲的追寻最终摧毁了他的童年梦幻，破除了他的身份偏执，同时也开启了他在现实中寻找父母（确切来讲是母亲）的身份建构历程。

班克斯与《远山淡影》中的绪方、《浮世画家》中的小野以及《长日留痕》中的史蒂文斯的主要区别就在于，他朝后看的同时，也在朝前看；换言之，他朝后看的目的和结果就是为了朝前看，正如他自己所说的那样："不错，我是在翻阅这些回忆，其中一些已经尘封多年，不曾追忆。但同时我也是在朝前看，期待着有朝一日重返上海"②。或许，也正是他这种既朝后看、又朝前看的模式让他最终能够成功建构其独特的流散身份认同。这一点，最主要地体现于他在寻找母亲的过程中对母亲戴安娜逐渐改变的态度中。也正是通过调整他自己与母亲的关系才最终建立了班克斯的身份认同。接下来，对班克斯寻母的探讨将按照以下思路进行，即首先细查班克斯心中母亲形象的转变以及其中所反映出的有关班克斯自身的身份认同，接着再分析小说结尾处在香港最终找到母亲后，班克斯对自身身份认同所做的思考。

小说中，班克斯对母亲的回忆始于儿时伙伴山下哲对母亲抱有的一种"奇特的敬畏感"：

> 有一阵子，我曾经认为哲之所以惧怕我母亲是因为她

---

① 石黑一雄：《上海孤儿》，陈小慰译，译林出版社，2011年，第252页。
② 石黑一雄：《上海孤儿》，陈小慰译，译林出版社，2011年，第112页。

"美丽"。在我整个成长过程中，我一直以一种客观冷静的态度认为妈妈很"美"。人们总是这么说她，而在我看来，"美丽"不过是张贴在妈妈身上的标签，并不比"高"、"矮"、"年轻"等特征有什么特别……当然，在当时的年龄，我不可能真正体会女性魅力的内在含义……如今每当我凝望她的相片……我总会被她那种传统的、属于维多利亚时代的美所震撼……相片上的她……确实显得典雅端庄、亭亭玉立，甚至还有些矜持高傲，但眼神中却不乏令我至今刻骨铭心的温柔贤惠。[①]

"美丽"或"美"就是班克斯眼中母亲戴安娜的形象所在。但他的话却又有自相矛盾的地方。他一方面说"我一直以一种客观冷静的态度认为妈妈很'美'"，另一方面又说"在当时的年龄，我不可能真正体会女性魅力的内在含义"。这说明母亲的美只存在于班克斯的回忆当中，或者说只存在于他的主观想象当中[②]。他为母亲的美最终定性为"传统的、属于维多利亚时代的美"，更加证明了本书的这种推断。

或许，对照小说开篇第一页班克斯对自己在伦敦租住的公寓房间的描述，更能清楚地说明这一点："这所公寓是经过我精心

---

① 石黑一雄：《上海孤儿》，陈小慰译，译林出版社，2011年，第53页。

② 邓颖玲、王飞：《流散视角下的历史再现——〈上海孤儿〉对英、日帝国主义侵华行径的双重批判》，载《中南大学学报（社会科学版）》2015年第6期，第143页。

挑选的，租金不算高，房东太太却颇有品味，将它布置得优雅从容，令人想起逝去的维多利亚时代。"① 在《身份的焦虑》一书中，阿兰·德波顿就指出维多利亚风格的家具与个人身份认同之间的关联，他认为"长期以来，维多利亚风格的家具就可以说是一堆毫无品位的东西……风格艳俗夸张"。

  我们也许会对买下这样一件家具的人极尽揶揄之能事，然而在我们嘲笑他们之前，我们其实应该设身处地，以更宽广的视野思考这样的问题：为什么有厂商要生产这样的家具？又为什么有人要买这样的家具？这样，我们也许不再拿那些买主打趣，因为该责备的正是我们置身其中的社会——是我们的社会预设了这样一种规范，让我们每个人都从心理上相信买下这样的橱柜是必要且值得的，因为这种过分雕琢、近乎怪诞的摆设能赢来别人的敬意。人们追求奢华，与其说是出于贪欲，倒不如说是源于一种情感上挥之不去的心结。往往是那些担心被人看不起的人，为了使自己不会显得太过寒碜，才会添置这样一件特别的

① 石黑一雄：《上海孤儿》，陈小慰译，译林出版社，2011年，第3页。

家具，藉此传出一种信息：我也应该获得尊重！①

　　班克斯正是这么一个迫切需要"尊重"、需要通过维多利亚家具彰显身份认同的人。将小说中这两处的"维多利亚时代"加以并置对照，就能了解此时班克斯对母亲的态度，也能看出他对他心中辉煌的英国历史的认同。而在小说后面，随着英国对华鸦片贸易真相的逐渐展开，英国历史与母亲的形象一样，在班克斯眼中一落千丈。最终，班克斯从菲利普口中得知，自己的人生，包括"你的教育、你在伦敦上流社会的地位、你所取得的一切"都来自于英国对华罪恶的鸦片贸易②。小说中关于英国侵略历史的又一段描述则在班克斯与日本上校之间展开：在班克斯质问日本上校"你的国家侵略中国而造成的血腥屠杀"时，日本上校却平静地笑着回答："确实令人遗憾。不过日本要想成为像英国一样的大国，班克斯先生，这是必经之路。就像过去英国曾经经历过的那样。"③

----

① 阿兰·德波顿:《身份的焦虑》，陈广兴、南治国译，上海译文出版社，2008年，第19~20页。该书中关于维多利亚风格家具特征的这段完整引文为："长期以来，维多利亚风格的家具就可以说是一堆毫无品位的东西。它们主要的制作商是伦敦的杰克逊 - 格雷厄姆公司，风格艳俗夸张，最具典型的就是它的橡木橱柜，柜面上雕有一群正在摘葡萄的小男孩，还有两根刻有女像的柱子和一套刻花的半露柱。当然，最过招摇的还是橱上那只60公分高的镀金公牛。"
② 石黑一雄:《上海孤儿》，陈小慰译，译林出版社，2011年，第267页。
③ 石黑一雄:《上海孤儿》，陈小慰译，译林出版社，2011年，第253页。

班克斯对日本侵华批判的矛头却最终反转，指向了英国和自己，正如整部小说对英国鸦片贸易批判的反转一样。这里需要特别指出的是，对于班克斯的身份建构，社会历史与他的个人回忆起到了同样重要的作用。而他的身份建构，正如他对母亲戴安娜的态度一样，同样经历了一个从国族身份认同到流散身份认同的发展过程。

接下来，仔细分析小说结尾部分班克斯最终寻到母亲之后，母亲在其眼中形象的转变，以及此种转变对他最终身份建构所起到的影响。多年之后，班克斯到香港寻找母亲时，对香港的印象打了这样的比方："就好似在肯辛顿或贝司沃特的那些晚宴上邂逅一位我曾经深爱过的远房表妹，她的一举一动，喜怒哀乐以及轻微的耸肩动作都触动着记忆，但眼前整个人总让人觉得与那个珍藏心底的形象比起来，不过是个走了样的、甚至奇形怪状的仿制物。"[1] 不仅香港如此，这也正是母亲戴安娜在他心中形象的转变。在班克斯眼中，此时的母亲"比我料想中瘦小得多，两边肩膀弓得厉害。花白的头发……她的脸皱纹虽不是太多，但眼睛下面却有深深的两道眼袋，仿佛刀刻一般。可能因为某种伤病，她的脖子已经深陷入体内……一小滴鼻水挂在她的鼻尖"[2]。母亲的形象，从班克斯回忆中的美丽绝伦转变为此处的丑陋不堪。母亲形

---

① 石黑一雄：《上海孤儿》，陈小慰译，译林出版社，2011年，第273页。
② 石黑一雄：《上海孤儿》，陈小慰译，译林出版社，2011年，第277页。

象的转变也说明了班克斯自己身份认同的转变：他仍旧深爱着母亲，但不再是从前那种想象中虚幻的爱，而是在得知事实真相之后一种批判性的爱。在这里，母亲与母国成功联系在了一起[①]。关于母亲的埋葬问题，班克斯说："我原来想，等她去世，我要把她重新埋葬在英国。可仔细想想，我又改变了主意。她一辈子都在东方生活，我想她会乐意在那里安息。"[②] 把属于东方的母亲留在东方，班克斯也把对母亲的爱一同留在了东方。这正是他与东方之间暧昧的认同关系。可以从他关于母亲认同的看法，看出他自身的身份认同：他的一部分认同，跟随母亲指向了"东方"，上海租界(一个家乡)和租界里的童年(过去)；同时，另一部分认同却跟随养女小詹妮弗指向了他最终回归的伦敦(另一个家乡、未来)。正如班克斯在小说结尾处说的："我并非有意在沾沾自喜。可是随着日子在伦敦一天天逝去，我承认自己确实感到了某种满足。我喜欢在公园里散步，参观各种美术馆和画廊，近来，我还虚荣心大发，经常到大英博物馆的阅览室翻看过去有关我破获案件的新闻报道，并且越来越热衷于此。换句话说，这个都市已经成为我的家。"[③] 将母亲留在香港以及他对母亲的爱说明班克斯对东方的

---

① 邓颖玲、王飞：《流散视角下的历史再现——〈上海孤儿〉对英、日帝国主义侵华行径的双重批判》，载《中南大学学报(社会科学版)》2015年第6期，第143页。

② 石黑一雄：《上海孤儿》，陈小慰译，译林出版社，2011年，第279页。

③ 石黑一雄：《上海孤儿》，陈小慰译，译林出版社，2011年，第286页。

认同；而他将伦敦当作自己的家，则又证明他对英国的认同。如此，对东方的母亲和伦敦的家的双重认同，终究造就了班克斯杂糅的流散身份认同。

正如上海租界里山下哲"杂糅"的家那样："外面是典型的'西式'，橡木贴面，铜把手闪光锃亮；而门里面却是完全的'日式'，糊着由亮漆镶嵌图案、经不起一碰的脆纸"①，班克斯将自己的两个家乡成功地统一起来，同时也为自己建构了一种"杂糅"的流散身份。也如班克斯对养女小詹妮弗的教导那样："有时确实很不好受……就像整个世界在身边崩溃倒塌了一样。但詹妮，我要对你说：你正在出色地将那些碎片重新拼缀在一起。确实如此。我知道它和原来的世界永远不可能完全相同，但你拥有的这个世界可以带领你继续前行，为自己创造一个美好的未来。"②"将碎片重新拼缀"的说法不禁让人再一次想起班克斯在小说中曾多次转引的山下哲所说的有关百叶窗的身份隐喻：就如菲利普就班克斯关于"英国化"的困惑给出"混合人"的药方那样，班克斯这样的流散者最终把两种文化"拼凑在一起"，他们的身份认同"不仅能够连接整个家庭，而且还能连接整个世界"③。最终，通过亲身经历，班克斯以自己的"混合人"身份认同，解构了此前一直造成他身份焦虑的本质主义国族身份认同。正如吴佩菊(音译 Wu Pei-ju)所言，

① 石黑一雄：《上海孤儿》，陈小慰译，译林出版社，2011年，第53页。
② 石黑一雄：《上海孤儿》，陈小慰译，译林出版社，2011年，第136页。
③ 石黑一雄：《上海孤儿》，陈小慰译，译林出版社，2011年，第69页。

"班克斯占据两地，却又居间而处"①，这正是一种与两地都有关联的杂糅流散认同。同时，班克斯作为"混合人"的流散身份认同，不仅突破了《远山淡影》中绪方、《浮世画家》中小野以及《长日留痕》中史蒂文斯的国族身份认同，而且预示了《无可慰藉》中瑞德和《别让我走》中凯茜以共同人性为基础的他者和人类身份认同。正如亚历山大·贝恩（Alexander M. Bain）所言，可以将班克斯看作"初期的'世界公民'（global citizen）"以及"人道主义全球关怀（humanitarian global concern）发展过程中的一个过渡性人物"②。

第三节　民族融合与《被掩埋的巨人》中
埃克索的杂糅身份认同

与焦虑徘徊的高文以及拥有本质主义民族身份认同的维斯坦不同，《被掩埋的巨人》中的埃克索，面对民族战争与融合的历史背景，为自己建构了以人性为基础、超越民族冲突的杂糅身份认同。埃克索的杂糅身份认同一方面体现在其对亚瑟王种族屠杀

---

① Pei-ju Wu. *Literary Imaginations of Transnational Identities*: *Travel in Modern Novels*. PhD Dissertation of University of South Carolina, 2009: 98.

② Alexander M. Bain. International Settlements: Ishiguro, Shanghai, Humanitarianism. *Novel*, 2007(Summer): 246-247.

政策以及维斯坦本质主义民族身份认同的反对上，另一方面则体现在他对异族撒克逊女人及小男孩埃德温的温情关怀和舍命拯救上。他的杂糅身份认同解构了本质主义国族身份认同，呼应了下一章将要探讨的他者及人类身份认同。

国家／民族（nation）是个人身份认同的基本参照，但是"当数个族群的联合体要共同组成更大的民族政治意义上的共同体，或者要通过迁徙、兼并和征服加入其他民族政治意义上的联合体时"，就会出现"民族融合"①。在"民族融合"的过程中，认同主体必须做出相应的"文化适应"，"文化适应即使是从处于优势的'目标文化'出发进行的、被理解为是'对野蛮性的克服和对人性的植入'的活动，也意味着从一种文化到另一种文化的过渡"②。通过文化相遇和"文化适应"而产生的这种"文化的过渡"和"文化多元性"也正是建构"杂糅身份认同"的基础。本书用杂糅而非流散身份认同来指称《被掩埋的巨人》中埃克索的身份认同，是因为埃克索本身并没有移民经历，而是"从处于优势"地位的原住民不列颠文化角度出发，以人文主义精神容纳异族撒克逊文化，进而建构杂糅身份认同。小说中的撒克逊武士维斯坦忠诚于撒克逊民族身份，不会做出"文化适应"；摇摆不定的亚瑟王武士高文则是努力

---

① 扬·阿斯曼：《文化记忆：早期高级文化中的文字、回忆和政治身份》，金寿福、黄晓晨译，北京大学出版社，2015年，第151页。

② 扬·阿斯曼：《文化记忆：早期高级文化中的文字、回忆和政治身份》，金寿福、黄晓晨译，北京大学出版社，2015年，第154~155页。

做出"文化适应"但又没能成功的典型。小说中唯一能够在民族融合过程中进行"文化适应"，进而调整其身份认同的是小说主人公埃克索。埃克索最终建构的是一种杂糅身份认同。

在第四章论述撒克逊武士维斯坦的本质主义民族身份认同的结尾部分提到，鉴于维斯坦和埃德温在小说结尾处对不列颠老夫妇埃克索、比特丽丝的温情态度，他们都没能信守"憎恨每个不列颠人"的承诺[①]。这一点恰恰将我们的视线引向了拥有杂糅身份认同的小说另一主人公——埃克索。正是埃克索与比特丽丝具有人道主义色彩的处事方式激发了维斯坦和埃德温温情的一面。比如在小说结尾处，正是比特丽丝的请求——"记住我们，记住你还是个男孩的时候，我们之间的友谊"，让埃德温最终在内心深处接受了"这对好心的[不列颠]夫妇"，从而放弃了"仇恨所有不列颠人的义务"[②]。在此处，可以认为，比特丽丝和埃德温分别是埃克索和维斯坦的"影子人物"——小说中，比特丽丝一直都为丈夫埃克索代言，这也是本书能够将夫妇俩看作一个整体进行讨论的原因所在。而作为身份观还未成形的孩子埃德温，在不列颠老夫妇人文主义精神的影响下，则甚至有可能走上与其"导师"维斯坦截然相反的道路，建构一种与埃克索类似的杂糅身份认

----

① 石黑一雄：《被掩埋的巨人》，周小进译，上海译文出版社，2016年，第247页。

② 石黑一雄：《被掩埋的巨人》，周小进译，上海译文出版社，2016年，第310页。

同。关于埃德温的身份认同，小说没有明确叙述，但可以通过小说结尾处闪现的人性之光得以窥见。

与高文一样，埃克索也曾是亚瑟王的武士。然而，与充满身份焦虑的高文相反，当得知亚瑟王实施种族屠杀政策时，按照高文的说法，埃克索当即与他"分道扬镳"[1]，在庆功宴上咒骂了亚瑟王后，毅然决然地离开了亚瑟王。另外，埃克索与维斯坦的相同之处在于，他俩都反对亚瑟王的种族屠杀政策。只不过维斯坦对亚瑟王的反对最终让他走向与亚瑟王相似的本质主义民族身份认同。而埃克索对亚瑟王的反对才是对本质主义民族身份认同真正意义上的解构，从而最终形成其更为宽广、包容的杂糅身份认同。最能体现埃克索杂糅身份认同的是其在不撒战争之前所制定的"无辜者保护法"以及他"和平骑士"的称号。听到高文替亚瑟王辩解，说亚瑟王发起的盎撒战争以及他实施的种族屠杀政策都是为了带来持久的和平时，埃克索断然反驳道："今天我们的确杀了无数撒克逊人，无论是武士还是婴儿，但是穿过这片土地，那边还有更多的撒克逊人。他们从东方来，坐船登上我们的海岸，每天都在建起新的村庄。这仇恨的循环根本没有打破，先生，反而因为今天的屠杀而更加牢固。"[2] 与高文及亚瑟王相反，埃克索

---

[1] 石黑一雄：《被掩埋的巨人》，周小进译，上海译文出版社，2016年，第276页。

[2] 石黑一雄：《被掩埋的巨人》，周小进译，上海译文出版社，2016年，第216页。

支持一种以人文精神为基础的民族融合、和平共处的政策，正如他在战前制定并在很长一段时间内所实施的"无辜者保护法"所证明的那样。

颇有意味的是，关于埃克索制定的"无辜者保护法"以及他的"和平骑士"形象，读者都是通过埃克索的两个"反对者"——高文和维斯坦之口了解到的。关于"无辜者保护法"，高文在回忆时如是说：

> 你帮助推行的是一项伟大的约定，而且遵守了很多年。因为这约定，哪怕是在战斗的前夕，所有的人不都睡得更好吗，无论基督徒还是异教徒？作战的时候知道我们的无辜老幼在村子里很安全？可是呢，先生，战争没有结束啊。以前我们为土地、为上帝而战，现在我们又要作战，为死去的战友们报仇，而那些人本身也是在复仇之中被杀害的。什么时候才能结束呢？婴儿长成大人，只知道年年打仗。而你的伟大法律已经遭到破坏……[1]

由于其矛盾的身份认同，高文的这段话不由自主地成了上文已经引用到的埃克索那段话的回声。高文此处所说的"一项伟大的约定"就是埃克索当年制定的"无辜者保护法"，而这一律法让作为"基督徒"的不列颠人和作为"异教徒"的撒克逊人能够和平

---

[1] 石黑一雄：《被掩埋的巨人》，周小进译，上海译文出版社，2016年，第280页。

共处。埃克索说律法被亚瑟王破坏就相当于"亵渎神明""背叛"上帝时，我们自然更能理解他的人文精神。正因其制定的这项律法，他才在撒克逊人中间得到了"和平骑士"这一称号。据维斯坦回忆，埃克索是个"温和的不列颠人，我小时候认识，像智慧的王子一样经过我们的村庄，让人们梦想着各种办法，使无辜者免受战争的灾祸"。维斯坦对埃克索充满仰慕之情，因为维斯坦说："他当初的行为并非欺诈，他对自己的同胞和我的族人都怀有善意。"① 并非埃克索的民族融合政策，而是亚瑟王的民族屠杀政策欺骗了撒克逊人。埃克索"对自己的同胞和我[维斯坦]的族人都怀有善意"便是一种以人文精神为基础的杂糅身份认同。甚至就连高文和维斯坦这两个埃克索的"反对者"，最终也表达了对埃克索有关民族融合、和平共处观点的赞同。这一点告诉我们，不列颠人与撒克逊人之间的差异和分歧并没有人们想象的那么大，正如小说中维斯坦和高文关于用剑"风俗"而争论的撒克逊人与不列颠人的区别那样②。根据社会学家的观点，"人们努力寻求这种假定的'差异'后面的原因——所以某些情况下，便产生了'种族化'某些身份的倾向，并声明在这些差异之后有着根深蒂固的历史原

① 石黑一雄：《被掩埋的巨人》，周小进译，上海译文出版社，2016年，第301~302页。
② 这一颇具反讽意味的情节，不禁让人想起英国作家乔纳森·斯威夫特（Jonathan Swift）的《格列佛游记》（*Gulliver's Travel*）中因吃鸡蛋是该打破大头还是该打破小头而引发的国家之间的战争。

因"，不过，"这些'差异'并非内在的，也并非必然是冲突性的，然而在争夺物质或文化资源的情况下，这些差异确实会为纯政治或暴力冲突提供原材料"[1]。建构了本质主义民族身份认同的维斯坦和艾弗等人就是在"制造"种族差异而已。

埃克索夫妇则超越了这种种族差异。他们不以种族出身来区别对待人，与周围人对异族人的厌恶、恐惧甚至憎恨形成了鲜明的对照。正如在小说结尾处，比特丽丝对人们普遍存在的相互敌视的态度所做的总结："习俗与猜忌一直让我们难以团结。"[2] 然而小说从始至终，埃克索夫妇却对作为异族的撒克逊人充满温情，这又从另外一方面体现了埃克索的杂糅身份认同。第一个这样的异族人出现在小说开篇，即那位遭到所有不列颠人厌恶的穿破布的撒克逊女人。不顾周围人的一致反对，不顾自己的贫困，比特丽丝给这位撒克逊女人送去了面包。来看埃克索夫妇关于她的一段对话：

> "……看看那可怜的陌生人，你自己看看她，又疲劳
> 又孤单，她在树林里、田野里游荡了四天，没有哪个村子
> 让她逗留。这还是基督徒的地方呐，却把她当作魔鬼，或
> 许当作麻风病人，虽然她皮肤上没什么痕迹。好啦，我的

---

[1] David McCrone and Frank Bechhofer. *Understanding National Identity*. Cambridge: Cambridge University Press, 2015: 151, 162.

[2] 石黑一雄：《被掩埋的巨人》，周小进译，上海译文出版社，2016年，第306页。

丈夫，我要给这个女人一点儿安慰，把身上这点儿可怜的食物给她，希望你不是来阻拦我的。"

"我可不会这么说，公主，因为我亲眼看到，你说的是真的。甚至到这儿之前，我就在想，我们都不会好心接待一位陌生人了，真是件羞耻的事情。"①

埃克索夫妇的态度与将这位撒克逊"陌生人"当作魔鬼的那些"愚蠢的[不列颠]女人"形成了鲜明的对照。由于他们一再地强调，"陌生人"一词成了夫妇俩这段对话的关键词。这里的陌生人便是民族的"他者"，只有接受了自我以外的他者，只有超越了自我与他者之间的差异，才能形成真正的杂糅身份认同。而埃克索夫妇也正是这么做的。

夫妇俩对撒克逊人的温情更为集中地体现在他们不顾危险拯救另外一个异族人的事件上。这个人就是撒克逊男孩埃德温。埃德温是维斯坦武士从怪兽口中救出的撒克逊男孩，但是由于受伤，包括他阿姨在内的所有撒克逊村民都想要处死他，因为他们有种迷信思想，认为埃德温"既然被魔鬼咬了，很快就会变成魔鬼，在村庄内为非作歹"②。由于别无他法，维斯坦只能请求埃克索夫妇俩将小男孩带到一个没有此种迷信思想的不列颠村庄。埃

① 石黑一雄：《被掩埋的巨人》，周小进译，上海译文出版社，2016年，第14~15页。

② 石黑一雄：《被掩埋的巨人》，周小进译，上海译文出版社，2016年，第73页。

克索对这个请求是这样回复的："我看这是个绝好的计划。我和妻子听到男孩的困境都很难过，如果能帮助他解决，我们会很高兴。"[①] 埃克索夫妇没有种族偏见，对维斯坦的请求欣然应允。也正是因为他们答应了维斯坦这一请求，才引出了后面更为艰难曲折的故事情节。其中一幕便是，埃克索夫妇最终在高文爵士的帮助下从不列颠僧侣们手中救下了埃德温。据高文后来的叙述，高文到修道院告密，揭发了维斯坦的撒克逊武士身份。布雷纳斯爵爷派兵前来捕杀维斯坦。与此同时，修道院的僧侣为灭绝后患而将埃克索夫妇连同撒克逊男孩埃德温一起送入了怪兽出没的地道，想要将他们置于死地。埃克索夫妇为了帮助素不相识的撒克逊"陌生"男孩，险些命丧地道。埃克索夫妇不顾生命安危营救异族小男孩埃德温，正是他们超越种族差异，建构起杂糅身份认同的证明。

不仅如此，小说结尾处，埃克索夫妇还以自身的人文精神和杂糅身份认同观去影响小男孩埃德温，就像埃克索通过与维斯坦进行有关"种族仇恨"的争辩而对其进行影响那样。这也正是在小说结尾处维斯坦和埃德温显露温情的希望之光的原因所在。在修道院，维斯坦向他讲述"提前的复仇"时，埃克索反驳道："曾在此避难的那些好心的人，应该到最后一刻还坚守着希望，看到

---

① 石黑一雄：《被掩埋的巨人》，周小进译，上海译文出版社，2016年，第81页。

有人受苦，无论敌人还是朋友，肯定都会感到怜悯、震惊。"①需要指出的是，在小说将近结尾处，小男孩埃德温对埃克索夫妇用了同样的形容词——"这对好心的夫妇"②。"好心"一词将不列颠夫妇与埃克索在这里提到的撒克逊人联系到了一起。是他们这种"无论敌人还是朋友"都一视同仁的人文精神超越了种族的差别，以小说人物的人文精神消除了本质主义身份认同中的"对抗主义"（Antagonismus）③，从而形成了一种更为包容的、杂糅的身份认同。

关于小说主人公埃克索的杂糅身份认同研究还应该从小说文本中跳出来，就像小说叙述者偶尔为之的那样——站在现在的有利位置，去观察和评论小说中过去发生的历史事件。通过细查叙述者颇具调侃和反讽的语气与口吻④，或许能够更好地了解小说人物的身份认同。可以断定，关于身份认同，叙述者与小说主人公埃克索持相同的观点。小说开篇第一句叙述者便说："要找到后来令英格兰闻名的那种曲折小道和静谧草场，你可能要花很长时

① 石黑一雄：《被掩埋的巨人》，周小进译，上海译文出版社，2016年，第142页。

② 石黑一雄：《被掩埋的巨人》，周小进译，上海译文出版社，2016年，第310页。

③ 扬·阿斯曼：《文化记忆：早期高级文化中的文字、回忆和政治身份》，金寿福、黄晓晨译，北京大学出版社，2015年，第139页。

④ 我们上文中提到的不列颠人与撒克逊人不同的用剑"习俗"就是一例。

间。"① 一个"后来"就将小说的故事时间与小说的创作时间联系了起来。而"英格兰"一词在小说后文中偶有出现，这又构成了解读小说的另一条隐秘线索，即将小说故事时间与小说创作时间结合探讨②。叙述者一方面站在现今的有利位置，以一个历经历史演变后民族融合的"英格兰"人的眼睛观察民族融合之前的不列颠人与撒克逊人之间的分歧与战争；另一方面，又将历史事件与体现民族矛盾的苏格兰公投的当代事件联系了起来，让社会现实与历史事件互为呼应和借鉴。按照这种思路再回头细读叙述者的话——"很遗憾我描绘了当时我们国家的这么一幅景象，但事实就是这样"③，就更能够体会其中所包含的丰富的反讽意味了。小说主人公埃克索民族融合的杂糅身份认同是历史的最终选择，与埃克索拥有相同身份认同观的小说作者通过创作这么一部具有现实回响的历史主题小说，对社会现实展开了讽刺与批判。

现代世界变动不安的时代特征造成人们深重身份焦虑的同时，也为他们提供产生新的认同模式的动因。英日混血的妮基和双重移民班克斯分别通过融合两种文化、两个家园，为各自建构

---

① 石黑一雄：《被掩埋的巨人》，周小进译，上海译文出版社，2016年，第3页。

② 这也是我们在第六章中解读《无可慰藉》和《别让我走》两部小说的主要方法。

③ 石黑一雄：《被掩埋的巨人》，周小进译，上海译文出版社，2016年，第4页。

了流散身份认同，而闪烁着人性光辉的埃克索则通过容纳异族他者，为自己建构了以人性为基础的杂糅身份认同。妮基和班克斯的流散身份认同，作为石黑一雄小说中认同的一种过渡形式，为本书第六章探讨的他者及人类认同做了铺垫，因为他者及人类认同是在全球化语境下对认同范围和框架的进一步扩展。埃克索容纳异族他者的杂糅认同则通过其闪烁的人性之光，照应了同样建立在共通人性基础上的瑞德的他者认同以及凯茜的人类认同。正如焦虑与认同相伴相生、难分彼此一样，这从另外一方面证明，各类认同模式之间的界线也并非泾渭分明。

全球化语境下的认同

他者及人类身份认同

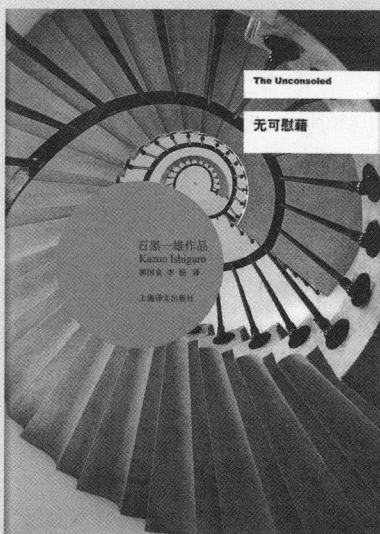

The Unconsoled

无可慰藉

石黑一雄作品
Kazuo Ishiguro

郭国良 李杨 译

上海译文出版社

在全球化语境下，基于更为密切的交流，不同文化之间的相互认识和了解愈加深入，人类的视野和知识体系边界逐渐扩大，出现了"世界主义"和"国际主义"趋势。对前现代和现代时期人们认同范围的跨越，对本质主义国族认同和建构主义流散认同的双重超越，将认同主体的认同框架置于人类或者人性之上，便出现了本章所说的他者及人类身份认同。齐格蒙特·鲍曼很准确地总结了身份问题在当今如此流行的原因所在："它（身份问题）的引人关注和引起的激情，归功于它是共同体的一个替代品……在我们这个迅速私人化、个体化和全球化的世界中，这两者，无论是哪一个，都是不可实现的，而且正是这一原因，它们中无论是哪一个，都能被安全地想象为一个充满确定性与信赖的舒适的庇护所。"[1] 当作为"共同体"的国家的边界被穿越，当流散身份不足以抵抗内心焦虑，认同主体又将目光转向"个体化"和"全球化"，从个人与人类两个层面寻求认同资源，以抵抗焦虑，追寻身份本身内在需要的稳定性。

身份认同总会涉及自我与他者的区别与对立，建构认同，尤其是建构本质主义的国族身份认同也就意味着"他者制造"，制

---

[1] 齐格蒙特·鲍曼：《共同体》，欧阳景根译，江苏人民出版社，2003年，第13页。

造一种"概念上的他者"①。奥利·维夫（Ole Waever）却"提供了一个不落俗套的出路。他认为，如果考虑到时间因素，那么，'自我'或许是他自己的'他者'"②。或许，可以更进一步地认为，"他者"又成了另外一个"自我"。这正是石黑一雄"国际主义小说"中所探讨的问题。关于身份，或者更确切地说，关于国族身份，石黑一雄如是说："人们需要重新考察这些概念的含义，如公民身份（citizenship）、国籍（nationality）。多元文化主义（multiculturalism）正席卷全球 [……]。在这个时代，人们正失去他们从前的标签，需要代之以新的标签。"③当认同的范围从我们自己所属的团体、地区、民族、国家，最终扩展至自我之外的他者，甚至是全人类时，身份认同的问题也就没有继续存在的必要了。这也正是我们探讨身份问题本身的意义所在④。

《无可慰藉》和《别让我走》是石黑一雄对身份问题的进一步思考，为小说人物的身份认同贴上了"新的标签"，通过"他者、

---

① David McCrone and Frank Bechhofer. *Understanding National Identity*. Cambridge: Cambridge University Press, 2015: 141.

② 转引自巴里·布赞：《全球化与认同：世界社会是否可能？》，载《浙江大学学报（人文社会科学版）》2010年第5期，第8页。

③ 转引自 Brian W. Shaffer and Cynthia F. Wong, eds. *Conversations with Kazuo Ishiguro*. Jackson: University Press of Mississippi, 2008: 95。

④ 关于身份认同的研究意义，学者指出，"身份认同恰恰是最不需要被激进推动的一项工程"。参见赵静蓉《文化记忆与身份认同》，生活·读书·新知三联书店，2015年，第252页。

人类身份认同"实现对本质主义国族身份认同的进一步突破。这两部小说与另外几部小说的不同之处在于，作者将小说的背景设定在我们所处的全球化时代，对当代人的身份认同进行细致考察。两部小说分别从微观和宏观两个角度探究了身份认同问题中的"他者"：前者关注的是当代人日常生活中的他者，后者则关注了人类的他者——克隆人。《无可慰藉》没有具体给出故事发生的地点，这说明故事主人公瑞德的故事是一个"隐喻"，实际上映照的是生活在当代的每一个人。《别让我走》则以 20 世纪 90 年代克隆技术繁荣发展为时代背景，将小说人物设置在了一个虚构的"可然世界"当中，透过克隆人凯茜的视角，通过作为"非人"他者的克隆人的身份建构，深入探讨了基于普遍人性的人类身份认同。事实上，单伟爵对《无可慰藉》的评论同样适用于《别让我走》：小说主人公反映了一种"共享的人类状况"（shared human condition），这使得小说具有了"普遍"意义 ①。这两部小说体现的他者身份认同是当今全球化时代的一个重要特征，反映了石黑一雄"国际主义写作"中普遍性的东西。

① Wai-chew Sim. *Globalization and Dislocation in the Novels of Kazuo Ishiguro*. PhD Dissertation of University of Warwick, 2002: 95.

第一节 国际主义与《无可慰藉》中
瑞德的他者身份认同

《无可慰藉》中来到一个陌生城市的瑞德，最终通过自我的投射、进入他人头脑以及回忆和想象等方式，与周围的他者取得了认同。他所遭遇的陌生人逐渐变为老朋友和老同学，而瑞德自己也通过感同身受的方式分别与古斯塔夫、史蒂芬、鲍里斯以及索菲缺席的丈夫取得认同。瑞德的他者身份认同以共通人性为基础，在认同范围上更为宽广，是对本质主义国族身份认同以及建构主义流散身份认同的双重突破。

麦克·佩特里认为，《无可慰藉》的小说世界并非如此"梦幻"，而是一种对"时间压缩"的隐喻①。实际上，本书认为，小说同时也是"空间压缩"的隐喻。当今这个全球化时代，最显著的特征便是科学技术、文化思想、经济贸易等畅通交流和移动所带来的"时空压缩"。或许正是在这个意义上，《无可慰藉》中瑞德的故事，正映照了每一个当代人的影子。石黑一雄在访谈中说："作为一个小说家，我更愿意写出让五十年后、一百年后的读者感兴趣的作

---

① Mike Petry. *Narratives of Memory and Identity: The Novels of Kazuo Ishiguro*. Frankfurt am Main: Peter Lang, 1999: 138.

品，让许多不同文化背景的读者感兴趣的作品。"[1] 在石黑一雄这里，国际主义不仅仅指当代经济、文化的全球化，更指全球化对当代普通人生活所造成的影响，指生活在全球化时代的人们所共享的情感和人性。石黑一雄的"国际主义小说"，从个人与人类两个层面探讨了以人性为基础的身份认同。《无可慰藉》和《别让我走》就是这样的两部国际主义小说，用石黑一雄自己的话来讲，前者将"穿梭往来于世界各大洲之间"的主人公置于一个"无名"的国际化城市，通过以他人的故事讲述自己的故事的手法，让主人公与陌生城市中许多陌生的他者进行认同，探讨了以当代人日常生活情感为基础的他者身份认同；后者通过讲述"稳固立足于一个小小的地方"的克隆人的故事[2]，通过克隆人他者的视角，探讨了以人性为基础的人类身份认同。纳森·斯纳扎（Nathan Snaza）有关《别让我走》的评论，其实对这两部小说都适用："我们需要的教育模式，不是旨在使我们成为完善的人类，而是能够使我们对'逐渐成为他者'这一持续的过程加以确认。"[3] 逐渐成为他者，也便是本书所说的他者身份认同。

对于自我的身份认同来说，"他者"不仅是一种"界限"，更

① 转引自 Cynthia F. Wong. *Kazuo Ishiguro*. Horndon: Northcote House Publishers Ltd., 2000: 9。

② 转引自 Wai-chew Sim. *Kazuo Ishiguro*. London: Routledge, 2010: 20。

③ Nathan Snaza. The Failure of Humanizing Education in Kazuo Ishiguro's Never Let Me Go. *Literature Interpretation Theory*, 2015(3): 230.

是一种认同的资源。关于他者身份认同，或曰他者认同，简言之，就是对他者的认同或者"认同'他者'"（identifying with the Other）[1]。有学者称其为"他者意识"（consciousness of others）[2]。学界是这样论述他者认同的意义的：

> 在全球化的时代背景下，"自我"与"他者"的关联达到了如此紧密的程度，以至于对"他者"的认同成为实现"自我"认同和维系文化多元性存续不可或缺的重要内容。在当今这样一个"你中有我"、"我中有你"的世界上，与其说"自我"与"他者"是两个不同的人类群体，毋宁说它们是人类认识自身的两个侧面。对于"他者"的认同，实际上也就意味着对"自我"的肯定，任何一方面的缺失，都会使人类文化的多元性和完整性受到损伤。我们甚至可以这样认为，如果没有"他者"的存在以及对"他者"的认同，那么所谓的文化多元性就成了无源之水、无本之木。如此，对于"他者"的认同，也就成为我们认识和维系人

---

[1] 周大鸣：《文化多元性与全球化背景下的他者认同》，载《学术研究》2012年第6期，第36页。另参见 Josie Gill. Written on the Face: Race and Expression in Kazuo Ishiguro's Never Let Me Go. *Modern Fiction Studies*, 2014(4): 852。

[2] 寇东亮：《"他者意识"：社会主义和谐人际关系的伦理基础》，载《社会主义研究》2007年第4期，第41页。

类文化多元性存续的前提和基础。[①]

可以说，他者认同不仅体现了石黑一雄的人性关怀，更凸显了其"国际主义写作"所倡导的"文化多元性"。他者认同在《远山淡影》《上海孤儿》以及《被掩埋的巨人》的杂糅、流散身份认同中都有所体现，因为杂糅和流散身份认同就是要在一个认同主体的意识里容纳另外一种文化的"他者"。当然，他者认同最为集中地体现在《无可慰藉》中。

石黑一雄在《无可慰藉》中，通过他一贯熟练运用的"以他人的故事讲述自己的故事"的手法来探讨当代人日常生活中的他者认同。这种讲述"别人的故事"的叙事手法，用石黑一雄自己的话来说就是："你是在挪用（appropriating）在现实中遇到的人们，用以代表你内心深处、过去或者个人历史中的自我……你遇到的这些人，他们虽然也是独立存在的个体……但你以一种奇怪的方式来使用他们，以便讲述你自己的故事和自己的生活。"[②]或者可以反过来说，小说叙述者在别人的故事中看到了"自己的故事和自己的生活"，从而以共通的情感和人性为基础，与周围的他者取得了某种认同。小说中叙述者讲述众多"别人的故事"，正在于以

[①] 周大鸣：《文化多元性与全球化背景下的他者认同》，载《学术研究》2012年第6期，第37页。

[②] 转引自 Brian W. Shaffer and Cynthia F. Wong, eds. *Conversations with Kazuo Ishiguro*. Jackson: University Press of Mississippi, 2008: 123。

人为镜，照出自我的身份。石黑一雄的这种叙事手法，很容易让人想到心理分析意义上的"影子人物"①。西格蒙德·弗洛伊德是这样描述"影子人物"现象的：

> 由于两个人物看起来相似，我们便可将其看作是雷同（identical）人物。这种关系又通过从一个人物进入另一人物的心理过程——通过可以被称作"传心术"的心理过程——得到强调。于是，一个人物便拥有了另一人物的知识、情感和经历。或者，也可以体现为主体与另一人物进行认同（identify）……（这样）便产生了双重、分裂以及互换的自我。②

其实，正如前几章已经论述的，这种"双重、分裂以及互换自我"的现象在石黑一雄的全部小说中都广泛存在。这种精神分析意义上的"传心术"和他者认同，正好也解释了《无可慰藉》中发生在瑞德身上的一桩桩"怪事"。实际上，小说其他人物对主人公

---

① 对于心理分析意义上的 double 概念，国内学界目前尚没有统一译法，郭曼、王丽丽将其译为"双人物"，见郭曼、王丽丽：《灵魂的影子：论〈简·萨默斯的日记〉中双人物的特征和功能》，载《山东外语教学》2006 年第 4 期，第 98 页。而于雷将其译为"替身"，见于雷：《西方文论关键词：替身》，载《外国文学》2013 年第 5 期，第 100 页。

② 转引自 Mike Petry. *Narratives of Memory and Identity: The Novels of Kazuo Ishiguro*. Frankfurt am Main: Peter Lang, 1999: 54。

瑞德不仅仅是单向的"投射"（projection）[①]，还应该是瑞德与人物的双向投射，是通过自我与他者的比照进而发现两者的共同之处，以人类的共同情感和人性为基础，进而对周围的他者取得了认同。

来到一个完全陌生的城市的瑞德，自身便是一个陌生人、一个他者。正如他自己在小说中常常强调的那样："像我这种外人"，"我本人是局外人"[②]。那么，反过来说，这城里的其他人就都是瑞德的他者了。然而，随着故事情节的发展，他却不断遇到多年不见的老同学，在异国他乡的酒店发现自己童年时期的房间，甚至看到童年时父亲的老轿车的残骸。更让人不可思议的是，小说开篇，酒店里为他提行李的迎宾员古斯塔夫最终却成了他的丈人，而古斯塔夫的女儿和外孙后来竟然成了他自己的妻子和儿子。在这部"梦境小说"中，这些情节当然可以有各种不同的解读。但由于小说中模棱两可的叙述，瑞德或许并非是由于失忆而记不起自己的妻儿，也并非在一座陌生的城市遇到了如此之多的熟人和如

---

① Carlos Villar Flor. Unreliable Selves in an Unreliable World: the Multiple Projections of the Hero in Kazuo Ishiguro's The Unconsoled. *Journal of English Studies*, 2000(2): 159.

② 石黑一雄：《无可慰藉》，郭国良、李杨译，上海译文出版社，2013年，第31、236页。

此亲密的家人①，而是在这个陌生的城市里实现了本书所说的他者身份认同。石黑一雄谈到《无可慰藉》时说，小说的其他人物都是独立的个体，但小说主人公瑞德却在他们身上看到了"自己先前和以后的版本"，看到了"自己生活的不同时期"，最终在某种意义上，"他人的故事"却成了小说主人公瑞德本人的"个人自传"②。在这个"各色人等生活的世界中"，在这个没有具体外部指涉的无名城市中，瑞德的他者认同，逐渐具有了深广的普世意义③。

小说中的这种梦境超现实主义让瑞德似乎具有了弗洛伊德意义上的"传心术"的超能力，能够进入他人的思维，并以他人的视角看事物④。比如，小说开篇，叙述者瑞德正是通过进入酒店迎宾员古斯塔夫的头脑，才引入了古斯塔夫女儿索菲和外孙鲍里斯的故事。与古斯塔夫仅仅初次见面，瑞德便"突然发觉，尽管他非常专业，尽管他真诚地希望我住得舒适，但一整天来困扰他的那

---

① 正如有些论者认为的那样，《上海孤儿》中，班克斯在上海的战场上遇到的可能并非是自己的儿时玩伴山下哲，很有可能只是班克斯自己的幻觉。参见 Brian W. Shaffer. *Understanding Kazuo Ishiguro*. Columbia: University of South Carolina Press, 1998: 165。

② Brian W. Shaffer and Cynthia F. Wong, eds. *Conversations with Kazuo Ishiguro*. Jackson: University Press of Mississippi, 2008: 114.

③ Wai-chew Sim. *Globalization and Dislocation in the Novels of Kazuo Ishiguro*. PhD Dissertation of University of Warwick, 2002: 261.

④ 周颖：《创伤视角下的石黑一雄小说研究》，上海外国语大学博士论文，2014年，第69页。

件事还是不由自主地又浮现在了他脑中。也就是说，他又一次担心起了他的女儿和小外孙"①。瑞德毫无来由地进入了陌生人他者的头脑，并在接下来以"全知全能"的方式叙述了一大段古斯塔夫的内心回忆。老迎宾员是瑞德的第一个"影子人物"，同时也是他认同的第一个他者。瑞德在老迎宾员身上认同的是其与自己类似的"专业精神"。古斯塔夫在小说开篇向瑞德详述为客人提三个箱子而不放在地上的"迎宾员精神"。在小说将近结尾处，古斯塔夫因跳"迎宾员之舞"最终为这种职业精神而献身。事实上，古斯塔夫是瑞德自身的一个极端版本：瑞德为了自己的音乐生涯，从一座城市旅行到另一座城市，却置自己的父母与妻儿不顾；而古斯塔夫则由于繁忙的工作，与女儿索菲产生了隔膜。同时，古斯塔夫与女儿索菲不说话的情节也呼应了小说后面瑞德自己与索菲、鲍里斯疏离的关系。

瑞德进入他人头脑的另一个例子是酒店经理霍夫曼的儿子史蒂芬。瑞德是这样描述史蒂芬的内心活动的："我……意识到他脑子里正思索着几年前的一次特别事件。那个小插曲他已经反复思量过多次了——经常是醒着躺在床上或独自开车的时候——这会儿因为怕我拒绝帮他，他再次想起了这件事。"②瑞德能够进入史

---

① 石黑一雄：《无可慰藉》，郭国良、李杨译，上海译文出版社，2013年，第14页。

② 石黑一雄：《无可慰藉》，郭国良、李杨译，上海译文出版社，2013年，第71~72页。

蒂芬的意识，或者说，他能够认同史蒂芬，是因为他也拥有同样的经历和情感，因为他也曾因为与父母关系的疏离而"痛苦"和"惊惧"过。瑞德通过"传心术"与史蒂芬取得认同，这得到了史蒂芬自己的印证："非常感谢您，瑞德先生，能站在我的角度考虑。"①瑞德可以看透史蒂芬的心事，因为这也曾经是他自己的心路历程。说史蒂芬是瑞德的"影子人物"，至少有两个证据：一是他俩同为音乐家；二是他俩与父母相似的疏离关系。同时，他俩在决定城市命运的"周四之夜"的音乐演出也都是为了向各自的父母证明自己的能力。说到"周四之夜"，史蒂芬告诉瑞德："我知道这是给我父母惊喜的好机会。不管怎样，您看，我一直都有这么个幻想。"②同样，让父母满意也是瑞德的愿望。通观整部小说中瑞德一次次的强调，甚至可以认为，让父母满意才是他在"周四之夜"演出的唯一目的。另外，两者在选择演奏曲目时的焦虑也都是出于对父母是否喜欢的考虑。

　　瑞德对他者的认同，有两种方式，要么通过想象，要么通过回忆。正如作者通过酒鬼音乐家布罗茨基之口点出的，"我的脑

---

① 石黑一雄:《无可慰藉》，郭国良、李杨译，上海译文出版社，2013年，第77页。

② 石黑一雄:《无可慰藉》，郭国良、李杨译，上海译文出版社，2013年，第83页。

子里装的全是未来。但有时候，却又全是过去的影子"①。瑞德认同的这些人物，要么出于其对未来的想象，要么则是来自"过去的影子"。由于都具有虚构的性质，这两种方式，其实也常常是相互交融的。关于父母，瑞德"突然看到了我母亲和父亲，两人身材矮小，头发花白，年老驼背，站在火车站外面"②，"我的脑海里浮现出一副我父母的图景，他们俩坐在四轮马车上，驶向音乐厅前面的空地"③。关于"儿子"鲍里斯，瑞德的"脑海中浮现出一个画面：一个小男孩，在我离开后不久，坐在角落里，吃着乳酪蛋糕，喝着饮料，依然满心期待地等着即将到来的远足"④。关于酒鬼音乐家布罗茨基，"这时，我开始想象在我到达小屋之前这里发生过的事情"⑤。瑞德不仅通过想象进入他人的头脑，而且还站在他人的角度想象了他人可能会遇到的情况和体会到的情感，从而与他者达成认同。

① 石黑一雄：《无可慰藉》，郭国良、李杨译，上海译文出版社，2013年，第413页。

② 石黑一雄：《无可慰藉》，郭国良、李杨译，上海译文出版社，2013年，第196页。

③ 石黑一雄：《无可慰藉》，郭国良、李杨译，上海译文出版社，2013年，第453页。

④ 石黑一雄：《无可慰藉》，郭国良、李杨译，上海译文出版社，2013年，第223页。

⑤ 石黑一雄：《无可慰藉》，郭国良、李杨译，上海译文出版社，2013年，第408页。

他者既可以指人，也可以指物。瑞德的他者认同还包括他通过记忆与身处的陌生城市中的各种情境产生认同。瑞德通过记忆与他者认同混合了虚构的想象与自身的经历。文中常常出现此类语句："隐隐的记忆重回脑海"，"我想起了……更多内容"，"我遥远的记忆之钟……敲响了"，"一道模糊的记忆在脑中闪现"[1]，"记忆的碎片蜂拥而至"[2]。这些语句让回忆与想象、回忆与现实之间的界限变得模糊。在讲述回忆时所用的语句，如"我想起一个场面，非常生动"[3]，又与上文中讲述想象场景时所用的语句相照应。关于通过记忆与他者认同，可以在瑞德带"儿子"鲍里斯回以前的"家"寻找微型模型球员时的事例看出：

> 这会儿房间变得渐渐熟悉起来……我看到了一件又一件物体，每当我的目光落在上面，心里就不觉泛起酸楚的相识之感……然而，我继续观察，正是这房间相似的后部仿佛强烈地勾起了我的回忆，过了一会儿，我才意识到，它像极了我和父母在曼彻斯特住了几个月的房子的客厅后半部。那房子是套城市排房，又窄又小，终年潮湿，迫切

---

[1] 石黑一雄:《无可慰藉》，郭国良、李杨译，上海译文出版社，2013年，第39~46页。

[2] 石黑一雄:《无可慰藉》，郭国良、李杨译，上海译文出版社，2013年，第102页。

[3] 石黑一雄:《无可慰藉》，郭国良、李杨译，上海译文出版社，2013年，第102页。

> 需要重新休整，但我们都忍过来了，因为我们只需要呆到
> 父亲的工作赚钱，能让全家搬到条件更好的地方就可以了。
> 对于我，一个九岁的孩子，房子很快不仅仅代表着一个令
> 人兴奋的改变，而且代表着一个希望，那就是对我们所有
> 人来说，都将翻开一个崭新的、更快乐的篇章。①

其实，说"儿子"之前的家勾起自己关于儿时的家的回忆，也正是以另一种方式说明了瑞德与"儿子"鲍里斯的认同。关于这一点，可以从以下三个方面加以说明。一是在引文中叙述者说自己当时的年龄是九岁，而这也正是鲍里斯现在的年龄。二是瑞德一家等着父亲赚钱以"搬到条件更好的地方"，这同样也是鲍里斯所面临的情况。实际上，通过"妻子"索菲的叙述，因为自己的房子条件太差，他们一家三口也正在寻找新居。索菲所说的"只要我找到合适我们的家"，"一切就会好起来。一定会的"，"这可能是我们的转折点"②，正好呼应了上面引文中瑞德童年时关于房子的期望："房子……不仅仅代表着一个令人兴奋的改变，而且代表着一个希望，那就是对我们所有人来说，都将翻开一个崭新的、更

---

① 石黑一雄：《无可慰藉》，郭国良、李杨译，上海译文出版社，2013年，第240~241页。

② 石黑一雄：《无可慰藉》，郭国良、李杨译，上海译文出版社，2013年，第97页。

快乐的篇章。"[1] 三是瑞德能够理解鲍里斯失去微型模型球员的失落心情，是因为瑞德自己在这个年纪也喜欢玩类似的游戏。

瑞德儿时其父母的关系在某种程度上映照了鲍里斯的家庭关系[2]。与鲍里斯一样，瑞德玩塑料玩具士兵游戏，沉迷于自己的想象世界，也是出于父母之间的不和以及他们对自己不够关注的事实。在小说开篇不久，瑞德对儿时塑料玩具士兵游戏的回忆是伴随着父母的争吵而出现的："我正沉浸在塑料玩具士兵的世界中，激烈的争吵声突然从楼下传来。那愤怒的声音，即便是一个六七岁的小孩子，也知道这不是场普通的争吵。"[3] 后来，偶遇"小学同学"菲奥娜，才让瑞德再次思考起父母争吵的原因。这位同学在多年前告诉他："你父母呀，他们不是因为合不来才那样吵架的。你难道不知道吗？难道你不知道他们为什么总是吵架吗？"就在这时，菲奥娜的母亲把她带走，而瑞德却偷听到了这对母女的对话："'为什么我不能告诉他？其他人都知道了。'她母亲说，嗓音

---

[1] 石黑一雄：《无可慰藉》，郭国良、李杨译，上海译文出版社，2013年，第240~241页。

[2] Brian W. Shaffer. *Understanding Kazuo Ishiguro*. Columbia: University of South Carolina Press, 1998: 111.

[3] 石黑一雄：《无可慰藉》，郭国良、李杨译，上海译文出版社，2013年，第17页。

仍很低：'他比你年纪小。他太小了。你不能告诉他'。"① 根据菲奥娜的话的隐含部分以及母女的对话，可以推断，瑞德父母总是吵架的原因自然是瑞德本身。因为小说中关于瑞德父母不和关系的原因是留白的，所以只能通过瑞德的"影子人物"鲍里斯的情况进行推测。在与瑞德争吵时，索菲说："他不是你亲生的，就是不同。你永远不会觉得自己是他亲生父亲。"② 对于瑞德来说，他与父母的关系也是疏离的，在整部小说中他想见父母而不得。在小说结尾处，即使在自己"周四之夜"的演出中，他期盼已久的父母最终也没有出席。

其实，小说中最为重要的他者认同，应该是瑞德与索菲"丈夫"的认同。正如在上文提到的，瑞德并非索菲的丈夫，而是通过索菲所讲述的有关其丈夫的故事而与其取得了认同。这也是整部小说中最让人迷惑的情节。瑞德令人迷惑的"双重身份"——他既是自己，同时又与索菲的丈夫认同——可以通过下面这段引文得以看清。瑞德跟随索菲回到她的家中，"索菲打开前门的时候，我突然想到：他们或许觉得，我应该表现得对这公寓很熟悉，另一方面，他们也同样可能觉得，我应该表现得像个客

---

① 石黑一雄：《无可慰藉》，郭国良、李杨译，上海译文出版社，2013年，第192页。

② 石黑一雄：《无可慰藉》，郭国良、李杨译，上海译文出版社，2013年，第103页。

人"[1]。初来乍到的瑞德，肯定是个"客人"，但与索菲丈夫的认同又让他对这里感到"熟悉"，因为，正如酒店经理霍夫曼对瑞德说的那样，瑞德也同样不时"完美地扮演了"索菲"丈夫的角色"[2]。瑞德带鲍里斯来到以前的房子，以取回鲍里斯落在那里的微型模型球员。在从窗外观察鲍里斯家旧居时，瑞德发现房间变得渐渐熟悉起来。初读时，读者会以为瑞德想起了自己与"妻儿"索菲和鲍里斯过去的生活。其实不然，瑞德回忆起的是自己儿时的旧居。这从另外一个角度证明，瑞德并非索菲的丈夫和鲍里斯的爸爸。但是，鲍里斯家邻居的话却让读者看到了索菲丈夫和瑞德之间的共同点："他经常外出，单从我们了解到的，他必须得这样，全是他工作的一部分。我的意思是，对她来说，那并不是理由，那根本不是他如此行径的理由……"同瑞德一样，索菲的丈夫也是因为工作而经常外出的人。虽然邻居是在为索菲的丈夫、瑞德的"影子人物"辩护，但他的话同样也点到了瑞德的痛处，所以瑞德回道："听着，别说了行吗？你有没有常识？孩子！他能听见……"[3] 由于相似的经历和情感，瑞德与索菲的丈夫产生了认

---

① 石黑一雄:《无可慰藉》，郭国良、李杨译，上海译文出版社，2013年，第322页。

② 石黑一雄:《无可慰藉》，郭国良、李杨译，上海译文出版社，2013年，第399页。

③ 石黑一雄:《无可慰藉》，郭国良、李杨译，上海译文出版社，2013年，第242页。

同。同时，与索菲丈夫的认同也让瑞德产生了一种幻境。可以说，瑞德每次作为丈夫和父亲对索菲和鲍里斯说话，其实都是在向自己真正的妻儿说话，因为这是他一直想说而又没有机会说出口的。就像《远山淡影》中的悦子那样，通过讲述自己的"影子人物"佐知子及其女儿万里子的故事，通过与景子的"影子人物"万里子对话，从而间接对幼时的女儿景子说出自己的心里话。

在小说临近结尾处，索菲对瑞德说："走开。你一直都徘徊在我们爱的门外。现在，看看你吧。你也同样无法走入我们的悲痛中。"[①] 在索菲眼里，瑞德"永远不会成为我们的一员"，最终又从"丈夫"的身份退回到"外人"的身份了。但是，正如布莱恩·谢弗说的那样，小说最重要的一个细节就是瑞德(以及读者)不能肯定索菲和鲍里斯到底是不是他的妻儿，而且，瑞德作为城市"外来者"和"内部成员"的身份界限也变得模糊不清[②]。本书认为，事实上，对于瑞德来说，在小说开篇这个完全陌生的城市，通过遭遇一个个心灵相通的"影子人物"，此时他对这座城市以及这里的人已不再陌生，因为瑞德通过了解这些陌生他者的人生故事，与他们取得了认同，同时，也更加深入地理解了自己的生活。正如盖里·阿德曼(Gary Adelman)所言："《无可慰藉》的艺术宗旨就

---

① 石黑一雄：《无可慰藉》，郭国良、李杨译，上海译文出版社，2013年，第603页。

② Brian W. Shaffer. *Understanding Kazuo Ishiguro*. Columbia: University of South Carolina Press, 1998: 102.

在于，通过设置'影子人物'进而展现主人公的内心生活。这正是瑞德看见、听见世界的方式……其他小说人物都以他为中心，作为他的不同视点和替身而存在，他不断在这些人物身上获得重生。"[1]虽然小说呈现的是一幅人物情感疏离、"无可慰藉"的当代生活图景，但作为外来者的瑞德却跨越差异，以共通的人心和人性为基础，通过对照自身生活经历进而认同他遭遇的一个个"他者"，这正是石黑一雄所倡导的"国际主义写作"的题中之意。露丝玛丽·瑞思克（Rosemary Rizq）对《别让我走》的评论同样也适用于《无可慰藉》："我们也能够寻到并且运用各种事物和人物对我们自身进行自我型塑；各种认同形成自我的基础，我们的自我不一定是固定的，也不一定是由我们的生物遗传预先决定的，而是能够得到更新、改变和转化的。"[2]可以说，正是在小说人物认同多重投射这一层面上，瑞德反映了石黑一雄本人对认同的多重思考与不懈追寻[3]。

---

[1] Gary Adelman. Doubles on the Rocks: Ishiguro's The Unconsoled. *Critique*, 2000(42): 178.

[2] Rosemary Rizq. Copying, Cloning and Creativity: Reading Kazuo Ishiguro's Never Let Me Go. *British Journal of Psychotherapy*, 2014(4): 530.

[3] 单伟爵同样也发现了瑞德与石黑一雄本人之间的这种投射关系，但他主要是在谈论两者在艺术追求方面的相似之处。参见 Wai-chew Sim. *Kazuo Ishiguro*. London: Routledge, 2010: 59-60.

第二节　克隆技术与《别让我走》中
凯茜的人类身份认同

《别让我走》中的克隆人叙述者凯茜，通过与好友露丝、汤姆的共同努力，终于建构起人类身份认同。他们的身份追寻从澄清自己的克隆人身份开始，到寻找"可能的原型"，再到小说结尾处温情人性的流露。他们通过对创造性的追求，不仅主动认同了人类，而且也得到了人类成员埃米莉小姐和夫人的认同。另外，通过小说的叙述者与读者的叙事交流，他们的人类身份认同也得到了作为人类的读者的承认。

作为当代世界全球化发展的主要动力与突出表征，人类共享的科学技术在世界范围内的流通不仅沟通了不同国家人们的生产生活，改变着世界的面貌与格局，而且，如克隆技术等，还引起了人类作为整体对社会、伦理、身份和人性等问题的重新思考。克隆技术其实首先存在于文学作品中，如英国女作家玛丽·雪莱（Mary Shelley）的《福兰根斯坦》（*Frankenstein*，1818）中的"科学怪人"[①]。到了20世纪下半期，伴随科学技术整体的发展，克隆技术才逐渐提上日程。1996年7月5日克隆羊多莉（Dolly）在苏格兰的诞生则标志着克隆技术走向成熟。多莉的诞生引发了公众对克隆人的想象。自此，克隆动物、克隆人成为争议最大的科学话题。到2006年1月，美国国会通过了禁止克隆人类的五项法案，究其原因是克隆人类不仅将会影响到技术的直接参与者，而且还会影响到整个人类社会，将克隆技术运用于人类在伦理层面上是不可接受的。石黑一雄的《别让我走》正是在克隆技术发展的启发下，对克隆人成为可能的"可然世界"的想象与描绘，不是在具体探讨克隆人技术，而是从一个全新的视角思考了诸如"外来者""移民"和"少数族裔"等与身份相关的全球性课题，是一部具有浓厚隐喻意义的小说。正如石黑一雄在访谈中一再强调的那样：小说是"人类状况的隐喻"，是"每一个人的故事"[②]。

剑桥大学的马克·沃莫尔德博士就发现，《别让我走》中广泛存在的克隆人学校的地址，在现实中其实都是移民收容所。乔

---

① 描写克隆人和克隆技术的文学及电影作品包括波德莱尔（Baudelaire）的诗歌、电影"疯子麦克斯"（the Mad Max）系列，电影《星际大战 II：克隆人来袭》等。参见 Henriette Roos. Not Properly Human': Literary and Cinematic Narratives about Human Harvesting. *Journal of Literary Studies*, 2008(3): 41.

② 转引自 Shaffer, Brian W. and Cynthia F. Wong, eds. *Conversations with Kazuo Ishiguro*. Jackson: University Press of Mississippi, 2008: 215, 216。

茜·吉尔（Josie Gill）也关注了小说中的种族问题，认为小说"将克隆人与极端边缘群体的生活进行微妙比照，揭示了当代科学领域有关种族问题存在的紧张状态"①。这就足以证明石黑一雄在小说中对移民、身份问题以及民族不平等问题的关注。人类学家认为："民族对自我进行指称时，一个应用最广泛的原则便是：将原本意为'人'的词语作为本民族的名字（Ethnikon），如'Bantu''Inuit'和埃及语中的'remetj'。"②本民族成员将本民族看作"人"的同时，却将他民族看作"非人"。这也就是说：

> 当文化在内部生产出认同时，必然在外部生产出异己性（Fremdheit）。心理学家埃里克森（E. H. Erikson）将这个过程称为"伪物种形成"……这种基于文化分类而产生的异己性可以升级为对异族的恐惧、民族仇恨和毁灭性战争。这种矛盾性也是文化记忆现象的一部分，热爱与憎恨，它们只是形成群体的那同一个基本功能的两个方面。③

理查德·詹金斯也指出，人们对"人性"（human-ness）的界定基于对"非人性"（non-human-ness）以及"次人性"（sub-human-

---

① Josie Gill. Written on the Face: Race and Expression in Kazuo Ishiguro's Never Let Me Go. *Modern Fiction Studies*, 2014(4): 846.

② 扬·阿斯曼：《文化记忆：早期高级文化中的文字、回忆和政治身份》，金寿福、黄晓晨译，北京大学出版社，2015年，第140页。

③ 扬·阿斯曼：《文化记忆：早期高级文化中的文字、回忆和政治身份》，金寿福、黄晓晨译，北京大学出版社，2015年，第158~159页。

ness)的排除和划定①。或许，可以在沃莫尔德博士观点的基础之上作进一步的引申：小说中的这些克隆人，实际上象征了所有被排除在一定团体之外的那些"他者" ——扬·阿斯曼所谓的"异己"和"伪物种"以及詹金斯所谓的"非人""次人"或"怪人"(ab-human)，那些被团体成员认作"下等人"甚至是"非人"的人，比如小说叙述者自己提到的对于克隆人的类比："二次大战中被关押的战俘营里的士兵"②，再比如奴隶制下的黑人，欧洲中心主义者眼中的亚洲人，甚至是富人眼中的穷人，以及城里人眼中的乡下人等等。由这一观点出发，可以更好地理解小说中对人性以及"人类身份认同"的思考。

通读小说之后，用民族学家威廉·米尔曼(William E. Mirman)的话来说，读者与小说中的人类一样，才会看到"'他者'也是和自己一样的人类"③。这也正是石黑一雄"通过融入(incorporation)和浸入(contamination)，而不是黑白分明的方式，模糊人类与其他物种[克隆人]之间的界限"④，让克隆人最终建构人类身份认同

---

① Richard Jenkins. *Social Identity*. London & New York: Routledge, 2008: 75.

② 石黑一雄：《别让我走》，朱去疾译，译林出版社，2011年，第71页。

③ 转引自扬·阿斯曼：《文化记忆：早期高级文化中的文字、回忆和政治身份》，金寿福、黄晓晨译，北京大学出版社，2015年，第161页。

④ Brian Willems. *Facticity, Poverty and Clones*: *On Kazuo Ishiguro's Never Let Me Go*. New York: Atropos Press, 2010: 26.

的意义所在。同时，人类身份认同又与石黑一雄倡导的"国际主义""世界主义"联系在了一起。正如巴里·布赞（Barry Buzan）在探讨"全球化与认同"之关系时指出的："全球性的人类认同……其主要发展在于后殖民时代以来的重要转变，即普遍承认了所有人都是平等的，这进一步削弱了作为合法惯例的奴隶制、种族主义、种族灭绝以及帝王制，并且在原则上为集体的人类认同（a collective human identity）奠定了基础。"①

《别让我走》一书的扉页上写着："英格兰，一九九〇年代末"，让第一次阅读本书的读者误以为该小说是对真实事件的描述。其实不然。石黑一雄基于20世纪90年代克隆技术的进展以及这一时期人们对克隆人技术的思考与讨论，在小说中创造了一个"可然世界"，想象了一个克隆人技术得以成功付诸实践的世界。通过叙述者克隆人凯茜的视角，回顾了克隆人寄宿学校的生活、克隆人器官捐献以及其中贯穿着的凯茜、露丝和汤米之间的友情与爱情。小说中人物的人类身份认同大致有两条双向的途径，借用叙事学术语来表达就是：一是通过叙述者与读者的交流，让作为人类的读者与作为克隆人的小说人物进行认同，这是小说与外部世界的关联，是次要的一方面；二是通过小说人物的思考、论述与成长，直接体现克隆人的人性及其逐渐建构出的人类身份认

---

① 巴里·布赞：《全球化与认同：世界社会是否可能？》，载《浙江大学学报（人文社会科学版）》2010年第5期，第6页。

同，这是小说本身的内部机制，是主要的一方面。

　　先来看叙述者与读者的交流。在谈到克隆人的例行体检时，凯茜写道："我不知道你那儿情况怎样，但是在黑尔舍姆，我们几乎每周都要做身体检查。"[1]另外，在提到收藏品的时候，凯茜则说："我不知道你待过的地方是否搜集'收藏品'。当你遇上来自以前黑尔舍姆的学生，你迟早会发现他们对自己的收藏品十分怀念。"[2]这两处引文中的"你"当然可以被看作是另一个克隆人。但即便如此，作为真实的读者却是实实在在的人类。在阅读过程中，在被叙述者一遍又一遍地称作"你"之后，读者也逐渐站在了克隆人的角度，去体会他们的身份焦虑，同他们一起体验他们人类身份建构的艰难过程。如果说上文提到的"你"是明确指称克隆人的话，那么接下来引文中的"你"就已经具有了几分模糊性："现在回想起来，我能够明白，我们当时正好处在一个对自身略有了解的年纪——知道了自己是谁，我们和我们的监护人，和外面的人如何不一样——可是我们还不懂这些意味着什么。我肯定在你的童年的某个时期，你也有过我们那天遇到的类似经历，也许细节不同，可是内心里和感情上是一样的。"[3]在这里，叙述者将黑尔舍姆的经历与一个普通人的童年时期联系了起来。如果说上文提到的"你"意在让作为人类的读者认同克隆人的话，那么此处的

① 石黑一雄：《别让我走》，朱去疾译，译林出版社，2011年，第12页。
② 石黑一雄：《别让我走》，朱去疾译，译林出版社，2011年，第35页。
③ 石黑一雄：《别让我走》，朱去疾译，译林出版社，2011年，第33页。

"你"则是从反方向让克隆人基于成长的经历而认同作为人类读者的"你"。由童年走向成年，是一个人身份建构的重要阶段，对于小说中的克隆人，这一阶段尤其艰难。叙述者一直说的"你"在小说的叙述中起到了非常关键的作用。一方面，从小说开篇得知，和叙述者一样，"你"也是一个克隆人；但另一方面，作为小说的真实读者的"你"，却并非克隆人，这就造成"你"的似是而非的身份。通过阅读小说，"你"便逐渐与作为克隆人的小说叙述者及主人公相互认同了①。通过'隐含读者'(implied reader)的运用，'最终，读者深入到克隆人的心理现实当中……所以，小说可以被视作是在努力展示克隆人'正如我们一样'②。而通过克隆人身份的"悬置"，克隆人和人类之间的身份界限也不再分明了③。

接下来探讨小说人物人类身份认同的主要表现方面，即克隆人凯茜是如何一步步建构其人类身份的。正如评论家马克斯所言，小说主人公始于克隆人身份，"通过身份的抗争，而终于'人

---

① 马克•杰恩(Mark Jerng)同样也认为，小说中有两种模式的"读者"——作为克隆人的"你"和作为普通人类的"你"，后一种模式的"你"使得读者逐渐与叙述者产生认同。这种双重模式的读者，将隐含读者作为人类和作为克隆人的身份并置，进而产生徘徊与混淆。

② John Marks. Clone Stories: Shallow Are the Souls that Have Forgotten How to Shudder. *Paragraph*, 2010(3): 349.

③ Brian Willems. *Facticity, Poverty and Clones*: *On Kazuo Ishiguro's Never Let Me Go*. New York: Atropos Press, 2010: 22.

类身份认同'"①。在此部分的论述中，不可避免会同时论及凯茜的好友露丝与汤米的身份建构，因为凯茜的故事必然会涉及露丝和汤米，凯茜是在与他俩的互动过程中与他俩一同成长的。与他们在黑尔舍姆逐渐发现自己的克隆人身份一样(作为读者的我们，同样也是直到小说将近三分之一处才完全了解了这一事实)，凯茜、露丝与汤米的人类身份认同也是一个逐渐建构的过程。或者可以说，小说中的一条主线便是这些人物有关身份认同的努力，而对于克隆人身份的发现、反抗直到最终建构人类身份认同，在身份问题上是一脉相承的。发现自己的克隆人身份以及随后对其的反抗是最终建构人类身份认同的基础。了解到自己的克隆人身份之后，凯茜是这样叙述的："你终于真正认识到自己和他们是不一样的那一刻，认识到外面的人，就像夫人，他们不恨我们……可是他们一想到我们，想到我们为了什么和怎样来到这个世界的，仍旧会不寒而栗，一想你的手触碰他们就感到恐惧。当你第一次从这样一个人的眼中看到自己的时候，这会是一个让你心底发寒的时刻。"②此前，由于人类"老师"们的严格保密，这些克隆人"学生"一直都不知道自己的真实身份。这是他们第一次明确意识到自己的克隆人身份。凯茜说："夫人是怕我们。可是她怕我们就如同有人害怕蜘蛛一样。我们尚未准备好面对这样一种情况。

---

① John Marks. Clone Stories: Shallow Are the Souls that Have Forgotten How to Shudder. *Paragraph*, 2010(3): 331.

② 石黑一雄：《别让我走》，朱去疾译，译林出版社，2011年，第32~33页。

我们从来没有想过，被人当成蜘蛛看待，我们该做何感想。"[①]但凯茜和其他克隆人并不认为自己就是"蜘蛛"，因为，正如露西小姐的忠告那样，他们努力要明白自己是谁，所以才出现了后来露丝在农舍中极力抛开黑尔舍姆，并与那里的"老兵"们认同，以及露丝与凯茜寻找各自的"可能的原型"。这些都是他们建构人类身份认同的努力。正如凯茜自己说的：

> 我想，我真正要做的，就是弄明白当汤米、露丝和我长大并且离开黑尔舍姆之后，我们之间发生的事情。可是我现在意识到，后来发生的许多事源自我们在黑尔舍姆度过的时光，这就是为什么我想先仔细梳理一下那些早年的记忆。对于夫人的好奇即为一例。从某些方面来说，这仅仅是我们这些小孩子在闹着玩儿。然而在另一方面，你将会发现，这其实是一个过程的开端，它在接下来好多年里不停地发展，直到最终支配了我们的生活。[②]

这一段正好证明了上文提到的从发现克隆人身份到建构人类身份是一脉相承的观点。引文中所说的"一个过程"正是小说人物的身份建构过程。一方面，创造出他们的人类为他们贴上克隆人的标签，就连同情克隆人的夫人也像惧怕蜘蛛一样惧怕他们；另

---

① 石黑一雄：《别让我走》，朱去疾译，译林出版社，2011年，第32~33页。楷体为原文所有，意在强调。

② 石黑一雄：《别让我走》，朱去疾译，译林出版社，2011年，第34页。

一方面则是凯茜们对克隆人身份的拒斥以及逐渐对人类身份的认同。

克隆人寻求认同的第一个努力主要体现在露丝身上。凯茜、露丝和汤米这些黑尔舍姆的学员，从黑尔舍姆"毕业"后，并未直接就去捐献器官，而是首先来到了农舍作为一个过渡期。在此期间，与其他依然忠诚于黑尔舍姆的学生不同，露丝则竭力模仿农舍老兵们的行为方式，以适应新的生存环境，进而与他们取得认同。通过凯茜的叙述得知，这些老兵的行为方式其实是从电视上学来的。这一点，让露丝的认同与黑尔舍姆之外的人类世界取得了某种联系。关于露丝建构身份的努力，凯茜是这样叙述的：

> 我一直认为有两个不一样的露丝。一个露丝总是想法给老兵们留下深刻印象，如果她认为我们会妨碍她出风头，她就会毫不犹豫地置我、汤米和其他人于不顾。这是一个我不喜欢的露丝，我每天都可以看到这个露丝装腔作势，做出拍胳膊的姿势什么的。可是另一个露丝每天晚上在我小小的阁楼房间里，坐在我身边，在床垫边上伸直了腿，双手捧住冒着热气的茶杯，这是来自黑尔舍姆的露丝，而无论在白天发生过什么，我都能从上一次我们像那样坐在一起的地方重新认识她。直到在操场上的那天下午为止，我一直明确地认为这两个露丝不会合而为一。[1]

---

[1] 石黑一雄:《别让我走》，朱去疾译，译林出版社，2011年，第118页。

"两个露丝"，一个是来自黑尔舍姆的旧友，一个则是在农舍遇到的新人。正如凯茜在多年后回忆时所说的那样，露丝其实是在"努力挣扎着变成另一个人"，而且在露丝看来，她"是为了我们全体的利益这么做的"，露丝是为了"继续前进、成长并把黑尔舍姆抛开" ①。但农舍的过渡期是短暂的，最终他们努力建构的身份，正如他们常常谈论的"未来的梦想"一样，在接到器官捐献的通知后只能戛然而止。

小说人物寻求认同的另一个事例则是寻找"可能的原型"，先是凯茜、汤米陪露丝一起去诺福克寻找原型，然后是凯茜自己在色情杂志中寻求原型。关于可能的原型，小说中是这样描述的："既然我们每个人都是在某个时刻按一个正常人复制过来的，那么对我们每一位来说，就一定会有一个原型在世上某个地方过着他或她的生活……因此你独自在外的时候，在城里、在购物中心或者路边的小餐馆里，总是留心注意'可能的原型'——那些也许是你或者你朋友们的原型。" ②他们开始对现实世界、对黑尔舍姆和农舍外面的人类产生了兴趣。同时，他们的认同范围也从农舍老兵扩展至人类的现实世界。如果说对老兵学自电视节目的行为方式的模仿说明了他们与外部世界的间接联系的话，那么寻找可能的原型则成为一种直接的联系。而关于可能的原型应该是哪

---

① 石黑一雄：《别让我走》，朱去疾译，译林出版社，2011年，第118~119页。
② 石黑一雄：《别让我走》，朱去疾译，译林出版社，2011年，第127页。

类人的猜测则让人很容易联想到孤儿对父母的追寻："有些学生认为，你应当找一个比你自己大三十或四十岁的人——那种正常父母该有的年纪的人。"[①] 孤儿追寻父母这一母题在石黑一雄的小说中往往是与身份认同联系在一起的(如《上海孤儿》中班克斯对父母的寻找)。关于为何寻找可能的原型，凯茜说："我们所有人都不同程度上相信，当你见到了那个用来复制你的人，你就会一定程度上洞察你内心深处的自我，也许还能预知自己未来生活的某些事情。"[②] 这其中的"自我"，指的当然便是小说人物的身份了。然而，寻找可能的原型对于凯茜和露丝来说注定是徒劳，正如她们在诺福克的遭遇所证明的那样。其实，对于凯茜、露丝和汤米这些来自黑尔舍姆的克隆人来说，更为富有成效的身份建构途径则在于贯穿小说的另一条主线，即小说人物的"创造性"。由于黑尔舍姆为克隆人提供了一种"人道和有教养的环境"，教授他们艺术和文学，从而让他们超越了作为非人的器官捐献机器，最终建构了人类身份认同。

小说中关于创造性的叙述始于汤米，同样也终于汤米。汤米在小说中的出场第一幕便是由于他没有创造性而被同伴欺负和戏弄。而在小说将近结尾处，汤米拿着自己的画作同凯茜一起去见夫人，用以证明自己的创造性，同时请求夫人推迟他俩的捐献日

---

① 石黑一雄：《别让我走》，朱去疾译，译林出版社，2011年，第127页。
② 石黑一雄：《别让我走》，朱去疾译，译林出版社，2011年，第128页。引文中的楷体字部分为原文所有。楷体为原文所有，意在强调。

期，给予陷入爱河的他俩几年宽限的时间。在小说结尾处得知，其实创造性是夫人与埃米莉小姐创办黑尔舍姆的一个"实验"，用以验证克隆人是否与人类一样拥有灵魂。用夫人的话来说便是："你们的美术作品会揭示你们内在的自我……因为你们的美术作品会展现你们的灵魂。"[①] 在小说将近结尾处，埃米莉小姐还有更为细致的阐述："我们拿走你们的美术作品，是因为我们认为它们能够展示你们的灵魂。或者更确切地说，我们这么做是为了证明*你们也是有灵魂的*。"[②] 当凯茜问"是不是有人认为我们没有灵魂"时，埃米莉小姐这样回答："凯茜，这真让人感动，见到你这么惊讶，这表明在某个方面，我们的工作做得不错……可是我不得不告诉你，我亲爱的，多年以前我们刚开始的时候，那还不是人们普遍认同的事。虽然打那以后我们经过一个漫长的历程，它仍旧不是一个被普遍接受的观念，甚至是现在。"[③] 绝大多数的人类直到现在为止，还认为克隆人非人，仍旧不会给予克隆人一个人类身份。正如埃米莉小姐所说的："你们被隐匿了，人们尽量不去想你们。即使他们想到你们，他们也会竭力说服自己说，你们并不真的像我们一样。你们还不足以成为人类。"[④] 而埃米莉小姐和夫

① 石黑一雄：《别让我走》，朱去疾译，译林出版社，2011年，第232页。
② 石黑一雄：《别让我走》，朱去疾译，译林出版社，2011年，第239页。
　 楷体字为小说原文如此，意为强调。
③ 石黑一雄：《别让我走》，朱去疾译，译林出版社，2011年，第239页。
④ 石黑一雄：《别让我走》，朱去疾译，译林出版社，2011年，第241~242页。

人则不同。埃米莉小姐对凯茜和汤米的"骄傲"充分证明，在她眼里凯茜和汤米已经是"正常的人类""健全的人类"了①，这也是埃米莉小姐的一贯主张，同时也是她与夫人一同创办黑尔舍姆的初衷所在。

当然，凯茜和汤米的人类身份建构更为明显地体现在夫人身上。在黑尔舍姆时，当然包括小说结尾处在刚刚见到凯茜和汤米时，夫人一直都是像惧怕蜘蛛一样地惧怕克隆人。但在小说结尾处，夫人却置内心的恐惧于不顾，"走上前来，直到距我们只有一两步远的地方"，"伸出手，同时一直盯着我的脸，将手放在我的脸颊上。我能感到她的全身一阵颤栗，可是她一直把手放在那里，我看到泪水再次出现在她眼眶里"，同时口中还重复着"你们这些可怜的人儿"②。在夫人眼中，这些克隆人不再是蜘蛛，而是"可怜的人儿"了。从这些细节可以看出，夫人最终战胜了对于克隆人的恐惧，从而接受了他们的人类身份。正如马克·杰恩（Mark Jerng）所言，小说"挑战了我们特许的人性叙事"，"转变了我们对人性形式的预期"，"扩展"并"重构了人类的概念"③。

关于凯茜和汤米最终建构的人类身份认同，在小说中有正面和侧面两个方面的表现，一方面是上文提到的埃米莉小姐与夫人

---

① 石黑一雄：《别让我走》，朱去疾译，译林出版社，2011年，第240页。

② 石黑一雄：《别让我走》，朱去疾译，译林出版社，2011年，第250页。

③ Mark Jerng. Giving Form to Life: Cloning and Narrative Expectations of the Human. *Partial Answers*, 2008(2): 383, 371.

对他们态度的侧面烘托，另外更为重要的一方面则是凯茜和汤米自身的正面表现。关于他俩建构人类身份的正面表现，本书主要探讨他俩对于两个人物态度的转变，一是露西小姐，二是夫人。关于因为赞成告诉学生全部真相而被黑尔舍姆开除的露西小姐，凯茜和汤米在多年之后有一段对话：

> "真奇怪，"几年前汤米和我一起回忆这一切时说道，"我们没有一个人去想象露西小姐自己的感受如何。我们从来没有担心过，她是否会因为对我们说的话而惹上麻烦。我们那时可真自私。"
>
> "可是你不能责怪我们，"我说，"我们一直被教导要为彼此考虑，而从来不需要为监护人考虑。我们从来没有想到过监护人之间是各不相同的。"[①]

当时的他们不能够为监护人露西小姐着想，是因为他们当时拥有的是克隆人身份认同，而与现在的他们形成鲜明的对照。关于当初作为克隆人对露西小姐的态度，凯茜是这样描述的："我们从来没有从她的角度去考虑过，而且我们从来也没有想过要去说些或是做些什么来支持她。"[②]凯茜和汤米在多年后能够为露西小姐设身处地地着想，说明他们已经开始与作为人类的曾经的监护人认同了。他们的人类身份认同更为明显地体现在他们对夫人的

---

① 石黑一雄：《别让我走》，朱去疾译，译林出版社，2011年，第80页。
② 石黑一雄：《别让我走》，朱去疾译，译林出版社，2011年，第81页。

态度转变上。在小说结尾处，凯茜写道："奇怪的是……虽然在黑尔舍姆的时候她曾经像是一个外来的、怀有敌意的陌生人，然而现在我们再次面对她时，尽管她没有说话或者做出任何事来对我们表示热情，现在的夫人看起来像是一个知心朋友，是一个我近年来遇到的比任何人对我们都要亲近的人。"① 在凯茜和汤米的眼中，夫人从开始时"外来的、怀有敌意的陌生人"转变为"知心朋友""亲近的人"。与上文提到的夫人对于他俩人类身份的接受相照应，凯茜和汤米也选择与夫人进行认同。更让人感动的是，在得知了一切事实真相、被告知不能得到延期之后，凯茜和汤米却仍旧"等着和埃米莉小姐说声再见，也许经过所有这些事情以后，我们还想谢谢她"②。

最终，通过自身的努力，通过为自己的身份"重新定位"，凯茜和汤米跳出了人类为克隆人限定的"人类世界、甚至人类的边缘"③，为自己建构了人类身份认同。同时，凯茜和汤米身上体现出的人性甚至超越了大多数人，超越了那些将克隆人视作器官制造机器的人，这正好解释了夫人在小说结尾处关于"新、旧世界"的那段话。关于在黑尔舍姆听到凯茜听那首《别让我走》的歌时，自己为何流泪，夫人在多年之后是这样对凯茜解释的：

---

① 石黑一雄：《别让我走》，朱去疾译，译林出版社，2011年，第230页。
② 石黑一雄：《别让我走》，朱去疾译，译林出版社，2011年，第247页。
③ Richard Jenkins. *Social Identity*. London & New York: Routledge, 2008: 76.

　　我掉泪是因为一个完全不同的原因。那天我看着你跳舞的时候，我看到了某样别的东西。我看到了一个新世界的迅速来临。更科学，更有效，是的。对于以往的疾病有了更多的治疗方式。那非常好，却又是一个非常无情和残忍的世界。我看到了一个小女孩，她紧闭双眼，胸前怀抱着那个仁慈的旧世界，一个她的内心知道无法挽留的世界，而她正抱着这个世界恳求着：别让我走。那就是我所看到的。我知道，那并非真的是你，或是你正在做的事情。但是我看到你，这让我的心都碎了。而且我从来没有忘记。①

仁慈的旧世界是一个人性的、人道的世界；而无情和残忍的新世界却是不人道的世界。与那些冷酷无情的人类相比，"胸前怀抱着那个仁慈的旧世界"的克隆人凯茜身上则体现出了更多的人性。由于克隆人是人类制造出来的"非人"，而从克隆人身上获取人体器官的人类却逐渐变得"非人"，所以斯纳扎据此认为，"小说中不存在人类"②。然而，克隆人的"非人"性质只是表面现象。本书在斯纳扎观点的基础上，认为小说中以凯茜为代表的克隆人最终认同了人类身份，在人性方面超越了大多数人类。人类与非人类的身份得以戏剧性的反转，而人与"非人"的概念也在此得以解构。正如评论家亨丽特·鲁斯（Henriette Roos）所言："石黑一

---

① 石黑一雄：《别让我走》，朱去疾译，译林出版社，2011年，第250页。

② Nathan Snaza. The Failure of Humanizing Education in Kazuo Ishiguro's Never Let Me Go. *Literature Interpretation Theory*, 2015(3): 229.

雄的独特之处就在于……让读者看到，非人的并非克隆人，而是整个社会的自私、恐惧和不容忍……没有灵魂的并非克隆人，而是那些强权的人类社会成员。"① 正是在这个意义上，石黑一雄说：虽然《别让我走》有着"负面的、荒凉的场景"，但它强调的却是"人性积极的一面"②。

全球化语境下的认同是对以国族为基础的本质主义认同和建构主义认同的双重超越，以共通人性为基础，在个体（他者）和人类两个向度上拓展了认同范围。石黑一雄通过其小说写作，在杂糅流散认同容纳异族及异国他者的基础上，将认同的参照系推进至沟通全人类的人性之上。一方面，在认同范围上，他者及人类认同是对国族和流散认同的扩展；另一方面，在消除焦虑方面，本质主义国族认同固化死板，建构主义流散认同缺乏稳定性，而他者及人类认同则突破本质主义—建构主义的二元对立，从人道主义和国际主义立场出发，提供一种新的对抗身份焦虑的途径。石黑一雄通过小说写作考察了身份问题的两个面相——焦虑与认同，探析焦虑和认同各自的原因和表现，以及两者之间的交互作用，并在此基础上采取"视角主义"，对认同主题进行多维透视，表现出移民作家特有的一种多元、包容、动态、发展的身份观。

---

① Henriette Roos."Not Properly Human": Literary and Cinematic Narratives about Human Harvesting. *Journal of Literary Studies*, 2008(3): 50.

② 转引自 Brian W. Shaffer and Cynthia F. Wong, eds. *Conversations with Kazuo Ishiguro*. Jackson: University Press of Mississippi, 2008: 220。

结

语

身份涉及个人与他人、个人与社会之间的关系，可以说，这一概念贯穿整个人类文明发展史。在地理大发现、东西文化交流贯通的基础上，全球化进程不断推进，在此影响下产生的剧烈的社会转型及大规模的人口移动更凸显了身份问题所具有的时代性和重要性。身份问题之所以重要，是因为它是"人们用以将自身及周围的人进行个体或集体划分的基本认知机制"，"是人类世界组织结构的根本所在"①。说身份问题具有时代性，则是因为我们身处全球化时代，不同文化之间的交流碰撞以及移民人口的剧增使得身份问题成为每一个当代人关注的焦点。世界的变动和身份的追寻在文学作品中得到即时而鲜明的反映。移民作家石黑一雄的作品中，按照从前现代、现代到后现代的逻辑，分别出现了国族、流散和他者及人类认同。石黑一雄不仅通过文学形式表现了小说人物的身份焦虑与认同，还同这些面临身份焦虑的小说人物一起，为寻求身份内在需要的稳定性而对身份问题进行了持续探索。

由于身份这一概念在文学领域主要呈现为"通过文本来认定与显现……作者身份"②，所以关注小说人物身份问题的同时更要

① Richard Jenkins. *Social Identity*. London & New York: Routledge, 2008: 13.
② 赵静蓉：《文化记忆与身份认同》，生活・读书・新知三联书店，2015年，第17页。

关注"伴随流散写作而来的另一个现象（，也）就是作者民族和文化身份认同"①。这也就是说，小说人物的身份问题以一种复杂微妙的方式呈现了小说作者的身份思考。通过对石黑一雄小说人物身份问题的细致分析，可以一窥小说作者关于身份问题的观点和看法，也即他的身份观。小说人物身份问题与石黑一雄身份观之间的动态关系可以用下图表示。

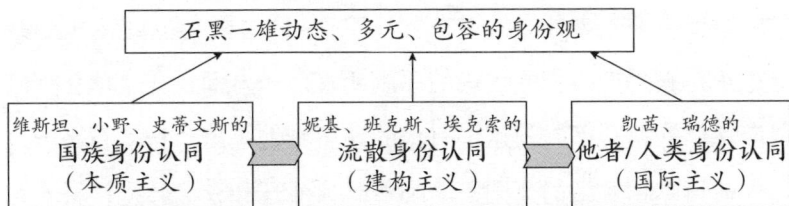

小说人物身份问题与石黑一雄身份观间动态关系图

作为异文化移民作家，身份问题是石黑一雄本人需要面对的重大问题，他内心的焦虑与认同之间的张力以及他对身份认同的不懈追索正是通过小说人物的身份问题得以表现的。一方面，石黑一雄通过写作小说、创造人物，对身份问题进行持续关注和深入思考；另一方面，他创作的人物又反过来型塑了他本人的身份观。石黑一雄与其创作的人物进行对话，在身份问题上，产生了一种双向互动、互为因果的关系。在谈到小说人物与自己的关系时，石黑一雄说："有些奇怪的是，当你通过表面上与你截然不

---

① 王宁：《流散文学与文化身份认同》，载《社会科学》2006年第11期，第170页。

同的人物讨论自己的生活时——可能年龄完全不同，住在一个不同的国度或地区，或者是性别不同——比较悖论的是，我才能更加得心应手。我可以通过这些人物更加诚实地、公开地表达我自己。"① 这也就是说，小说人物表现了石黑一雄本人的"经历与认同"②。小说人物身上的焦虑是其自身焦虑的映照，这些人物不同模式的认同又构成了他自己的身份探索。

　　造成小说人物身份焦虑的原因有二，即时代变迁和空间位移，这也正是石黑一雄产生焦虑的原因所在。一方面，在全球化程度日渐深广的背景下，与这个时代的许多其他国家一样，石黑一雄出生的日本和生活的英国都面临着时代变迁和社会转型；另一方面，作为日裔英籍的异文化移民，空间位移是导致他严重身份焦虑的重要原因。同时，正如上文已经提及的，移民的空间位移其实也同时内含着时间的维度。作为移民，石黑一雄不仅仅离开了故国日本，更是告别了一个时代。对于石黑一雄来说，身份问题明显具有"病理学层面上的意义"③，他在访谈中就将其写作动力称为内心的"伤疤"："在内心深处，存在着些许不平衡的地方……

---

① 转引自 Brian W. Shaffer and Cynthia F. Wong, eds. Conversations with Kazuo Ishiguro. Jackson: University Press of Mississippi, 2008: 137。

② Cynthia F. Wong. *Kazuo Ishiguro*. Horndon: Northcote House Publishers Ltd., 2000: 4.

③ 赵静蓉：《文化记忆与身份认同》，生活·读书·新知三联书店，2015年，第32页。

在……生活经历的最深处和最为根本的地方，或许就是在……童年，有些事情没能得到协调……会在自己的写作中一次又一次地回顾这个伤疤。"[1] 石黑一雄所谓的"伤疤"正是移民作家的身份焦虑，这种焦虑具有日常性，促使他对认同进行不懈的追求。

石黑一雄小说人物身上表现出三类认同模式，即国族身份认同、流散身份认同和他者及人类身份认同。这三类认同模式，首先从认同范围上来讲，是逐级推进的：国族身份认同是对单一国族的认同，流散身份认同是对双重或者多重国族的认同，他者及人类身份认同则是对人类和共通人性的认同；其次，依照前现代、现代到后现代的逻辑，三类认同模式又反映了本质主义、建构主义以及全球化时代国际主义三种身份观。本质主义和建构主义是理论界针锋相对的两种身份观，前者认为身份是一种天生的"存在"，后者则认为身份是一种后天的建构"过程"。建构主义流散身份认同虽然是对本质主义国族认同的突破，但同样也是一种特殊形式的国族身份认同。在小说中，石黑一雄对本质主义和建构主义这两种身份观都有所呈现和思考，但同时石黑一雄没有停留在理论界本质主义—建构主义的窠臼之中，而是通过自己的国际主义写作表现了具有人道主义关怀的他者及人类认同，将身份认同的参照范围从国族、流散（双重或多重国族）拓展至他者和整

[1] 转引自 Brian W. Shaffer and Cynthia F. Wong, eds. *Conversations with Kazuo Ishiguro*. Jackson: University Press of Mississippi, 2008: 108。

个人类，因此突破了理论界已有的身份理论框架。他对认同逐渐推进的思考为我们展现了多元、发展、包容的身份观。

在分析《浮世画家》中的小野和《长日留痕》中的史蒂文斯时，罗博·伯顿指出："两个叙述者旨在为各自的生活和时代建构单声部的叙事"，而石黑一雄本人却意在建构"双声部以及多声部的叙事"[①]。其实，这一点同样也适用于他的其他小说。通过小说人物各不相同的"单声部"身份认同模式，石黑一雄展现了自己动态、多元、逐级推进的"多声部"身份观。正如社会学家在谈到身份时所言："由于拥有自省性自我以及在各种选项中进行选择的能力，所以人类便总是反对被分类。如果真的存在'人性'的话，这便是我们可以找到它的一个领域。"[②]从社会学认同参照框架方面来讲，石黑一雄将认同范围从自己所属的国族一直推进至整个人类。正是对身份认同"边界"的不断突破和"重新界定"，造就了石黑一雄多元、发展、包容的身份观。

石黑一雄在小说创作中，通过对小说人物身份焦虑、国族身份认同、流散身份认同和他者及人类身份认同的叙述，不仅观照了理论界流行的本质主义和建构主义身份观，而且通过其"国际主义写作"实践突破了已有的身份理论框架，将认同的"他者"置于整个人类范围之中进行思考。正如李厥云所说："通过按照出版顺

---

① Rob Burton. *Artists of the Floating World*: *Contemporary Writers Between Cultures*. New York: University Press of America, 2007: 54.

② Richard Jenkins. *Social Identity*. London & New York: Routledge, 2008: 204.

序阅读石黑一雄的小说，关注其中对于文化身份的探讨，我们可以一窥石黑一雄自身身份认同的变化与发展。"①石黑一雄对认同的思考始于传统的本质主义国族身份认同，如他的前两部"日本小说"和《长日留痕》中所体现的；继而拓展至"移民小说"《远山淡影》和《上海孤儿》中的建构主义流散身份认同；最终在"国际主义小说"《无可慰藉》和《别让我走》中将身份的认同范围扩展至他者和整个人类。在他的全部创作中，石黑一雄的身份观不是固定不变的，而是呈现出一个逐渐发展和变化的趋势。拥有移民经历的石黑一雄对小说人物的各种认同，即便是本质主义国族身份认同，也都抱有同情和包容的态度。石黑一雄这种动态发展、多元包容的身份观，也正是他所倡导的"国际主义写作"的题中之意。

　　本书借助社会学、心理学和叙事学等相关理论，整体研究了2017年度诺贝尔文学奖得主石黑一雄迄今发表的7部长篇小说，分析了其中反映出的身份问题，并在此基础上审视了石黑一雄本人的身份观。在抵抗各自身份焦虑的过程中，石黑一雄的小说人物身上大致表现出三种身份认同模式，即本质主义国族身份认同、建构主义流散身份认同和他者及人类身份认同。小说人物的身份焦虑一方面是石黑一雄本人身份焦虑的侧面反映，另一方面更是石黑一雄身份叙事的创作动力。从身份层面上讲，石黑一雄

---

① Jueyun Li. *Wanderers in Multicultural Society*: *A Study on Kazuo Ishiguro's International Writings*. Jinan: Shandong University Press, 2013: 15-16.

与他创作的小说人物产生了一种交互影响的关系。他通过对小说人物身份认同过程及不同模式的叙述，体现了一种移民作家特有的动态、多元、包容的身份观。本研究不仅深入剖析了石黑一雄创作的社会和时代意义，以推动学界对其作品进行深入研究，填补了石黑一雄小说身份主题研究的空白，而且还为研究同类作家作品提供了参考范式。

参考文献

美国
石黑一雄 著
朱去疾 译

别让我走

[1] ADELMAN G. Doubles on the rocks: Ishiguro's The Unconsoled[J]. Critique, 2000(42): 166-180.

[2] AGNEW V. Diaspora, memory, and identity: a search for home[M]. Toronto: University of Toronto Press, 2005.

[3] ALLEN N. Marginality in the contemporary British novel[M]. London: Continuum International Publishing Group, 2008.

[4] ARTHUR P. L. International life writing: memory and identity in global context[M]. London: Routledge, 2013.

[5] BAIN A. M. International settlements: Ishiguro, Shanghai, Humanitarianism[J]. Novel, 2007(Summer): 240-264.

[6] BEN-AMOS D, WEISSBERG L. Cultural memory and the construction of identity[M]. Detroit: Wayne State University Press, 1999.

[7] BLACK S. Ishiguro's inhuman aesthetics[J]. Modern fiction studies, 2009(4): 785-807.

[8] BLOOM W. Personal identity, national identity and international relations[M]. Cambridge: Cambridge University Press, 1990.

[9] BRADBURY M. The modern British novel[M]. New York & London: Penguin Press, 1993.

[10] BRAH A. Cartographies of Diaspora: contesting identities[M]. London & New York: Routledge, 1996.

[11] BRITZMAN D. On being a slow reader: psychoanalytic reading problems in Ishiguro's Never Let Me Go[J]. Changing English, 2006, 13(3): 307-18.

[12] BURTON R. Artists of the floating world: contemporary writers between cultures[M]. New York: University Press of America, 2007.

[13] CARROLL R. Imitations of life: cloning, heterosexuality and the human in Kazuo Ishiguro's Never Let Me Go[J]. Journal of gender studies, 2010(1): 59-71.

[14] CHENG Chu-chueh. The margin without centre: Kazuo Ishiguro[M]. Frankfurtam Main: Peter Lang, 2010.

[15] CHRISTENSEN T. Kazuo Ishiguro and orphanhood[J]. The AnaChro nisT, 2007-2008(13): 202-216.

[16] CLARK A. The Buried Giant novel interview[N]. The guardian, 2015-2-19.

[17] COHEN R. Global diasporas: an introduction. 2nd Edition[M]. New York: Routledge, 2008.

[18] DAVIS R. Imaginary homelands revisited in the novels of Kazuo Ishiguro[J]. Miscelanea, 1994(15): 139-154.

[19] DOWER J. Embracing defeat: Japan in the aftermath of World War II[M]. London: Penguin Books, 2000.

[20] DRAG W. Revisiting loss: memory, trauma and nostalgia in the novels of Kazuo Ishiguro[M]. Newcastle: Cambridge Scholars Publishing, 2014.

[21] ECKERT K. Evasion and the unsaid in Kazuo Ishiguro's A Pale View of Hills[J]. Partial answers, 2012(1): 77-92.

[22] EKELUND B. G. Misrecognizing history: complicitous genres in Kazuo Ishiguro's The Remains of the Day[J]. International fiction review, 2005 (32: 1-2): 70-91.

[23] FAIRBANKS A. H. Ontology and narrative technique in Kazuo Ishiguro's The Unconsoled[J]. Studies in the novel, 2013(4):603-619.

[24] FARA P, PATTERSON K. Memory[M]. Cambridge:Cambridge University Press, 1998.

[25] FINNEY B. English fiction since 1984:narrating a nation[M]. Hound mills, Basingstoke:Macmillan, 2006.

[26] FLOR C. V. Unreliable selves in an unreliable world:the multiple projections of the hero in Kazuo Ishiguro's The Unconsoled[J]. Journal of English studies,2000(2):159-169.

[27] FORSYTHE R. Cultural displacement and the mother-daughter relationship in Kazuo Ishiguro's A Pale View of Hills[J]. West Virginia University philological papers, 2005(52):99-108.

[28] FREUD S. On narcissism[M]. London:Hogarth Press, 1957.

[29] FREUD S. The "Uncanny. " The critical tradition:classical texts and contemporary trends. David H. Richer, ed. 2nd Edition[M]. Boston & New York:Bedford/St. Martin's, 1998:514-532.

[30] FURST L. R. Memory's fragile power in Kazuo Ishiguro's Remains of the Day and W. G. Sebald's "Max Ferber"[J]. Contemporary literature, 2007(4):530-553.

[31] GILL J. Written on the face:race and expression in Kazuo Ishiguro's Never Let Me Go[J]. Modern fiction studies, 2014(4):844-862.

[32] GILROY P. The Black Atlantic:modernity and double consciousness [M]. Cambridge, MA:Harvard University Press, 1993.

[33] GROES S, LEWIS B. Kazuo Ishiguro:new critical visions of the novels [M]. Basingstoke:Palgrave Macmillan, 2011.

[34] GRIFFIN G. Science and the cultural imaginary: in the case of Kazuo Ishiguro's Never Let Me Go[J]. Textual Practice, 2009(4): 645-663.

[35] GRIFFITHS M. Great English houses/new homes in England? Memory and identity in Kazuo Ishiguro's The Remains of the Day and V. S. Naipaul's The Enigma of Arrival[J]. SPAN, 1993(36): 488-503.

[36] GUTH D. Submerged narratives in Kazuo Ishiguro's The Remains of the Day[J]. Forum for modern language studies, 1999, 35(2): 126-137.

[37] HALL S. New culture for old[C]//Massey, D. and Jess, P. , eds. A place in the world: place, culture and globalization. Oxford: Oxford University Press, 1995.

[38] HEIREMANS D. Memory in Kazuo Ishiguro's When We Were Orphans and A Pale View of Hills[M]. MA thesis of Universiteit Gent, 2008.

[39] HENKE C. Remembering selves, constructing selves: memory and identity in contemporary British fiction[J]. Journal for the study of British cultures, 2003, 10(1): 77-100.

[40] HOLLAND T. The buried giant review[N]. The guardian, 2015-3-4.

[41] HOWARD B. A civil tongue: the voice of Kazuo Ishiguro[J]. Sewanee review, 2001(109/3): 398-417.

[42] HUNTER I. M. L. Memory[M]. Harmondsworth: Penguin Books, 1957.

[43] ISHIGURO K. An artist of the floating world[M]. London: Faber and Faber, 1986.

[44] ISHIGURO K. The buried giant[M]. London: Faber & Faber, 2015.

[45] ISHIGURO K. Never let me go[M]. New York: Knopf, 2005.

[46] ISHIGURO K. A pale view of hills[M]. London: Faber and Faber, 1982.

[47] ISHIGURO K. The remains of the day[M]. London: Faber and Faber, 1989.

[48] ISHIGURO K. The unconsoled[M]. London: Faber and Faber, 1995.

[49] ISHIGURO K. When we were orphans[M]. London: Faber and Faber, 2000.

[50] JENKINS R. Social identity[M]. London & New York: Routledge, 2008.

[51] JERNG M. Giving form to life: cloning and narrative expectations of the human[J]. Partial answers, 2008(2): 369-393.

[52] KENNY K. Diaspora: a very short introduction[M]. Oxford: Oxford University Press, 2013.

[53] KING B. The internationalization of English literature[M]. Beijing: Foreign Language Teaching and Research Press, 2007.

[54] KING N. Memory, narrative, identity: remembering the self[M]. Edinburgh: Edinburgh University Press, 2000.

[55] LANG J. M. Public memory, private history: Kazuo Ishiguro's The Remains of the Day[J]. CLIO, 2000(29: 2): 143-165.

[56] LEE Yu-cheng. Reinventing the past in Kazuo Ishiguro's A Pale View of Hills[J]. Chang Gung journal of humanities and social sciences, 2008(April 1-1): 19-32.

[57] LEWIS B. Kazuo Ishiguro[M]. Manchester: Manchester University Press, 2000.

[58] LEVY T. Human rights storytelling and trauma narrative in Kazuo Ishiguro's Never Let Me Go[J]. Journal of human rights, 2011(10): 1-16.

[59] LI Jueyun. Wanderers in multicultural society: a study on Kazuo Ishiguro's international writings[M]. Ji'nan: Shandong University

Press, 2013.

[60] LODGE D. The art of fiction[M]. New York: Viking, 1992.

[61] LUO Shao-pin. Living the wrong life: Kazuo Ishiguro's unconsoled orphans[J]. Dalhousie review, 2003, 83(1): 51-80.

[62] MA Sheng-mei. Immigrant subjectivities in Asian American and Asian diaspora literatures[M]. Albany: State University of New York Press, 1998.

[63] MA Sheng-mei. Kazuo Ishiguro's persistent dream for postethnicity: performance in whiteface[J]. Post identity, 1999(2/1): 71-88.

[64] MALLETT P. J. The revelation of character in Kazuo Ishiguro's The Remains of the Day and An Artist of the Floating World[J]. Shoin literary review, 1996(29): 1-20.

[65] MALONEY I. The buried giant[N]. Japan times, 2015-3-7.

[66] MARCUS A. Kazuo Ishiguro's The Remains of the Day: the discourse of self-deception[J]. Partial answers, 2006, 4(1): 129-150.

[67] MARKS J. Clone stories: shallow are the souls that have forgotten how to shudder[J]. Paragraph, 2010(3): 331-353.

[68] MARTIN T. The Buried Giant by Kazuo Ishiguro, review: "affectless fantasia"[N]. Telegraph, 2015-3-5.

[69] MATTHEWS S, GROES S. Kazuo Ishiguro: contemporary critical perspectives[M]. London: Continuum International Publishing Group, 2009.

[70] MCCOMBE J. P. The end of (Anthony) Eden': Ishiguro's The Remains of the Day and midcentury Anglo-American tensions[J]. Twentieth-century literature, 2002, 48(1): 77-99.

[71] MCCRONE D, BECHHOFER F. Understanding national identity[M]. Cambridge: Cambridge University Press, 2015.

[72] MCDONALD K. Days of past futures: Kazuo Ishiguro's Never Let Me Go as "speculative memoir"[J]. Biography, 2007(30/1): 74-83.

[73] MCLEOD J. M. Rewriting history: postmodern and postcolonial negotiations in the fiction of J. G. Farrell, Timothy Mo, Kazuo Ishiguro and Salman Rushdie[M]. PhD dissertation of the University of Leeds, 1995.

[74] MEAD M. Caressing the wound: modalities of trauma in Kazuo Ishiguro's The Unconsoled[J]. Textual practice, 2014(3): 501-520.

[75] MEDALIE D. What dignity is there in that? The crisis of dignity in selected late twentieth-century novels[J]. Journal of literary studies, 2004, 20(1-2): 48-61.

[76] MELIKOGLU K. The phantom of the opus: the implied author in Kazuo Ishiguro's A Pale View of Hills[J]. Anglistica, 2008, 12(1): 69-82.

[77] MISHRA S. Diaspora criticism[M]. Edinburgh: Edinburgh University Press, 2006.

[78] MOLINO M. R. Traumatic memory and narrative isolation in Ishiguro's A Pale View of Hills[J]. Critique, 2012(4): 322-336.

[79] NEWTON A. Z. Narrative ethics[M]. Cambridge, MA: Harvard University Press, 1997.

[80] O'BRIEN S. Serving a new world order: postcolonial politics in Kazuo Ishiguro's The Remains of the Day[J]. Modern fiction studies, 1996, 42(4): 787-806.

[81] OKUMA T. L. Literary non-combatants: contemporary British fiction and the new war novel[M]. PhD dissertation of the University of Wisconsin-Madison, 2008.

[82] OLIVIER B. Literature after ranciere: Ishiguro's When We Were Orphans and Gibson's Neuromancer[J]. Journal of literary studies, 2013(3): 23-45.

[83] PARKES A. Kazuo Ishiguro's The Remains of the Day[M]. New York: Continuum, 2001.

[84] PATEY C. When Ishiguro visits the west country: an essay on The Remains of the Day[J]. Acme, 1991, 44(2): 135-155.

[85] PETRY M. Narratives of memory and identity: the novels of Kazuo Ishiguro[M]. Frankfurt am Main: Peter Lang, 1999.

[86] QUAYSON A, DASWANI G. A companion to diaspora and trans-nationalism[M]. Chichester: Blackwell Publishing Ltd, 2013.

[87] REITANO N. The good wound: memory and community in The Unconsoled[J]. Texas studies in literature and language, 2007, 49(4): 361-386.

[88] RICOEUR P. Memory, history, forgetting[M]. Trans. Kathleen Blamey and David Pallauer. Chicago: University of Chicago Press, 2004.

[89] RIZQ R. Copying, cloning and creativity: reading Kazuo Ishiguro's Never Let Me Go[J]. British journal of psychotherapy, 2014(4): 517-532.

[90] ROBBINS B. Very busy just now: gobalization and harriedness in Ishiguro's The Unconsoled[J]. Comparative literature, 2001, 3(4): 426-441.

[91] ROOS H. Not properly human: literary and cinematic narratives about human harvesting[J]. Journal of literary studies, 2008(3):40-53.

[92] RUSHDIE S. Imaginary homelands: essays and criticism, 1981—1991 [M]. London: Viking, 1991.

[93] SANAI L. Don't fall for the fantasy: this novel is classic Ishiguro[N]. Independent, 2015-2-28.

[94] SARVAN C. Floating signifiers and An Artist of the Floating World[J]. Journal of commonwealth literature, 1997, 32(1):93-101.

[95] SAUERBEREG L. O. Coming to terms: literary configuration of the past in Kazuo Ishiguro's An Artist of the Floating World and Timothy Mo's An Insular Possession[J]. EurAmerica, 2006(36/2):175-202.

[96] SCANLAN M. Mistaken identities: first-person narration in Kazuo Ishiguro[J]. Journal of narrative and life history, 1993, 3(2-3):139-154.

[97] SCHERZINGER K. The butler in (the) passage: the liminal narrative of Kazuo Ishiguro's The Remains of the Day[J]. Literator, 2004, 25(1): 1-21.

[98] SHADDOX K. Generic considerations in Ishiguro's Never Let Me Go[J]. Human rights quarterly, 2013(2):448-469.

[99] SHAFFER B. W. Understanding Kazuo Ishiguro[M]. Columbia: University of South Carolina Press, 1998.

[100] SHAFFER B. W, WONG C. F. Conversations with Kazuo Ishiguro[M]. Jackson: University Press of Mississippi, 2008.

[101] SIM Wai-chew. Globalization and dislocation in the novels of Kazuo Ishiguro[M]. PhD dissertation of University of Warwick, 2002.

[102] SIM Wai-chew. Kazuo Ishiguro[J]. Review of contemporary fiction, 2005, 25(1):80-115.

[103] SIM Wai-chew. Kazuo Ishiguro[M]. London:Routledge, 2010.

[104] SMITH A. National identity[M]. London:Penguin Group, 1991.

[105] SNAZA N. The failure of humanizing education in Kazuo Ishiguro's Never Let Me Go[J]. Literature interpretation theory, 2015(3):215-234.

[106] STANTON K. Cosmopolitan fictions:ethics, politics, and global change in the works of Kazuo Ishiguro, Michael Ondaatje, Jamaica Kincaid, and J. M. Coetzee[M]. New York:Routledge, 2006.

[107] STEIN M. R, VIDICH A. J, WHITE D. M. Identity and anxiety[M]. Glencoe,IL:Free Press, 1960.

[108] SUGANO M. Nishizuru, Chapei, and so on:the representation of crisis in Kazuo Ishiguro's novels[J]. International journal of social science and humanity, 2015(1):116-119.

[109] SUTCLIFFE W. History happens elsewhere[N]. The independent, 2000-4-2.

[110] SUTER R. We're like butlers:interculturality, memory and responsibility in Kazuo Ishiguro's The Remains of the Day[J]. Q/W/E/R/T/Y, 1999(9):241-250.

[111] TAMAYA M. Ishiguro's The remains of the day:the empire strikes back[J]. Modern language studies, 1992, 22(2):45-56.

[112] TEO Y. Kazuo Ishiguro and memory[M]. Basingstoke:Palgrave Macmillan, 2014.

[113] TEVERSON A. Acts of reading in Kazuo Ishiguro's The Remains of the Day[J]. Q/W/E/R/T/Y, 1999(9):251-258.

[114] TOKER L, CHERTOFF D. Reader response and the recycling of topoi in Kazuo Ishiguro's Never Let Me Go[J]. Partial answers, 2008, 6(1): 163-180.

[115] TRIMM R. Inside job: professionalism and postimperial communities in The Remains of the Day[J]. Literature interpretation theory, 2005 (16): 135-161.

[116] TSAO T. The tyranny of purpose: religion and biotechnology in Ishiguro's Never Let Me Go[J]. Literature & theology, 2012(2): 214-232.

[117] WAIN P. The historical-political aspect of the novels of Kazuo Ishiguro [J]. Language and culture, 1992(23): 177-205.

[118] WALL K. The Remains of the Day and its challenges to theories of unreliable narration[J]. Journal of narrative technique, 1994, 24(1): 18-42.

[119] WALKOWITZ R. L. Ishiguro's floating worlds[J]. ELH, 2001(68): 1049-1076.

[120] WALKOWITZ R. L. Unimaginable largeness: Kazuo Ishiguro, translation, and the new world literature[J]. Novel, 2007, 40(3): 216-239.

[121] WANG Ching-chih. Homeless strangers in the novels of Kazuo Ishiguro: floating characters in a floating world[M]. Lewiston: The Edwin Mellen Press, 2008.

[122] WEBLEY A. Making and breaking hegemonies: Kazuo Ishiguro and history[J]. Postgraduate English, 2006(13): 2-23.

[123] WEIGERT A. J, TEITGE J. S, TEITGE D. W. Society and identity: toward a sociological psychology[M]. Cambridge: Cambridge University Press, 1986.

[124] WESTERMAN M. Is the butler home? Narrative and the split subject in The Remains of the Day[J]. Mosaic, 2004, 37(3): 157-170.

[125] WESTON E. Commitment rooted in loss: Kazuo Ishiguro's When We Were Orphans[J]. Critique, 2012(4): 337-354.

[126] WHITEHEAD A. Memory[M]. Routledge: London, 2009.

[127] WHYTE P. The treatment of background in Kazuo Ishiguro's The Remains of the Day[J]. Commonwealth, 2007, 30(1): 73-82.

[128] WILLEMS B. Facticity, poverty and clones: on Kazuo Ishiguro's Never Let Me Go[M]. New York: Atropos Press, 2010.

[129] WINSWORTH B. Communicating and not communicating: the true and false self in The Remains of the Day[J]. Q/W/E/R/T/Y, 1999(9): 259-266.

[130] WONG C. F. The shame of memory: Blanchot's self-dispossession in Ishiguro's A Pale View of Hills[J]. Clio, 1995, 24(2): 127-145.

[131] WONG C. F. Kazuo Ishiguro[M]. Horndon: Northcote House Publishers Ltd. , 2000.

[132] WOOD G. Kazuo Ishiguro: most countries have got big things they've buried[N]. Telegraph, 2015-2-27.

[133] WOOD J. The uses of oblivion: Kazuo Ishiguro's The Buried Giant [N]. New Yorker, 2015-3-23.

[134] WOODWARD K. Understanding identity[M]. London: Arnold, 2002.

[135] WOODWARD K. Questioning identity：gender, class, ethnicity[M]. London：Routledge, 2004.

[136] WORMALD M. Kazuo Ishiguro and the work of art：reading distances [C]//R. J. Lane, R. Mengham and P. Tew. Eds. Contemporary British fiction. Cambridge：Polity, 2003：226-238.

[137] WRIGHT T. No homelike place：the lesson of history in Kazuo Ishiguro's An Artist of the Floating World[J]. Contemporary literature, 2014, 55(1)：58-88.

[138] WU Pei-ju. Literary imaginations of tansnational ientities：tavel in mdern nvels[M]. PhD dissertation of University of South Carolina, 2009.

[139] 阿皮亚，夸梅•安东尼. 认同伦理学 [M]. 张容南，译. 南京：译林出版社，2013.

[140] 阿斯曼，阿莱达. 回忆空间：文化记忆的形式和变迁 [M]. 潘璐，译. 北京：北京大学出版社，2016.

[141] 阿斯曼，扬. 文化记忆：早期高级文化中的文字、回忆和政治身份 [M]. 金寿福，黄晓晨，译. 北京：北京大学出版社，2015.

[142] 鲍曼，齐格蒙特. 共同体 [M]. 欧阳景根，译. 南京：江苏人民出版社，2003.

[143] 鲍秀文，张鑫. 论石黑一雄《长日留痕》中的象征 [J]. 外国文学研究，2009（3）：75-81.

[144] 本尼狄克特，露丝. 菊与刀——日本文化面面观[M]. 北塔，译. 上海：上海三联书店，2013.

[145] 布赞，巴里. 全球化与认同：世界社会是否可能？ [J]. 浙江大学学报(人文社会科学版)，2010（5）：5-14.

[146] 德波顿，阿兰. 身份的焦虑 [M]. 陈广兴，南治国，译. 上海：上海译文出版社，2008.

[147] 邓颖玲. 论石黑一雄《长日留痕》的回忆叙述策略 [J]. 外国文学研究，2016（4）：67-72.

[148] 邓颖玲，王飞. 流散视角下的历史再现——《上海孤儿》对英、日帝国主义侵华行径的双重批判 [J]. 中南大学学报(社会科学版)，2015（6）：141-145.

[149] 方宸. 探寻岁月尘埃下的历史真实——读石黑一雄的《上海孤儿》[J]. 当代外国文学，2008（2）：27-30.

[150] 方宸. 无法企及的历史真实——《去日留痕》中不可靠叙述者的妙用 [J]. 外语研究，2011（1）：109-111.

[151] 方幸福. 被过滤的克隆人——《千万别丢下我》人物性格及命运解析 [J]. 外国文学研究，2014（2）：104-111.

[152] 谷伟. 沤浮泡影——略论《千万别弃我而去》中"黑尔舍姆"的体制悖论 [J]. 外国文学，2010（5）：14-20.

[153] 郭德艳. 英国当代多元文化小说研究：石黑一雄、菲利普斯、奥克里 [D]. 天津：南开大学，2013.

[154] 郭国良，李春. "宿命"下的自由生存——《永远别让我离去》[J]. 外国文学，2007（3）：4-10.

[155] 蒋怡. 风景与帝国的记忆——论石黑一雄《长日留痕》中的视觉政治 [J]. 外国语言文学，2013（2）：124-131.

[156] 金万锋. 论石黑一雄《长日留痕》的时代互文性 [J]. 日本研究，2011（2）：94-98.

[157] 哈布瓦赫，莫里斯. 论集体记忆 [M]. 毕然，郭金华，译. 上海：上海人民出版社，2002.

[158] 何成洲. 跨学科视野下的文化身份认同 [M]. 北京：北京大学出版社，2011.

[159] 寇东亮. "他者意识"：社会主义和谐人际关系的伦理基础 [J]. 社会主义研究，2007（4）：41-4.

[160] 莱希，本杰明•B. 心理学导论 [M]. 吴庆鳞，等译. 上海：上海人民出版社，2010.

[161] 勒高夫，雅克. 历史与记忆 [M]. 方仁杰，倪复生，译. 北京：中国人民大学出版社，2010.

[162] 李丹玲.《千万别让我走》中的创伤书写 [J]. 解放军外国语学院学报，2013（2）：112-116.

[163] 李霄垅. 石黑一雄小说《浮世画家》中的背叛 [J]. 外语研究，2008（5）：104-107.

[164] 李晓文，张玲，屠荣生. 现代心理学 [M]. 上海：华东师范大学出版社，2003.

[165] 刘璐. 隐喻性话语和"朝圣"叙事结构——论《长日留痕》的叙事特点 [J]. 外语研究，2010（1）：108-111.

[166] 刘向东. 敬业的男管家——评日裔英国作家石黑一雄的小说《黄昏时分》[J]. 四川外语学院学报，2004（2）：44-47.

[167] 吕红. 追索与建构——论海外华人文学的身份认同 [D]. 上海：华中师范大学，2009.

[168] 玛格利特，阿维夏伊. 记忆的伦理 [M]. 贺海仁，译. 北京：清华大学出版社，2015.

[169] 梅，罗洛. 人的自我寻求 [M]. 郭本禹，方红，译. 北京：中国人民大学出版社，2013.

[170] 梅丽. 论石黑一雄的历史创伤书写 [J]. 中南大学学报（社会科学版），2016（1）: 197-202.

[171] 梅丽. 作家创作过程中的"他异性"身份建构——以石黑一雄为例 [J]. 北京社会科学，2016（2）: 48-55.

[172] 浦立昕. 驯服的身体、臣服的主体——评《千万别丢下我》[J]. 当代外国文学，2011（1）: 108-115.

[173] 邱华栋. 石黑一雄：寻觅旧事的圣手 [J]. 文学月刊，2009（9）: 92-97.

[174] 沈安妮. 反对蓄意的象征——论《埋葬的巨人》中的中性写实 [J]. 外国文学，2015（6）: 75-81.

[175] 石黑一雄. 被掩埋的巨人 [M]. 周小进，译. 上海：上海译文出版社，2016.

[176] 石黑一雄. 别让我走 [M]. 朱去疾，译. 南京：译林出版社，2011.

[177] 石黑一雄. 长日留痕 [M]. 冒国安，译. 南京：译林出版社，2014.

[178] 石黑一雄. 浮世画家 [M]. 马爱农，译. 上海：上海译文出版社，2011.

[179] 石黑一雄. 上海孤儿 [M]. 陈小慰，译. 南京：译林出版社，2011.

[180] 石黑一雄. 无可慰藉 [M]. 郭国良，李杨，译. 上海：上海译文出版社，2013.

[181] 石黑一雄. 远山淡影 [M]. 张晓意，译. 上海：上海译文出版社，2011.

[182] 唐岫敏. 历史的余音——石黑一雄小说的民族关注 [J]. 外国文学，2000（3）: 29-34.

[183] 陶家俊. 身份认同导论 [J]. 外国文学，2004（3）: 37-44.

[184] 陶家俊．思想认同的焦虑——旅行后殖民理论的对话与超越精神 [M]．北京：中国社会科学出版社，2008.

[185] 童明．飞散的文化和文学 [J]．外国文学，2007（1）：89-99.

[186] 汪筱玲，梁虹．论石黑一雄小说的双重叙事 [J]．江西社会科学，2015（6）：175-180.

[187] 王飞，邓颖玲．流散写作与身份认同：日裔英籍作家石黑一雄的身份认同观研究 [J]．广西民族大学学报（哲学社会科学版），2017（3）：120-124.

[188] 王岚．公正地再现"他者"——简评石黑一雄的《当我们是孤儿时》[J]．外国文学，2002（1）：83-87.

[189] 王岚．正视历史、正视自我——简评石黑一雄新作《当我们是孤儿时》[J]．四川外语学院学报，2002（6）：63-65.

[190] 王宁．流散文学与文化身份认同 [J]．社会科学，2006（11）：170-176.

[191] 王卫新．试论《长日留痕》中的服饰政治 [J]．外国文学评论，2010（1）：216-223.

[192] 王烨．石黑一雄长篇小说权力模式论 [D]．武汉：武汉大学，2012.

[193] 韦尔策，哈拉尔德．社会记忆：历史、回忆、传承 [M]．季斌，王立君，白锡堃，译．北京：北京大学出版社，2007.

[194] 魏文．石黑一雄《群山淡影》中的族裔身份建构 [J]．外国语文，2015（3）：30-35.

[195] 夏克特，丹尼尔．找寻逝去的自我：大脑、心灵和往事的记忆 [M]．高申春，译．长春：吉林人民出版社，2011.

[196] 信慧敏．《千万别丢下我》的后人类书写 [J]．当代外国文学，2012（4）：129-136.

[197] 许纪霖. 现代中国的家国天下与自我认同 [J]. 复旦学报（社会科学版），2015（5）: 46-53.

[198] 阎嘉. 文学研究中的文化身份与文化认同问题 [J]. 江西社会科学，2006（9）: 62-66.

[199] 杨治良，孙连荣，唐菁华. 记忆心理学 [M]. 上海：华东师范大学出版社，2012.

[200] 于雷. 西方文论关键词：替身 [J]. 外国文学，2013（5）: 100-112.

[201] 张静. 身份认同研究 [M]. 上海：上海人民出版社，2006.

[202] 张平功. 全球化与文化身份认同 [M]. 广州：暨南大学出版社，2013.

[203] 赵静蓉. 在传统失落的世界里重返家园——论现代性视域下的怀旧情结 [J]. 理论探索，2004（4）: 77-83.

[204] 赵静蓉. 文化记忆与身份认同 [M]. 北京：生活•读书•新知三联书店，2015.

[205] 钟志清. 寻觅旧事的石黑一雄 [J]. 外国文学动态，1994（3）: 34-35.

[206] 周大鸣. 文化多元性与全球化背景下的他者认同 [J]. 学术研究，2012（6）: 33-37.

[207] 周颖. 创伤视角下的石黑一雄小说研究 [D]. 上海：上海外国语大学，2014.

[208] 朱立立. 身份认同与华文文学研究 [M]. 上海：上海三联书店，2008.

[209] 朱叶，赵艳丽. 无奈的哀鸣——评石黑一雄新作《千万别弃我而去》[J]. 当代外国文学，2006（2）: 156-160.

附

录

Nocturnes:
Five Stories of Music and Nightfall

小夜曲：
音乐与黄昏五故事集

石黑一雄作品
Kazuo Ishiguro
张晓意 译

上海译文出版社

附录一 石黑一雄的主要作品

长篇小说：

《远山淡影》(*A Pale View of Hills*, London: Faber & Faber, 1982.)

《浮世画家》(*An Artist of the Floating World*, London: Faber & Faber, 1986.)

《长日留痕》(*The Remains of the Day*, London: Faber & Faber, 1989.)

《无可慰藉》(*The Unconsoled*, London: Faber & Faber, 1995.)

《上海孤儿》(*When We Were Orphans*, London: Faber & Faber, 2000.)

《别让我走》(*Never Let Me Go*, New York: Knopf, 2005.)

《被掩埋的巨人》(*The Buried Giant*, London: Faber & Faber, 2015.)

短篇小说：

《偶尔奇怪的悲伤》(*A Strange and Sometimes Sadness*, in Introduction 7: Stories by New Writers, London: Faber & Faber, 1981: 13-27.)

《中毒》(*Getting Poisoned*, in Introduction 7: Stories by New Writers, London: Faber & Faber, 1981: 38-51.)

《等待 J》(*Waiting for J*, in Introduction 7: Stories by New Writers, London: Faber & Faber, 1981: 28-37.)

《团圆饭》(*A Family Supper*, in T. J. Binding, ed, Firebird 2, Harmondsworth: Penguin, 1983: 121-131.)

《战后夏日》(*The Summer After the War*, Granta 7, 1983: 121-137.)

《小夜曲：黄昏与音乐五故事集》(*Nocturnes: Five Stories of Music and Nightfall*, London: Faber and Faber, 2009.)

剧本:

《阿瑟·梅森简历》[*A Profile of Arthur J. Mason*, unpublished manuscript. Originally broadcast in the UK by Channel 4, October 18, 1984, dir. Michael Whyte, prod. Ann Skinner (Skreba/Spectre), with Bernard Hepton, Charles Gray and Cheri Lunghi.]

《美食家》[*The Gourmet*, Granta, 1993(43): 89-127. Originally broadcast in the UK by Channel 4, May 8, 1986, dir. Michael Whyte, prod. Ann Sinner (Skreba/Spectre), with Charles Gray and Mick Ford.]

其他作品:

《生在长崎，心存感激》(*I Became Profoundly Thankful for Having Been Born in Nagasaki*, Guardian, August 8, 1983, 9.)

《川端康成简介》(*Introduction to Yasunari Kawabata*, Snow Country and Thousand Cranes, Edward G. Seidensticker, Harmondsworth: Penguin, 1986: 1-3.)

《致萨尔曼·拉什迪的信》(*Letter to Salman Rushdie*, in Steve Mac-Donogh, ed, The Rushdie Letters: Freedom to Speak, Freedom to Write, London: Brandon, 1993: 79-80.)

石黑一雄与吉姆·汤林森(Jim Tomlinson)合作为爵士乐歌手史黛西·肯特(Stacey Kent)创作的歌词，包括肯特 2007 年荣获格莱美提名的专辑《忘情列车》(*Breakfast on the Morning Tram*)、2011 年专辑《漫游幸福》(*Dreamer in Concert*)、2013 年专辑《五光十色》(*The Changing Lights*)

以及 2017 年专辑《我知我梦》（*I Know I Dream*）等。

附录二　石黑一雄生平年表

1954 年 11 月 8 日，石黑一雄生于日本长崎。

1960 年，全家（包括石黑一雄的两个姐妹）迁至英格兰东南部萨里郡（Surrey）的郡府吉尔福德镇（Guildford）。父亲加入英国政府在北海的研究项目。

1973 年，从学校毕业，做各种杂工。

1974 年，利用空档年（gap year）在美国和加拿大旅行数月。

1974—1978 年，就读于坎特伯雷的肯特大学（University of Kent），获英语和哲学学士学位。

1976 年，在苏格兰的伦弗鲁（Renfrew）做社区工作者。

1979 年，在爱丁堡的 Cyrenians 公司从事无家可归者的安置工作。

1979—1980 年，就读于诺威奇（Norwich）东安格利亚大学（University of East Anglia）的创意写作班，师从马尔科姆·布雷德伯里（Malcolm Bradbury）和安吉拉·卡特（Angela Carter），获创意写作硕士学位。

1981 年，在《简介 7》（*Introduction* 7）上发表 3 篇短篇小说。

1982 年，出版作为创意写作课程毕业成果的首部长篇小说《远山淡影》。

1983 年，获霍尔比纪念奖（Winifred Holtby Memorial Prize）。被《格兰塔》（*Granta*）杂志评为 20 位最佳英国作家。加入英国籍。

1984 年，英国广播节目播出《阿瑟·梅森简历》。

1986 年，出版《浮世画家》，入围布克奖（Booker）短名单，获惠特布莱德年度图书奖（Whitbread Book of the Year Award）。与洛娜·安妮·麦克道格（Lorna Anne MacDougal）成婚。英国广播节目播出《美食家》。

1989年，出版《长日留痕》，获布克奖。哈罗德•品特（Harold Pinter）购买了电
　　影改编版权。石黑一雄受日本基金会（Japan Foundation）邀请荣归日本。

1992年3月，女儿娜奥美（Naomi）出生。

1993年，哥伦比亚电影公司（Columbia Pictures）制作的电影《长日留痕》首映，
　　被提名8项奥斯卡奖。石黑一雄再次被《格兰塔》杂志评为20位最佳青
　　年英国作家。

1994年，戛纳电影节（Cannes Film Festival）评委会成员。

1995年，出版《无可慰藉》，因其对文学事业所做的贡献获英帝国勋章
　　（OBE）。

1998年，获法国政府授予的艺术及文学骑士勋章（Chevalier de l'Ordre des
　　Arts et des Lettres）。

2000年，出版《上海孤儿》，入围布克奖短名单。

2003年，独立电影频道（IFC Films）制作的《世上最悲伤的音乐》（*The
　　Saddest Music in the World*）首映。

2005年，出版《别让我走》，入围布克奖短名单，被《时代》（*TIME*）杂志评
　　为自1923年创刊以来"100部最伟大的英语小说"。

2008年，石黑一雄被《泰晤士报》（*The Times*）评为"1945年以来50位最伟
　　大的英国作家"。

2009年，出版《小夜曲：黄昏与音乐五故事集》。

2015年，出版《被掩埋的巨人》。

2017年，获诺贝尔文学奖。获美国学术成就学会金盘奖（American Academy
　　of Achievement's Golden Plate Award）。

2018年，获日本旭日大勋章二等奖金银五星勋章（Order of the Rising Sun,
　　2nd Class, Gold and Silver Star）。

后　记

对我来说，2017年10月5日是个终生难忘的日子。那之前，我的博士论文定稿刚刚修订完成，正准备提交给研究生院。就在当天17：05，新西兰维多利亚大学的梁余晶博士打电话给我，第一时间告诉我石黑一雄获得诺贝尔文学奖的消息。正如刚刚得知获奖消息的石黑一雄本人一样，我也感到十分惊讶。因为在我心里，石黑一雄虽然堪称世界级的文学大师，但他还很年轻(这也正是他得知获奖时的第一反应)。回想2013年博士入学时，在与导师邓颖玲教授慎重商讨之后，论文选题最终选定石黑一雄，虽然导师和我也对他获得诺奖有着隐隐的期盼，但心想那也应该是十年或者二十年之后的事情了。没想到，伴随我毕业论文定稿的完成，石黑一雄也成为新一届诺奖得主。

我选择研究石黑一雄的背后，有一个长长的故事，在故事的每一个节点处，又都有一位甚或几位鼓励我、指点我并提携我的良师益友需要感谢。首先，当然要感谢石黑一雄为世界创作了深度探讨人性人心的小说作品，是他的作品让我感动、让我思考，引我进入他的虚构世界，继而踏上深入研究石黑一雄的学术之路。第一次听到石黑一雄的名字，是从梁余晶博士那里。余晶是我的前同事和好朋友，他本身就是中英双语诗人和译者，对当代英语文坛十分熟悉，是他第一个建议我把石黑一雄作为博士论文的研究对象。

最为重要的斟酌与决定，当然要归功于导师邓颖玲教授。导师师从北京语言大学的宁一中教授，是约瑟夫·康拉德研究专家，而石黑一雄同康拉德的移民身份也是一脉相承的。是导师深具前瞻性的学术眼光，为我的博士论文选题最终拍板。从那之后，导师的研究也进行了一定程度的转向，带领我以及几位硕士师弟师妹一起研究石黑一雄。就这样，师大外院悄然形成了一个"石黑研究共同体"。导师对我的博士毕业论文、博士在读期间发表的几篇小论文以及申报的几项科研课题都做了高屋建瓴的指点和认真细致的批改，我博士在读期间的所有成果都有导师耐心指导的功劳。导师当时身兼师大外院院长之职，工作繁忙，学术压力繁重，却还总是抽出时间给我学术的指点和生活的关怀。导师不仅是我学术科研的榜样，更是我人生学习的楷模。

将我引向石黑一雄研究的还有加州州立大学洛杉矶分校的童明（刘军）教授。刘老师在我硕士期间给我们开设的"西方文论选读"课，尤其是他当时主攻的"飞散（流散）研究"让我对流散、移民文学产生了浓厚的兴趣。他的课总给人如沐春风的感觉。就在我为论文选题迷茫之际，回师大做讲座的刘老师帮我从英国文坛"移民三雄"中"挑"出了石黑一雄，并称他为当代少有的"艺术家"，坚定了我深入研究石黑的学术信念。也正是刘老师的热情鼓励，最终让我出国留学的梦想成真。

2014年我成功申请了国家留学基金委的全额奖学金，以联合培养博士生的身份，于2014年年底至2015年年底在剑桥大学英语系访学一年，师从剑桥诗人、学者蒲龄恩（J. H. Prynne）教授。能到梦中之地剑桥大学学习深造，要感谢国家的资助，也要感谢蒲龄恩先生，是他慷慨地给了我一封决定命运的邀请函，也是他介绍我认识了剑桥大学英语系石黑一雄研究专家马克·沃莫尔德（Mark Wormald）博士。后又通过沃莫尔德博士结识了石黑一雄本人，并有机会参加了2014年3月在剑桥郡伊力大教堂举行的石黑一雄新作《被掩埋的巨人》的新书发布会。当然也要感谢剑桥大学英语系的各位教授和学者，在他们的课堂上我学到了许多。还要特别感谢剑桥大学英语系图书馆管理员大卫·拉什莫（David Rushmer）博士，他本身是诗人和中国诗歌翻译家，他为我查阅资料提供了许多方便。

给我重要影响和重大帮助的还有湖南师范大学外国语学院各位令人尊敬的学者，他们都是我的恩师。从2002年入读师大外院，四年大学、三年硕士研究生又加上四年半的博士研究生，作为师大外院忠实的"老"学生，我非常喜欢也非常感激师大外院，是各位老师的谆谆教导，我才有了今天的小小成绩。特别感谢以下诸位教授和老师：蒋洪新教授、肖明翰教授、蒋坚松教授、郑燕虹教授、龙娟教授、曹波教授(我的本科论文导师)、冉毅教授、曾艳钰教授、高荣国教授、陈敏哲教授、邓杰教授、姚佩芝博士(我的硕士论文导师)和谢文玉博士。从他们身上我不仅学到了语言技能，更学到了治学之道。

更要感谢百忙之中参加我博士论文开题、预答辩和答辩的各位院/校外专家教授，他们是：湖南师大文学院的赵炎秋教授、湘潭大学的胡强教授、湖南大学的谭琼琳教授。赵教授从身份理论层面高屋建瓴的点拨让我醍醐灌顶。胡教授在论文整体框架和文化史方面提出许多建设性意见，让我的论文在"格局"上大大提升。谭教授的细致点评，尤其是关于增加动态图的修改建议，让我的论文增色不少。还要感谢五位论文匿名评审专家，虽然不知道他们的姓名，但仍需献上我最真挚的谢忱，感谢他们对我的论文提出的改进意见，也感谢他们对我的论文不吝表扬。

关于这本以博士论文为基础的专著，还要特别感谢几位师长和朋友从各方面给予我帮助和提携，他们是：北京语言大学的宁一中教授，河北师范大学的李正栓教授，中国人民大学的陈世丹教授，中山大学的区鉷教授，王桃花教授，中南大学的吴玲英教授，杭州师范大学的管南异教授，湖南工程学院的杨永和教授，暨南大学的王进博士，南京师范大学的王羽青博士，长沙学院的李小川教授、谢冬博士、杨红梅博士。感谢我的前领导湖南商学院潘建教授，是她的赏识与推荐，才让我走上攻读博士学位的学术道路。感谢长沙学院的雷志敏教授，在我书稿最后修订期间给予我生活和学术方面的关心和关照。感谢长沙学院的刘芬教授，不辞辛劳地帮我校读了整部书稿，她的认真细致让我感动。感谢湘潭大学的王建香教授，在剑桥大学时不仅从整体上提点了我的论文思路，还帮我校读了我的《被埋葬的巨人》的前几章译稿（虽然由于版权问题，翻译计划最终只能搁置）。感谢湖南商学院我的前同事和好朋友谢亚军教授，他是指点我人生道路的大哥。感谢湘潭大学的刘赛雄博士，不辞辛劳为我接送答辩委员会主席胡强教授。感谢谭彦纬博士、刘明博士、戚宗海博士、任佳佳师弟、朱禹函师弟、吴静芬师妹、龙跃师妹、李炎燕师妹、郭萍师妹、谌怡师妹、王睿师弟、李尧师弟、彭钟哲师弟为我从国内外搜集参考文献，并在我撰写论文的过程中不断与我交流、替我鼓劲。感谢官科、岳曼曼、刘莉、黄艳春、刘宏、易佳、黄广平，他们是同我一起拼搏奋斗、相互关心取暖的兄弟姊妹。感谢欧盟"Erasmus+"项目资助，让我有幸到西班牙穆尔西亚大学英语系进行为期五个月的交流学习，让我有幸认识了中美洲的画家丹尼尔（Daniel）、大学教师戴翁（Dayvon）和戴克松（Dexon）几位室友，在我撰写论文初稿时，是他们为我提供了生活上的协助以及精神上的鼓励。

我还要感谢我的家人。爷爷就在2017年上半年、我完善论文初稿时去世。爷爷一直以我为傲，但是这些年我在外地甚至国外求学，在他生命的最后几年没能尽孝，希望我这本微薄的专著能让他老人家的在天之灵得到宽慰。爷爷一生走南闯北，他是我从小心目中的英雄。感谢我的父母，他们是华北的普通农民，为了供我读大学和研究生，在家乡每年种地百余亩。他们给了我生命和智慧，也给了我一直求学到中年的精神和物质上的双重支持，并远赴湖南帮忙照看他们的孙子。感谢我的妻子，是她这么多年来在高中任教并一直担任班主任的繁重工作，同时悉心照顾家庭，为我守住了人生的"大后方"。感谢我的儿子贝贝，他今年9岁，已读小学三年级，是我在学术道路和生活道路上前进的最大动力，而我却一直没能好好尽到做父亲的责任。

就在2017年10月底石黑一雄获奖不久，导师邓颖玲教授和我受邀于长沙止间书店做了一场公益的"石黑一雄研究分享会"，这是我平生第一场社会公益分享活动，也是平生第一次网上直播（凤凰网）。我很开心有那么多人去参加并参与讨论，也很开心有这么多人跟我一样喜欢石黑一雄。感谢止间书店邹彬先生和湖南大学肖艳辉教授能给我这么一个机会，让我的石黑一雄研究从书斋走向社会。同时，本书还成功获批了2018年度国家社科基金青年项目"石黑一雄小说的记忆伦理研究"（18CWW015），成为全国首个专题研究石黑一雄的国家级项目。但我深知我的研究还存在太多的不足，希望能够在接下来的学习和研究中再接再厉，将更多的阅读和研究心得与大家分享，深刻体会并体验石黑一雄小说浓厚的"激情力量"，以及他"在我们与世界连为一体的幻觉下，展现的那道深渊"（ … in novels of great emotional force, [he] has uncovered the abyss beneath our illusory sense of connection with the world）。

长沙学院与长沙学院外国语学院对本书的顺利出版给予了一定的资助，好友谢亚军教授对本书的出版给予了大力的支持，在此表示衷心的感谢。

王 飞

2019 年 3 月 5 日于岳麓山下